蜀中盗志

李·浩 著

四川文艺出版社

图书在版编目（CIP）数据

蜀中盗志/李浩著. —成都：四川文艺出版社，
2016.5（2022.1重印）
ISBN 978-7-5411-4275-8

Ⅰ.①蜀… Ⅱ.①李… Ⅲ.①短篇小说—小说集—中
国—当代 Ⅳ.①I247.7

中国版本图书馆 CIP 数据核字（2016）第 049644 号

SHUZHONG DAOZHI

蜀中盗志

李 浩 著

责任编辑 张庆宁
责任校对 汪 平
封面设计 叶 茂
内文设计 张 妮

出版发行 四川文艺出版社（成都市槐树街 2 号）
网 址 www.scwys.com
电 话 028-86259285（发行部） 028-86259303（编辑部）
传 真 028-86259306

邮购地址 成都市槐树街 2 号四川文艺出版社邮购部 610031
排 版 四川胜翔数码印务设计有限公司
印 刷 三河市嵩川印刷有限公司
成品尺寸 146mm×210mm 1/32
印 张 11.25 字 数 260 千
版 次 2016 年 6 月第一版 印 次 2022 年 1 月第二次印刷
书 号 ISBN 978-7-5411-4275-8
定 价 48.00 元

神捕 · 侠盗 · 官秘 · 女风 · 市井

自　序

　　蜀中旧时人物系列小说，凡一百三十八篇，统称为《巴山·蜀水·江湖》，分《巴蜀奇人》和《蜀中盗志》两个部分。从情感上讲，《巴山·蜀水·江湖》是我的最爱，也是耗费我心血最多的一部书稿，这一切皆缘于我的父亲。我曾在朋友圈子里多次言及，父亲是巴山蜀水间一本江湖活地图，他有许许多多三教九流的朋友，时常肆无忌惮地摆一些野味十足的骚龙门阵。父辈们的江湖，关乎情事仇事，亦关乎官事匪事。盗者妓者，医者巫者，棒客刀客，僧尼侠士……听得多了，不知天高地厚地萌生了写一部比肩《聊斋志异》的书。

　　于是，就有了《巴山·蜀水·江湖》。

　　2011年春，吴鸿兄移尊天地出版社。得其赏识，结集《巴蜀奇人》出版，面市后读者评价，褒贬不一。现吴鸿兄回四川文艺出版社任职，《蜀中盗志》得以付梓，《巴山·蜀水·江湖》终得完璧。

　　《蜀中盗志》之于我，敝帚自珍在所难免。自恋之余，幸得朋友粉场，点赞后，唱偌大一个"肥诺"。

　　中国文学期刊现场评刊人易难于先生（素未谋面，不知先生尊讳，姑妄称之），对拙作就给予过很高的评价："携着一股江湖逸闻与民间传奇的味道，不似乡间野闻的缥缈荒诞，多一分巴山蜀水的传奇色泽流溢其间。相较于冯骥才京味儿浓郁的《俗世奇人》，李浩所撰写的蜀中旧时人物系列，文笔更具文言古风，且将'艳情、宗教、亲仇'的传统民间传奇元素熔于一炉，兼有《世说新语》的端庄雅度，《聊斋》的尘世迷魅，为言谈、逸事的笔记体短篇小说，亦称'志人小说'的要理得以精粹。"

易难于先生择其中三则评曰："《贾秀才》讲述年事已高的贾秀才因老夫少妻，娇妻与猎户张苞私通并密谋在一个雷雨天伪造雷劈假象用火药烧死贾秀才，县令王紫阳明察秋毫，使真相得以水落石出。《雅僧》写鹤发童颜的蜀中高僧为神宗所闻，派苏轼前往相交求教，得养生秘诀——蒙茶，却因苏轼听信高僧以童女'采阴补阳'的谣传，僧人不得已携蒙茶培育术远走，东坡因此抱憾终生。《残人》看似头重脚轻，收场潦草，情节无外乎大善人朱群山因误食毒鳝惨死的'一条鳝鱼引发的血案'。但之前为何用相当篇幅铺叙徐中元父子因大火丧生与朱群山喜食鳝鱼的伏笔，之后火灾中的遗孤残人又凭借捕鳝绝技暗中饲养毒鳝，这当中的曲折隐衷颇引人玩味。……沿袭自唐以来古典'志人小说'的传奇笔调，文风古雅，字里行间带着怀古仿古的敬意，却丝毫没有泥古的嫌疑。《贾秀才》语言明快带有谐趣，仿佛从蜀中竹影茶肆里拍案说书人的口中所得。《雅僧》行笔古雅如雅州山色，之中加入一处笔锋回转，将雅僧置于'不老仙人'与'邪恶妖魔'的游离境地，语言神秘诡谲，引人入胜……"

引人入胜的不是作者的"妙笔"生花，而是父辈们的故事叙说着老百姓心中所喜欢的人物，或侠或盗，或英雄或草莽，那是酣畅淋漓的痛快！机智、勇敢、侠义、仁爱……朴实里有几分狡黠，善良中带一分自私。市井小人物们活得轻松、自在，不装腔作势，不刻意饰伪，他们无法理解也无须追求"正道"，"道"于之而言，高深而沉重。倘若涉及是非丑恶，这些无足轻重的小人物们，则必定古道热肠，以身家性命相搏。哪怕雾霾千里，也要呼吸顺畅！

　　远望可以当归，悲泣可以为歌。歌声不绝，怀戚为念。愿那些远去却依旧鲜活的人物，那些绮丽却充满忧伤的故事，如同火辣辣的蜀川烧酒，时常烧旺蜀人的满腔热血，川江般咆哮着奔腾而出。

李　浩
甲午秋九月蓉城蛙鸣斋

目　录

神捕

侠盗

神捕

名捕

月明，星朗，一溪如画。

空旷的平地上，静坐着一位白须老者，正闭目神游。偶尔能够见到从他的手中，飞出一支又一支寒光闪闪的钢针，针细若牛毛，破空劲飞，支支没入眼前的岩石里。

月行中天，四野皆寂。

白须老者看看已近子时，突然从地上一跃而起，箭一般冲向不远处的遂州城，瞬间没入茫茫夜色中。

乾隆十七年冬月初一，遂州豪绅程春的老母亲七十寿辰，前来祝寿的客人多达一百二十之众。当天夜里，风雪交加，远道而来的宾客们，全部留宿在程府上。

鸡鸣三更，有客夜起小解。突听得邻近的上厢房里"咚咚"的异响数声，正诧异间，似有三团黑影大鸟一般从房间窗户掠出，冲天没入院侧的竹林中。客人迷迷糊糊，恍如梦中，揉揉眼返回室内，依旧安然入睡。

翌日晨起，程春大声招呼下人们，抓紧忙活客人的洗漱汤水和食用早点。正团团张罗间，夫人程王氏慌张如遇追命厉鬼，跟斗扑爬地跑到他身前,大声叫唤道:"遭贼了,遭贼了!"

程春闻听此言,吃了一惊,急忙与夫人进入内室。果见箱柜皆被撬开,里面藏匿的什物,悉数被盗!

程家人快马飞报州府衙门。

当其时,陈豫川正与友人饮于盐市街"涪江春"茶园。他一边品着香茗,一边与友人对弈。茶座左侧置一铁架,架上搁铜壶,壶下炉火正红,壶嘴里热气袅袅。右侧茶托上搁二青花瓷碟,碟内各置糕点果脯若干。

陈豫川每投一子,就顺手拈起碟中的糕点送入嘴里,细细地咀嚼,随即小饮一口茶汤,和着慢慢咽下。他每吃一糕一脯,必用一方白巾净手,神态怡然闲适。

当他投下第一百二十九手白棋子时,猛然听得此事,嘴角露出一丝不甚相信的浅笑。他见围观的茶客面面相觑,不由得脸上阵阵发烧,佯装大怒道:"何方蟊贼,敢来遂州地界胡作非为?!"旋即将手中所执白子拍在茶几上,棋子竟嵌入几内而不碎。

旁人见了,纷纷咂舌,无不暗暗称奇。

说起陈豫川,遂州人多少有些自豪。这位陈捕头,早年因捕获梓州巨盗汪雄而闻名蜀中,被潼川府授予"铁血神捕"称号,位列蜀中四大名捕之首。

其实陈豫川既不高大也不魁伟,认识他的人,知道他做着捕头的公差,闲暇时爱去"涪江春"喝茶聊天,下得一手好棋。平时里把一双手保养得白嫩如玉。不认识他的人,很可能视他为衙门口站岗的差狗,只怪他平时口水滴答,一副小老儿模样。

陈豫川弃子拱手离席,快马赶到西门程春府上。

贺寿的人见陈捕头来了,纷纷让出一条通道来。

陈豫川目不斜视，阔步走进庄内。

偌大的庄院内，客人们三三两两聚在一起，彼此间神秘兮兮地窃窃私语，见了陈捕头后，立即闭嘴噤音，不再言语。

陈豫川皱了皱眉头，叫手下的兄弟吩咐下去，凡来程府做客的人立即散去，不得在庄上逗留。然后，独自一人绕着程府的院墙，转了一圈又一圈，并仔细地将程府各要害处，彻彻底底地搜索了一遍。

当他做完这一切时，平日里那张笑嘻嘻的脸上，顿时凝成了一团疑惑。陈豫川感到十分纳闷，自己居然没有发现任何可疑之处！

临近中午，陈捕头来到程春的卧室，见他还躺在床上怄气，便很随意地提了几个问题，想了解一些基本情况。

谁想程春竟一问三不知，只道昨天夜里多喝了几杯酒，昏昏沉沉一觉睡到天明。程春一边说，一边哆哆嗦嗦地拿出一样东西递给陈豫川："不知这个……？"

陈捕头接在手里，见是一支细细的钢针，针尾镌有一只小小的黄蜂，一双大眼突然变得贼亮。他从业三十年，自然见多识广，此针乃是蜀中唐门享誉江湖的独门暗器——无影神针！

陈豫川盯视良久，语气轻松地问道："府上是否有人得罪过江湖朋友？"

程春很肯定地回答："没有！"

陈豫川点了点头，把钢针用纸包好，藏在身上。然后笑了笑，一言不发地出去了。

他一边走，一边思索，连骑来的马也忘了牵走。唉，偌大一个庄院，竟然看不出盗贼从何而入，当真是奇哉怪也！如不是家贼，那么便是外来的江洋大盗了？如果真是江洋大盗，为什么又偏偏留下唐门的标志？是嫁祸唐家，还是转移官差的视线？

陈豫川百思不得其解，一路上闷闷不乐。回到衙内，哪里还有心思料理公事？痴了一般回到城南的家中，躺在床上蒙头大睡。

家里人见陈豫川不言不语，知道他又犯心病了。这种情况他们见得多了，但凡遇到疑难费解的案子，陈豫川就会在床上静静地躺十天半个月，谁要是打扰了他，轻者一阵训斥，重者一记耳光。

家里大人小孩，都远远地躲着他。

一连数日，陈豫川"窝"在家里冥思苦想，偶尔也到街上茶铺里坐坐，听听茶客们的议论。街坊间的人大多认为是家贼所为，也有人说此贼乃京师巨盗，能飞檐走壁，更有人胡言乱语，说什么贼是三兄弟，亲眼看见他们像大鸟一样飞来飞去。还有一种说法，是川东秦门干的。虽然人人都说得有鼻子有眼睛，却没有一种说法靠谱，全都是个人的臆想和猜测。

闲来无事，陈豫川将那枚无影神针拿在手上，仔细地反复把玩。唐门乃蜀中武林泰斗，不可能做如此宵小之事。川东秦门，祖上倒是一江洋大盗，但受朝廷招安后，世代皆为良民，细想也不可能。思来想去，全无一丝线索，心痒痒地躁如猫抓。

陈豫川为此茶饭不思，夜不安寝。

终一日，家人发现陈豫川不见了，像一阵吹过大地的风，消失得无踪无影。邻人们嚼舌，说陈捕头遭强人杀害了，怪他多管闲事，惹恼了江湖朋友。这些话传到他老婆耳里，指桑骂槐地站在街沿上日诀（骂）人，最后还跑到州府里又哭又闹，非要见自己的"死鬼"男人不可。

衙里的同僚们并不知道陈豫川到哪儿去了，连知州大人也不知道。

腊月初二，遂州通往重庆的官道上，走来了一位手执白布招牌的算命先生。此人一路招摇，竟无一人认出他就是陈豫川。

中午时分，陈豫川来到了蜀中赫赫有名的唐门大院外，绕着偌大的庄院转了一圈后，便不走了。既然现场有唐门的独门暗器，唐门就脱不了干系。于是，他悄悄寻了一隐蔽处，耐心地在此守候了二十余日。可是，结果却让他大失所望，二十多天的守候居然一无所获。

陈豫川时常看着那支小小的钢针发呆，不知道思路上哪个环节出了差错？如此重大的案件不仅毫无进展，甚至连一丝有用的线索也没有找到。

苦无他计，陈豫川决定返回遂州，再作商议。

陈捕头闷闷不乐，无精打采地往回走，快到遂州地界时，遇到一位重庆客商。这位重庆汉子言谈甚是豪迈，说到故里的豪门秦家大院，满眼尽是羡慕之色。陈豫川联想到茶肆里的传言，心想何不去碰碰运气？

腊月二十六，陈豫川来到潼南地界，远远看到卧龙山下矗一大宅，气势恢宏，计有房屋百十间，似新近建成。

陈豫川阅历丰富，潼南乃川中小邑，且距遂州城不远，他怎么从未听人言及此地有如此豪富之人？

心里有了疑团，便不走了。陈捕头独自一人来到大宅对面的茶棚里，买了一碗茶，慢慢地一边喝，一边和主人家聊天。谈话中，陈豫川不断地夸赞潼南是个好地方，物产丰富，人民富裕，说得店主呵呵地笑声不断。

二人言语投机，相谈甚欢，陈豫川慢慢将话题扯到了对面新建的大宅上。"如此豪宅，世所罕见。"

"谁说不是呢？"店主人语气中颇多自豪。

当问及何人所建时，主人却把一个小脑袋摇成了拨浪鼓，只说五年前秋八月间，来了一位外乡人，出手阔绰，花万两黄金买下这百十亩坡地，动工修建了这座大宅子。

"好像是当年冬月二十六动的土吧?"

陈豫川听到这么一说，心里十分激动，表面上不露声色，呵呵地付了茶钱，转身而去。他无事一般来到附近的镇子上，找一家客栈住了下来。

每日里，陈豫川有事无事都到茶馆里坐一坐。一连十天，从未发现大宅的正门打开过，只有一个老仆每日里从院侧的小门进出，负责打扫房前屋后的清洁，偶尔也去镇上购些菜蔬。

陈豫川天生就是吃六扇门这碗饭的，能言善辩，机智伪巧。不多日，便与大宅子的老仆熟稔如故。

老仆人乃重庆万州人氏，新近聘来此宅。他对主人的情况也知之甚少，只说主人年近七十，双目失明，在这个地方无亲无戚。

陈豫川很用心地听着，他多少感到有些意外，偌大的一座豪宅里，平时却只住有一仆、二丫鬟和两书童。

老仆人无意中给陈豫川说了一个很奇怪的现象，引起了他的注意。说是这大宅子的主人每到月圆之夜，不论刮风下雨，都会外出远行。多则十日，少则三五日，不知道去了什么地方，也不知道去干了些什么。"反正出去的时辰，一定是深夜子时。"

陈豫川听了老仆的话，心里渐渐明朗起来。

上元佳节闹元宵，山乡里处处焰火齐明，鞭炮声声。陈豫川仿佛忘记了当天是什么日子，一门心思想着大宅子的种种古怪。他早早地在宅门前的空地上，胡乱放了十几堆秽物，自己则隐匿在一旁的黄葛树上，偷偷地观察动静。

当天夜里，明月如昼。子时，豪宅的大门准时打开了。

陈豫川看见两个书童提着灯笼在前面走，后面跟着一位白发银须的老叟。两个书童只顾前行，丝毫没有搀扶老叟的意思。

老叟年纪虽大，脚步却甚是矫健，遇到有秽物的地方，轻快地绕道避开，并不践踏其上。

陈豫川嘴角露出了一丝笑容，知道这个老叟乃伪作瞽人，绝非善类！联想到贼是三人的传言，陈捕头心里暗忖，两个书童莫不是他的帮凶？

八日后，丑时。

两个书童驮着沉甸甸的包袱，偕老叟从外面匆匆返回大宅。陈豫川看在眼里，兴奋得像一个捡到银元宝的孩童，立即返回客栈，倾壶长饮。

翌日天明，陈豫川扮成算命先生来到大宅门外，高声叫道："前朝诸葛亮，后世刘伯温，吾本鬼谷子，江湖神算命！"

过了一会儿，大门开了，出来一个书童，对陈豫川说："我家主人有请先生。"

陈豫川彬彬有礼地颔首致谢，跟着书童进了大宅。

院内十分宽大，仅中轴一线，楼宇就多达十六重。每重大门皆紧闭，人从耳门入。

二人行至最后一重，房屋大门自动开启。陈豫川看见银发老叟扶椅端坐厅中央，急忙上前请安。

老叟竟然视而不见。

陈豫川不觉尴尬，笑着相询："不知府上何人算命？"

老叟闻言笑曰："你是算命先生吗？陈捕头陈大人！"

陈豫川听他一说，吃了一惊。好在其长期混迹江湖，倒也处变不乱，心想既然被他猜破，不承认反倒示弱。当下凝神戒备，朗声说道："佩服高人法眼如炬，在下正是遂州陈豫川。"

老叟听罢，淡淡一笑，随即高声赞道："果不愧蜀中名捕，如此坦荡！老朽如不据实相告，倒显得小气了。我就是唐门二当家无影神针，因与大哥素不相合，愤而出走来此落脚。去岁冬月初一，在贵地将程春家里的金银珠宝悉数盗走，留钢针一枚，原想嫁祸于大哥，让他吃些苦头。不想陈大人侦技如神，这么快就追踪至此，老朽实在佩服得紧！"

陈豫川闻言，十指微动，做虎扑状。无意间瞥见二书童虎视眈眈立于旁，情知险到了极致，设若强行缉拿，恐非三人之敌。情急之下，陈豫川哈哈一笑，一边说承蒙唐大侠夸奖实不敢当，一边言奉上司之命，不敢有违，只字不提缉拿归案之事。

老叟叫二位书童退下，悄声对陈豫川说："陈大人请先回去，三日内，老朽必给你一个答复，如何？"

陈豫川知道无影神针之类的人物，言出必行，决不悔言。遂点头同意，放心地离开大宅子，回到镇上的客栈里。

陈捕头待在客栈，天天盼着大宅子的人前来回话，谁知三日已过，非但没有人来，连只言片语的信函也没有。心里不觉生气，径直跑到大宅子，欲问责于叟。

开门的书童对他说："信早已送给你了，怎么会不知道呢？回去看看枕下不就行了吗？"

陈豫川急匆匆赶回客栈，搜索枕头下，果见黄金百两，小刀一柄。他将小刀拿在手上细细把玩，却不识柄上的毒蝎标志，但可以肯定，此刀绝不是唐门中所用之物。

陈豫川心中骇绝，急忙返回遂州，辞职不再做捕头。携妻儿隐于乡下，至死不敢说贼叟事，怕祸及子孙。

独眼麒麟

遂州顺南街的夜市很有名。

两排穿斗结构的店铺，夹了一条青石街道，向东铺排开去，绵延里许。街道两旁，计有百十家古玩商，林林总总在此经营。每当夜色降临，各家店铺里点一支白烛，不明不暗的烛光，将一条顺南街照得朦胧，甚至有些阴森。

悦来客栈坐落在顺南街临河的中段，富丽堂皇的厅堂，占尽了一街风流。李长林来时，店里已住了一位雅州客商。雅客瘦瘦的，看穿着打扮，俨然大家派头，很有几分豪绅味，人也十分精明。

店主人左目残而无珠，人称独眼龙。虽然少了一目，面容却很友善，给人无限的信赖感。

李长林是那种没有几文闲钱又偏爱热闹的转转古董商，脑子里总想着发大财。空闲无聊时爱去山里的小镇溜溜，时常不留神弄回一两件前朝或更早些时候的古物，有了钱就换酒喝进肚里。虽然淘到过不少值钱的宝贝疙瘩，却始终未见发迹。

近日，他听说遂州顺南街夜市藏龙卧虎，便怀揣一万两银票，过来碰碰运气。

精瘦的雅客却不同，常常将遂州古玩界贬得一文不值，说是来了半月有余，未见有什么值钱的东西上市，枉自负了盛名。从腊月初八起，早上便起得十分晚了，时常闭门参禅，一副高深莫测的样子。

倒是店主人依旧一副笑眯眯的模样，见两位爷整日里忙活，总未见收获，便有一丝怜悯。终一日，酌了两壶好酒，切二斤烧腊，邀两位客人同饮。

酒至半酣，独眼店主喃喃自语地叹道："年关将近，那些破落户怕人前丢了脸面，必有饰物抛售于市，以筹年薪。一般殷实人家，或还债或酬宾，也有闲置之物售于夜市，有心人必有所得。"

想是多饮了几盅，独眼店主晕晕乎乎，喃喃而语，几近梦呓。

雅客闻言，心中震动，感激店家点拨，便从布袋里掇出核桃数枚佐酒。

桃壳坚硬如铁，不易得食。

雅客乘了酒性，两手各执三桃，如杂耍般旋转。哗哗有声，片刻皆碎。

店主人见了，暗叹其勇，敬酒数碗，三人尽欢。

李长林不胜酒力，早早告退，宿于房中。二人独留于厅，倾壶长饮。雅客大醉，唯店主人神色如常。

腊月十二晚，天雨雪。

雅客偶感风寒，不想外出，独自龟宿客栈内。李长林草草用了一碗炸酱面，权作晚膳。餐后，一如既往地只身前往夜市。

雪愈烈，雅客寒不能忍。店主人生炉火，温酒以待。

酒过三巡，李长林裹雪匆匆而入。店主人见他满面喜色，起身作揖道："恭喜李爷得了。"

李长林要了一杯酒饮下："托主人家吉言，今日果然得了。"

雅客性急，要见那宝。

李长林本不愿在同行面前炫耀，但此宝果真不同一般，便喜滋滋地拿出来，放在案上。

天，竟然是一枚鸽蛋般大小的绿宝石！烛光下，荧荧闪着绿光。

店主人独眼里有了好奇之色："此宝必有故事。"

原来李长林去到夜市，漫无目的地溜达。风雪中，一老妪携一篮至，悄声问其要否？李长林不知何物，揭了盖头，见是一只锈迹斑斑的铜麒麟，独眼嵌于额上，爱其造型怪异，便接过来细细观察。雪光之中，麒麟的独眼绿光荧荧，不由狂喜，却装得若无其事地问："价值几何？"老妪似大户人家仆人，局促回答道："家里人说了，非百两银子不可售。"李长林装作吃惊的样子："诓谁呢，一只铜麒麟，竟值百银乎？"老妪坚持不售。李长林随口道："二十两买眼球如何？我家小儿必喜玩之。"老妪犹豫片刻，便成交了。

店主人失声赞道："李爷精明，此眼当值万金！"

突然，雅客捧腹而吟："疼死我也。"兀自撇下二人，急匆匆上街买药去了。

李长林心里高兴，与店主人你一杯我一杯慢慢饮着酒。

炉火红红地照着雪夜，酒已经不多了。雅客终于回到店里，满脸喜色尤甚李长林回店之时。

店主人忙站起来，十分虔诚地祝福："爷，真玩家也。"

李长林不知店家何发此言，见雅客从怀中拿出一物，竟是那只无眼铜麒麟！不觉有些呆了，遂问其故。

店主人道："铜麒麟额上嵌一枚万金宝石，合常理乎？"

金镶玉？

当真是金镶玉！

李长林拜服:"二位胜吾多矣!"

雅客喜不自胜地说道:"李爷不必过谦,一只无眼麒麟,一枚无依附的宝石,怎敌得二物合璧?请店家做个东道,二物合璧,不论价值多少,皆三七分成如何?"

众皆称妙。

三人连夜去了遂州全泰堂,老板出价二十万金,按约分成,各得其所。

两人各以千金酬谢店主人,其皆摇头不受。李长林内心感动,店家重情薄利,少有的侠义之人。

翌日,店主人置酒相送。三人饮于城东涪江畔的花船上,至午时方休。

雅客欲与李长林结伴同行。

李长林摇头,心有不甘地谓之曰:"遂州南市水深,小弟欲乘年关临近,再去摸几条小鱼。"

雅客独自乘舟溯流而西。

雅客去了,悦来客栈只剩下李长林。不知何故,他的心里莫名地惶恐不安起来,夜里居然无法熟寐,脑子里一直想着雅客的十几万金。

隔壁的店主人无声无息,不像雅客在时温一壶酒过来共饮。

李长林有些害怕,点烛围被坐到天明。

已时,李长林独自落寞地来到南市,一街商众盛传雅客暴毙潼川府寒阳驿,身中数刀,财物尽失。遂匆匆赶回悦来客栈,悄悄地潜到店主人的寝室外,撬窗而观。

店主人正和衣呼呼大睡。

李长林心里十分诧异,店家每日皆早起,今天为何如此贪睡?

心念一动，人已破门而入。

店主人翻身跃起，手里握一把明晃晃尖刀，厉声喝道："你意欲何为？"

李长林拿出一方铁牌，独眼店家一见，手里的钢刀"当"的一声坠在地上。他哪里相信，眼前并不精明的古董商，竟然是遂州赫赫有名的捕头陈豫川？！

李长林见他满脸疑惑，淡淡地笑一笑说道："遂州南市，数年间古董商失踪百十人，两川震动。朝廷限时破案，吾领命暗查月余，却始终未见蛛丝马迹，不得已扮成古董商宿于你店中。那日，雅客手碎铁核桃，内力何等深厚！酒力却不及你，那么你是何人？我自然有了警惕。你明明知道铜麒麟乃纯金所铸，却让雅客占先，如此的大利皆不屑，岂不更让人生疑？吾与雅客以千金相谢，本属业界惯例，真正的豪士取应得之利自古皆然，而你却一副漠然，必另有所图，怎不叫我小心翼翼？雅客一死，知情者三，元凶是谁，陈某虽笨，也不至于想不到吧？"

"李爷精明，远在我与雅客之上！"独眼店家说完这话，放下手中钢刀，闭了眼睛束手就擒，让李长林押回州衙大牢候审。

是夜，遂州城西卧龙山，戒备森严的大牢内，悄然无息。鸡鸣五更，州衙得报，一狱守吏尽遭殴毙，独眼店家不知去向。

李长林标杆一般站在大牢前，望着漫天飞雪。心，重新开始紧缩……

寒阳驿

寒阳驿坐落在涪江边。

从遂州城出发，沿着古蜀道北进四十里，过了碑亭子垭口，远远就能看到驿站高高飘扬的酒旗。驿馆地处水陆要津，往来京师与川内的人，不论达官显贵，还是贩夫走卒，多汇聚于此，实乃川中不可多见的繁华之地。

乾隆二十三年春，寒阳驿突然没有了往日的繁华景象。

州府衙门得报：元宵节后三日内，往来梓、遂二州间的旅客神秘失踪五人。听失踪者随从说，这些人失踪前全都住宿在寒阳驿馆内，夜里无缘无故地不见了踪影。

捕头陈豫川初时并未在意，料想必是地方官吏治境不力而故意夸大其词。谁知接下来数日，失踪警报源源不断传到巡捕房，他才上了心，亲自带队前往驿馆蹲守布防。更让他吃惊的是，一连七日不仅找不到任何与之有关的蛛丝马迹，寒阳驿里反而又有两名客商失踪。

陈捕头抠烂脑壳也想不明白，七八个兄弟日夜在驿馆里巡逻，两个大活人怎么就失踪了呢？渐渐地，他盯上了一个有些蹊跷的卖油翁。

这个卖油翁年前不知从什么地方来到遂州城，时常挑着一对大油桶大街小巷转悠，低价收购本地菜油，然后挑到梓州或更远的利州倒卖，据说获利颇丰。就是这个卖油的糟老头，让陈豫川起了疑心，为什么他半年多来往返利、梓、遂三州间，长期住宿寒阳驿，却从来没有出过事呢？

三月初九，惊蛰。

遂州"富源商号"老板、人称"铁算盘"的王富祥，带着一个小厮携巨资从梓州返遂，途经云台观山梁子钟幺师店子，歇脚喝茶时遇到了卖油翁。闲谈之中，主仆二人扯到寒阳驿新近发生的命案，语气里颇多忌惮之意。邻座的卖油翁闻言，随口接话道："老夫长年往返梓、遂间，皆留宿寒阳驿馆中，何来失踪命案？其多半为村夫俗妇杜撰的谣言。"

王富祥听了卖油翁的话，笑着对小厮说："听到没有？我说没有的事嘛。"他不仅帮卖油翁结了茶钱，还邀其同宿寒阳驿，希望托老翁之福，平安无事。

卖油翁欣然同意。

傍晚时分，三人来到寒阳驿。王富祥吩咐小厮，写了驿馆西厢那套三人间的上房，笑着对卖油翁说："与老丈同宿一室，心里踏实。"

卖油翁笑了笑，说他的命硬得很，客官尽管放心，不用担心夜里会发生什么怪事。

三人进到房间里安顿下来，王富祥这才发现，卖油翁肩上挑的两只大油桶甚是沉重，暗自佩服这个老实巴交的汉子，好一身蛮力气！

卖油翁果然是常客，驿馆里的人都认得他。因为是熟人，小二帮忙将油桶挪进房间里，卖油翁很大方地赏了小二一串铜钱。他见王富祥主仆二人占了最里边的两个铺位，笑他二人胆小，一屁股坐到最外边的那张床铺上，当了个守门神。

王富祥净手洗漱完毕，邀请卖油翁一起进餐。

卖油翁没有推辞，大大方方应承下来。三个人有说有笑，一同来到后院餐厅里。

盆大的油灯把餐厅照得如同白昼，那些用过膳的客人们，正陆陆续续离去。偌大的厅堂里面，只有一个卖砂壶的老人和一个占卜的盲叟，还在那里闲谈。

卖油翁是个热烙和气的人，他笑眯眯地上前和二人搭话。中年盲叟告诉他，今晚住宿在驿馆西厢房靠近大门的那间房子里，和卖砂壶的老丈是室友。

王富祥听到二位是邻居，就说出门在外，能同馆共宿，实乃前世有缘，何不一起用膳？他嘱咐酒家准备了一桌丰盛的酒菜，硬拉二人过来同桌饮酒。

二人推辞不过，忸忸怩怩地走过来，围桌坐定。

五个人欢欢喜喜推杯换盏，直吃到一更天方止。在店小二不断催促下，各自打着酒嗝，晕晕乎乎回到房间，蒙头大睡。

当天夜里，月如玉盘。

三更时分，占卜盲叟尿胀得不行，翻身从床上爬起，来不及赶到茅房，就躲在西厢房前的一笼芭蕉林里，唰唰地屙了起来。

一阵夜风吹过，占卜盲叟打了个冷战。匆匆忙忙屙完，正要返回房间继续睡觉，猛然听得隔壁房间里有利斧劈物的声音，继而又有痛苦的呻吟声传过来。占卜者想到新近诸多失踪命案传闻，背心处一阵阵发麻，他凝神仔细再听，却又万籁俱寂，四下一片寂然。

占卜盲叟站在芭蕉林里，悄悄监听良久，除草丛中此起彼伏的蝈蝈声外，唯一地月光皎然。占卜者心中恐惧愈盛，连忙梭回房间，小声地把卖壶老人叫醒，告诉他自己听到的一切。

卖壶老人睡得正香，被瞎子叫醒后，满脸不高兴。他哪里肯信占卜者的话？

占卜盲叟见卖壶者不相信自己，又比又划地把自己刚才听到的一切，绘声绘色地重述了一遍。

卖壶老人听他说得千真万确，立即紧张起来，连忙附在墙壁上聆听，却什么也没有听见。隔壁的房间里，唯鼾声正浓。

卖壶老人不屑地瞥了一眼占卜人，伸着懒腰打着哈欠，又要倒下睡去。

占卜盲叟坚信自己所听到的一切，见卖壶老者不相信自己，赌咒发誓地说："我故意摔破你的砂壶，你起床和我大声争吵，以观动静如何？"占卜者说完，也不管卖壶老人愿不愿意，抓起一个砂壶，狠狠地砸在地上。

卖壶老者没有想到占卜盲叟说砸就砸，骇了一跳，不由得大声骂起来："狗瞎子，赔老子的砂壶来！"说完，翻身起床，就要过来和他拼命。

隔壁房间里的人，听到有人大声武气吵架，果然拥着被子出来看热闹。夜空中有淡淡的薄雾，他们的面容看得不甚真切，只晓得是三个人而已。

占卜盲叟见有人前来围观，愈加激动起来。他一只手使劲扭住卖壶老人衣领，一只手用力掐卖壶老人的胳膊，嘴里大声叫嚷道："天杀的，你偷了我的银钱，奈何反扭打于我？"

卖壶老人不知占卜盲叟何出此言，只道他想污赖自己，越发地愤怒。遂大声叱责道："好你个臭瞎子，砸坏了老夫的砂壶不说，还要凭空污人清白!"他嘴上激动地嚷着,手上的劲也越使越大。

两个人越吵越凶,一馆旅客纷纷出视。隔壁三人见了,当着众人的面,大声指责卖砂壶的人,要他将钱还给占卜盲叟。

卖壶老人连天价地叫起屈来,越发气愤不已,扭住占卜盲叟就要动手打人。旁观的旅客不由得鼓噪起来,有人大声指责卖壶老人,也有人破口大骂,说二人深更半夜争吵没有公德。

一时间里,帮腔的帮腔,劝架的劝架,整个寒阳驿馆内,闹麻麻地像掀翻了天。

隔壁三人见事情越闹越大,便出来当和事佬,声言二人同住一个房间,让占卜盲叟搜上一搜,又有何妨?

众人齐赞好主意。

好事者马上找来灯笼火把点燃,一起将二人所住的房间抄了个底朝天,却并没有找到占卜盲叟所说的银钱。

占卜盲叟急得大哭,哽咽着说道:"我一个瞎子,赤贫如洗,好不容易积得四两银,今夜遭人盗窃,除了卖砂壶的人外,临近西厢房的客人也脱不了干系,万望众位客官为我瞎子讨个公道。"

隔壁三人原本已打算回房睡觉,听到占卜盲叟如此一说,齐声呵斥道:"我等好言相劝于你,为何反诬是贼?"

占卜盲叟不依不饶:"我怎敢单独说你三人?今夜凡住宿本驿馆的人,都有盗我银两的嫌疑,如不一一搜寻,瞎子我必以死相搏,誓不出此门中!"

驿馆主人闻声匆匆来到现场,见占卜盲叟哭得甚是悲切,又恐馆内节外生枝再出人命,便婉言相劝隔壁三人:"既然与己无关,让他搜上一搜,可好?"

隔壁三人听了驿馆主人的话,不由得勃然大怒,声言他的银两不在了，关我等鸟事！言辞间虽然铿锵有力，神色却甚是惊惶。

馆主人见三人不肯让占卜者进屋搜查，便召集十数个杂工，硬闯进他们住的三人间内，仔细地搜索起来。

三人没有办法，只好站在各自的床铺前，任由大伙儿翻看查找。

住在里面的王富祥和小厮想是怕冷，始终用被盖捂着头，让人看不清他们的面容。

卖油翁寸步不离地守着自己的两只大油桶，当众人准备掀开油桶时，他死活不让开启，一再声称桶里装的上好菜油，见不得露气。

众人哪里肯信？占卜盲叟更是气势汹汹地说道："谁说菜油见不得露气？真是放你娘的狗屁！"

众人强行打开那对大木桶，里面哪有什么菜油？只见两个桶内各藏着一个大油纸包，纸包上血迹斑斑，不知道包裹的是什么东西。

馆主人亲自过来打开油纸包，灯光下众人看得真切，包里赫然裹着已被肢解了的遂州"富源商号"老板王富祥和他的随身小厮！

卖油翁大惊失色，面泥一般瘫坐在地上。

原来，卖油翁即是寒阳驿里失踪诸人的罪魁祸首。他以贩卖菜油为名，往返利、梓、遂三州间，每每遇到富商巨贾时，便想方设法套近乎与之同宿。为掩人耳目，他的肩上始终挑着一对大油桶，人人皆以为桶内装的菜油，哪知桶里预藏着两个同谋？夜里等到同宿的客人熟睡后，他就掀开木桶放出同伙来，一起将睡着了的客人杀死，再肢解匿于桶中。翌日不待天明，早早结账荷担而去，驿馆之人如何觉察得了？

半年之间，贼以此法，先后残杀十七人！不想被占卜盲叟窥破机关，终遭逮捕。

占卜者，遂州名捕陈豫川是也。

金蝉寺

一鸠泣雨，四野空寂。

卧龙山金蝉寺里，悠扬的禅钟声，在早春二月和风细雨里，显得格外的清越。

山下，遂州城西门外，林家大院的春天，似乎总比别人家来得晚一些。往年这个时候，后花园里的海棠早已盛开，今年枝头上，却依然是一粒粒青花椒般大小的花蕾。

宅子大门紧闭着，高挑的檐牙上，蜘蛛网空空荡荡，老猫冬眠般充满倦意。

林家大院主人林默然，前朝举人，候补任过富顺县令。卸任后还乡择卧龙山之龙坪，耗巨资造了这座大宅子。

偌大一座林家庄园，占地十亩之阔，居者主仆共九人。平时很少有人进出，偶尔见到林夫人携小女秀秀从后院门出来，那一定是母女俩去后山金蝉寺烧香许愿。

今天是立春节，林举人早早起了床，按例打开紧闭了一冬的宅院大门。立春乃一年首节，林举人甚为看重，立春立春，送别晦气迎来新春嘛！

可是，林老爷显然没有一丝新春之喜，他的脸上布满晦暗的瓦灰色，仿佛一宿未眠的模样。

唉，硬是烦死人。小女秀秀自年前到金蝉寺进香后，就像变了一人，从前温顺听话的乖女儿，一下子成了桀骜不驯的小辣椒！天天吵闹，非要退了和鲁家少爷的婚事不可。

他哪肯答应。

见爹爹不答应，林秀莫名其妙就病倒了，躺在床上不起来。

女儿病得实在蹊跷，三月二十三，鲁家将花轿迎亲，他这个当爹的能不心烦么？

林老爷站在宅门前阶沿上，对着一轮初升红日，深深吸气，又慢慢呼气。一番吐纳后，胸中那一团郁闷渐渐顺畅起来，脑子也灵光了许多。

哼，女儿的病一定跟金蝉寺有关！只是林举人不明白，夫人为什么也坚决反对和鲁家的婚事呢？

鲁家乃望族，是遂州数一数二的名门。

少爷鲁向东在州衙里干着公差，不仅仪表堂堂，而且满腹经纶。前年正月十五闹元宵，得识林秀芳颜后，便害起了单相思，一门心思要娶林小姐为妻。

鲁家打探到林姑娘仍待字闺中，遂托人求婚。

只道女儿家婚事父母做主，林举人满心欢喜地应承了下来。

谁知向来温顺的林秀，坚决不同意这门婚事，甚至珠泪涟涟地求爹爹不要强迫她，否则，抹脖子上吊一了百了。

林默然很无奈，要是悔了这门亲，他哪丢得起这个人哟？

那日在茶肆里，当着一干乡党的面，答应了这门亲事，现在拿什么去兑现？谁不知道举人老爷林默然，向来一诺千金？

乖女儿咋就不听话了呢？

林秀是林默然的掌上明珠，自幼在父亲书房里进进出出，耳闻目染间，三岁能识字，七岁可吟诗，端的才貌双全。长到十六七岁时，便成了粉团玉雕一般人儿，是遂州城里数一数二的大美人。平日里，林秀常陪伴母亲佛堂诵经，偶尔也去金蝉寺烧香许愿，祈佑一家人平平安安，乖得很呢。

昨日午后，林秀携丫鬟珠儿到金蝉寺散心，一去大半天，回来后与父亲好生吵闹一场，便病了。自个儿苦着一张脸，不言不语地猫在绣楼里，任谁敲门都不开。

林默然晨练完毕，踱步来到小姐绣楼下，见女儿卧室门依旧紧闭着，直急得来回走动。暗自叹一口气，回到书房里，坐课案前愣愣地发呆。

丫鬟珠儿轻足轻手来到书房，将一张纸条递给老爷，细声细气地说："小姐让我送给老爷的。"

林默然展开纸条，见上面是女儿工整的兔毫小楷，书写着杜工部《绝句》一诗："两个黄鹂鸣翠柳，一行白鹭上青天。窗含西岭千秋雪，门泊东吴万里船。"初时不解其意，细细品读后，猛然惊觉，女儿要与人私奔！

林举人这一惊非同小可，以致惊慌失措，将书案上所置砚台拂落地上，直砸得砰然有声。

珠儿猛地听到一声大响，骇了一跳，不由得花容失色，连连惊叫不绝。

林默然望了望珠儿，眼里有了一丝怪怪的神色。突然伸手将其紧紧搂住，就像搂着自家女儿一般，生怕松开手后，女儿会像风一样飘去。

老爷向来严肃呆板，珠儿不知其此刻为何这般孟浪?! 一张小脸羞得通红，格外地又平添了几分姿色。

林举人怦然心动，顿时有了主意。珠儿跟随林秀多年，二人生活习性相差无几，平时里受小姐熏陶，诗词歌赋倒也识得，加之聪明伶俐，甚得府上人喜欢。林默然望着珠儿不停地点头，嘴里也不停地说着"很好真是很好"之语。

珠儿见之，越发地忸怩难堪。

林默然主意已定，脸上有了笑容。令家丁严守小姐绣楼，绝不让其外出半步。

三月二十三，百船下河滩！

遂州城东门外，涪江已解冻通航。上游桃花水妖妖冶冶而至，浩阔地向东南流去。

城西，一队娶亲人马数十人，吹吹打打来到林家大院。司仪站在庭院高高的阶沿上，大声宣布："吉时良辰已到，请新娘子上轿。"

迎亲者欢天喜地，将林家小姐搀扶到花轿上坐定，浩浩荡荡迎回鲁府。

鲁府内宾朋满座，锣鼓喧天，礼炮从午时一直响到申时。百十桌流水酒席，也从中午一直开到夜里酉时。客不分亲疏贵贱，只要前来祝贺，一律敞开肚皮大吃大喝。喝酒行令之声，里许相闻。

是夜，月明如昼。

鲁府后花园内，朵朵玉兰盛开。

鲁公子吃得酩酊大醉，在众人簇拥下，东倒西歪入了洞房。

约莫三更时分，众护院突听得洞房里一声惨叫。正迟疑间，只见鲁公子从洞房中趔趄奔出，一路哈哈大笑而去。

众人只道少爷犯了"喜癫"，抿嘴窃笑间，一齐快步上前，欲将公子拦下。

谁知鲁公子一路飞奔如风，众护院哪追得及？鲁向东瞬间到了涪江边，纵身翻上江堤护坡，站在悬坎上不停地手舞足蹈。

众护院骇了一跳，齐齐止住脚步，哑然不敢作声，生怕少爷受到惊吓，不小心掉入江中。

正当众人屏住呼吸不敢乱动之际，江面猛然刮起一阵狂风。

鲁公子几经挣扎欲稳住身子，终因饮酒过度，整个人像一面失去重心的门板，直挺挺地坠入滔滔江水中。

众护院大惊失色，奋力奔上江堤，欲施援手。

惜一江滚滚黑浪，哪里还有鲁公子身影？

鲁老爷闻讯赶来，见江畔月黑风高，江中水涌浪急，料少爷已无生还之理。一口气憋在胸口，顿时昏厥过去。

众人越发慌了神，七手八脚将鲁老爷弄回府上，又是掐人中又是灌姜糖开水，总算悠悠地醒了过来。

鲁老爷老泪纵横，颤巍巍掌灯至新房查看情形。

花床锦被上，横卧一女。其身着大红棉袄，下身赤裸，早已气绝身亡。

众人细看之下，此女居然是林秀贴身丫鬟珠儿！

鲁老爷见之，更加悲愤，大骂林默然丧尽天良，不知为何施了调包计。

室中众人皆揣度，谓少爷揭了红盖头，见不是自己心上人，以致惊吓成癫，狂奔落水而亡。

翌日天明，鲁老爷诉讼于官。

州府衙门得报，急令巡捕房将举人林默然缉至州牢候审。又令杂役数十人，沿江打捞鲁公子尸体。然，遍寻涪水上下二十里水域，终无所获。

捕头陈豫川甚觉此事疑点重重，新娘林小姐怎么变成了珠儿？众人明明看见鲁公子坠落涪江，为何又遍寻不见其尸？

陈捕头来到狱中，亲自询问林举人。

初时和风细雨地问，林默然自然不肯多说，慢慢吃不住拷打，便将女儿病危，不能按期婚嫁一事如实相告。至于为何用丫鬟珠儿冒充小姐一事，实乃顾及林家脸面，没有任何他图，也如实一一招供。

陈豫川乃蜀中名捕，拷询犯人经验老到，听林举人所言，知非诳语，一时反倒没了主意。

走出州狱大门，陈豫川来到玉堂春茶楼，习惯性地要了一壶碧螺春，慢慢地品着。

风从门洞吹入，陈豫川极舒服地躺在竹椅上，满脑子全是林举人招供之词。

当喝二开茶时，陈豫川忽然大叫道，嘿嘿，鲁公子怎么可能在奸杀珠儿之后，才惊吓成癫？按常理论，其成癫时，必为初入洞房见新娘非林秀时。如果此论成立，那么后面之奸杀就无法解释了！

鲁公子向来文弱，就算其仗着酒力，长年习武的护院们怎么追撵不上他呢？莫不是鲁公子醉入洞房，见珠儿已死而受惊吓？抑或其看见凶手正在房中行事而受惊吓成癫？

看来鲁公子新房里面，必有古怪。

陈豫川越想越觉得有理，但一时半会儿理不出个名堂来。遂密报州府，暂时将林默然释放回家，暗地里派人潜入林家大院，日夜守候监视。

陈捕头独自一人来到鲁府，进入新房里细细查看。

洞房布置雅洁有致，唯一床一柜一妆台。

珠儿横尸锦被上，下阴有精液流出。

死者临终前曾拼命反抗过，双手指甲内残留着少许皮肉血迹，当是凶手身上之物无疑。

陈豫川摇摇头，又笑了笑。从现场情形看，珠儿死因确系先奸后杀。想起林举人狱中所言，调包计乃珠儿同意后实施，如果是鲁公子行其好事，她为何要拼命反抗？如果不是鲁公子，那么行奸之人又会是谁呢？

陈捕头一言不发地回到家里，闭门想了一夜。虽未清理出完整的头绪，不过可以肯定，林家小姐才是案件的关键人物。

次日天明，蹲点林家的兄弟们回来说，林秀根本没有病，昨天还到天上宫看了川剧《白蛇传》，精神得很呢。

陈豫川一听，顿时来了精神。

林默然明明说他女儿病危，不能按期婚嫁，怎么可能去天上宫看戏呢？既然林小姐去了天上宫，至少说明两点，要么林举人说谎，要么林小姐有鬼！

当天夜里，陈豫川换了一身夜行服，悄悄潜入林秀绣楼，暗中观察动静。

灯下，林秀果然面如桃花，不仅没有病态，反而呈现出异样的光辉，那是少女情恋正浓的"女儿红"啊。

陈捕头大为惊讶，鲁公子已死，她的心上人是谁？这人莫不与洞房命案有关？

正思虑间，陈豫川猛听得林小姐卧室花窗"剥、剥、剥"响了三下，立即缩身藏匿。

只见林秀满脸喜色地起了身，莲步盈盈地来到花窗前，喜滋滋地打开了窗户。

夜色朦胧中，陈豫川看见从花木窗外，轻盈地飘进一位身材魁伟头戴黑巾的青年男子。

林秀欢天喜地扑到那位青年怀里。

二人相拥入帐内，昵笑声随即不绝于耳。

陈豫川见黑衣青年身轻如燕，步履却很沉稳，知其武技不在自己之下。欲待二人情浓时，一举将歹人擒获。

主意既定，陈捕头紧了紧腰带，正要潜伏过去。也合该此事有些波折，偏偏一只老花猫翻窗入室，适时地撞翻了妆台上的铜镜。

黑巾青年推开林秀，警觉地一跃而起。

陈豫川疑其欲遁，忙纵身跃入室内。不由分说，伸手便拿他肩井穴。

黑巾青年快手如风，不退反进，右手直取陈捕头面门，左手一招"仙人偷桃"，直奔下阴而去。

陈豫川乃堂堂正正之人，见黑巾青年出手阴狠，心头大愤，好一个武林烂崽！旋即左手横格，封住其奔袭而来的右手，身子陀螺一般右旋，右脚斜插左前方一尺五寸，恰到好处地护住了下身紧要处。

说时迟，那时快，陈豫川右手五指突然张开，鹰爪般袭向对方双眼。

黑巾青年果非等闲之辈，见陈豫川招式凌厉，忙取守势。一声不吭地见招拆招，腾挪跳跃，丝毫不落下风。

陈豫川巡捕房公干二十年，破获大案要案无数，从未遇到过如此强劲对手，心中豪情顿生。见黑巾青年出招风快，便将家传绝学"漫天飞雪"掌法使出。据其爷爷说，此掌法缘于峨眉山了了禅师观风雪而悟，其速乃天下掌法之最。

果然，一套掌法尚未使完，黑巾青年已连吃了三掌。

护院家丁听得小姐绣楼上打斗甚急，齐声吆喝，提枪拖棍奔上楼来。

林秀见心上人已然不敌，一时方寸大乱，口里连声呵斥道："还不快走！"

黑巾青年眼见势急，拼力攻出三招，将陈豫川逼得缓了一缓，乘机一个鹞子翻身，夺窗如飞鸟般遁去。

陈豫川内力深厚，轻功却远不及黑巾青年。瞬息之间，那厮已逃到院墙上，眼见追之不及，遂飞出三枚柳叶小镖，直取黑巾歹人上中下三路。镖薄如纸，疾飞似箭，一镖正中黑巾人左小腿。

那厮一声闷哼，跌落院墙外。

一干护院冲进小姐绣楼，见陈豫川一身夜行打扮，只道是贼，四下里散开，将其团团围住。

片刻，林默然上得楼来，见了陈捕头，心里明了。忙呵斥众人不得无礼："统统退下楼去。"

待众人退去，林举人亲沏一壶香茶，候陈豫川木凳上坐定，直言不讳地问道："陈大人辛苦了，想必为鲁公子之事而来吧？"

陈豫川毫不客气，接茶在手，徐徐饮一口，回答道："正是。"

林秀跌坐一旁，嘤嘤而泣。

饮罢茶汤，陈豫川咂咂嘴，转过头来询问林秀，刚才那位黑巾青年是谁？

然，任凭陈捕头口生莲花，林秀只顾低头哭泣，一概不予回答。

林默然知女儿表面柔弱，实则刚强至极。便引陈捕头下楼来到书房，将自己心中所疑据实相告："陈大人，此事或与后山金蝉寺有关。"

陈豫川听了林举人所叙缘由，静静地想了一会儿，点头称是。双手打拱辞别了林默然，匆匆回到州衙里。

时，天色已明。

陈捕头嘱两个值班兄弟，打扮成香客模样，一同来到金蝉寺。

进入大雄宝殿，陈豫川言其为老母亲还愿，花十文钱燃了一炷高香，虔诚地伏拜于地。两眼余光，却始终不离盘坐于侧的住持和尚。

住持很年轻，约二十五六岁年纪，宝相庄严。然不知何故，其颈上似有挠痕，新迹可鉴。

丫鬟珠儿所挠？

陈豫川有些激动，但仍不能依此断定和尚即是黑巾青年。兀自拜地上不动，嘴里叽叽咕咕许着愿，心里却在想，如果和尚左小腿有伤，必是凶手无疑了。

正不知如何是好时，猛听得身后一香客大声叱道："尔久占蒲团不去，是何道理？"

陈豫川装作吃惊的样子，就势向旁一滚，极快地在和尚左小腿上一撸。

和尚"啊"的一声惊叫。

听音辨人，乃陈捕头特长，更是其异于常人之特别处。和尚那一声不经意的叫唤告诉他，此人正是昨夜林小姐闺房中的黑巾人！

陈豫川一跃而起，右手极快地死死将和尚小腿撸住，猛地用力往上一提，嘴里一声大喝："好贼子，果然是你！"

和尚猝不及防，轰然向后倒下。

两差役见陈大人已将和尚擒住，急忙棍索齐下，将和尚杀猪一般绑了，扬扬得意地押回城中。

解至巡捕房审讯，任由差役百般刑法施尽，和尚始终一言不发。陈豫川只得作罢，令将和尚押进大牢，择日再审。

夜里，陈豫川提一壶好酒，一只烧鹅，独自一人至牢内，默默地与和尚对饮。

和尚只顾喝酒吃肉，言及他事一概沉默不语。

陈豫川待其吃喝完毕，从怀里掏出一缕青丝相赠。和尚见了，知是林秀之物，眼内瞬息有泪花溢出，哽咽道："林小姐，都是了因害了你。"

原来，了因未出家前，乃梓州大户侯万山家四公子，从小文武双修，曾数赴省垣参加乡试不举，愤而出家当了和尚。三年前，了因到金蝉寺任住持，偶遇林秀，一时惊为天人。后林母多次携小女来寺进香，了因皆伴左右礼佛。一来二去，两个年轻人得以相识，彼此言谈甚欢，渐次互生恋情。

立春前一日，林秀借入寺进香之机，哭述与鲁公子之婚约。了因大急，密谋与之私奔。

无奈林小姐被软禁绣楼中，了因一时心急如焚，便仗着一身好功夫，决定入洞房抢回自己心爱之人。

那夜洞房花烛，了因潜入新房。揭开新娘盖头，见是林秀丫鬟珠儿，不由大吃一惊。

珠儿见了了因，知其来意，正欲告之实情。适，鲁向东醉醺醺地进入房里。慌忙中，了因匿入大衣柜躲藏。鲁公子醉眼蒙眬，并未认出此新娘非彼新娘，便拥珠儿入帐，行那好事。

了因在柜里左思右想，鲁向东酒醒后见新娘子不是林秀，必定上林家要人，不如现在杀之，免得留下后患。遂乘二人熟睡之机，提刀杀了鲁向东。

珠儿惊醒后，见出了人命，张嘴便要叫喊。

了因一时性急，忙用手捂其嘴，不让她呼出声来。

珠儿误以为了因要杀人灭口，越发挣扎不已。

了因不知不觉中，手越捂越紧，竟然将珠儿活活捂死。

情急之下连杀两人，了因心里难免害怕。在室内呆坐良久，慢慢想出一条妙计来：起身将鲁向东外套脱下，穿在自己身上，再将尸体抛于后花园内枯井中，又把珠儿尸体横放锦被上，裸其下身。然后惨叫一声，直冲而出，造成鲁公子酒醉后见新娘不是林秀，怒杀珠儿以致癫狂而失足江中之象。

陈豫川闻言，唏嘘不已。即差众衙役，至鲁家后花园枯井中，取得鲁公子尸体，又在金蝉寺佛座莲台下，获取了因血衣。诸般物什吻合，遂验明正身，画押送入死牢。

是日傍晚，林默然外出会友，彻夜未归。当晚酉时，夫人偕小女秀秀，焚香沐浴后，双双上吊身亡。

清乾隆四年五月初三，斩了因于遂州犀牛堤，悬首州城东门，示众七日。

库盗

大清自开国以来，历来推崇武备，在全国各地广置军需库，以备战时之需。四川乃天府之国，素为朝廷倚重，辖内九府三十八州，州州设有甲等银库，贮银规模一时为全国之冠。

遂州地处涪江中游，平畴沃野，两川赋税五占其一，州衙库存充盈，有金遂州银潼川之说。

乾隆十二年春，大金川首领莎罗奔叛乱，兵燹波及松茂二州，直逼省垣成都。时两川震动，朝廷云集十万重兵讨伐。

四月王师入川，急令调拨遂州库银以资军饷。

四川巡抚冯永昌不敢懈怠，亲往遂州押解。谁知启库验银，偌大的银库里，官银被盗十之六七！冯永昌大惊失色，着令现场人等严密封锁消息，外泄者军法从事。自己则连夜赶回成都，禀报总督胡昌盛得知。

军备官银被盗，事关平叛大局，胡昌盛哪敢隐瞒？翌日天明，八百里加急文书飞驰京师，据实呈报朝廷。五日，兵刑二部文牒传到蓉城，责令胡昌盛冯永昌限期侦破此案。

二人得令后，急得像热锅上的蚂蚁。他们心里十分清楚，此事案发天字一号，到期不能结案，项上吃饭的家伙肯定不保。胡昌盛本欲亲自前往遂州，但十万王师过境，应酬接待事务繁多，加之又要征调他州库银以措军饷，一时脱不了身。二人商量后，总督胡昌盛留守省垣，巡抚冯永昌再莅遂州。

临行前，胡昌盛拉着冯永昌的手握了又握，拍了又拍，像生离死别一般，反反复复地叮嘱了又叮嘱。

冯永昌受此重托，一日飞奔两百余里，马不停蹄地赶到遂州，当天夜里即进驻银库中。

银库设在涪江中的圣莲岛上，四面环水，只有一座小小的吊桥与岸上相连。桥长三十余丈，两端皆有重兵把守，严加盘查每一个进出岛上的人。仅就地理位置而言，外盗没有任何入库作案的可能。

冯永昌在银库里悄悄地观察了三天，没有发现丝毫有价值的线索。思来想去，认定是内贼作案，便在遂州衙门的安排下，乔装打扮成新来的库工，悄然混迹其间，暗中察访。

每日辰时，库工们按例在库房一侧的桥头集体交接工作。值守夜班的库工还必须在众目睽睽之下，一丝不挂地走过小桥，上岸后到衣帽间穿戴完毕，方可各自回家。冯永昌也不例外，一切都严格按照皇家规定程序执行，但即便如此，库中的官银仍时有丢失。

冯永昌心里十分纳闷，真是大白天活见鬼了。

遂州捕头陈豫川，自从奉命协查此案以来，一个人便有事无事地在遂州城的大街小巷里闲逛。他认为如果真是内贼所为，遂州城里肯定会有蛛丝马迹出现。

陈捕头的思路常常与众不同，尤其在侦办疑难案件时，一般人认为案发现场才会有线索，其实不然，真正的作案高手，现场怎么可能留下犯案痕迹呢？银库四面环水且工作程序密不透风，那里怎么可能得到有价值的东西呢？直觉告诉他，真正容易获得信息的地方，当是龙蛇混杂的茶肆酒楼或花街柳巷。

陈豫川有了这层想法，一连几天，都呱嗒呱嗒地趿着一双脏兮兮的木屐，在城东城西到处吃茶喝酒，听茶客酒徒们摆些三教九流或江湖豪客的龙门阵。

谷雨节前三天，一位风度翩翩的少年郎酩酊大醉后，蹲在天上宫戏园子里失声痛哭。茶客们不解其意，见他哭得悲痛欲绝，纷纷出言相劝，但任由旁人百般劝慰，少年人始终痛哭不止。

好事者言说，少年郎与百花楼一位叫香荷的姑娘交好，二人感情甚笃。不想日前被一神秘客看中，出重金包下香荷，不再让他人亲近芳泽。少年前去与之理会，那人一边搂着香荷饮酒，一边抛出十锭马蹄银，羞辱少年道："此银为大爷在此一夜的过夜费，小子可有银子乎？"少年不堪羞辱，跑到玉春堂酒楼滥酒泄愤，故而哭闹不已。

言者无心，听者有意。陈豫川心想这遂州城内，怎么会有出十锭银子上百花楼嫖一宿的富豪？莫不是哪里来的江洋大盗不成？！

陈豫川不动声色地离开了天上宫，悄悄来到位于柳荫街的百花楼。乘人不备，陈捕头一个鹞子翻身越过高高的院墙，潜入到大楼里窥视。香荷的房间内，果然有一客正与之亲热。

陈豫川定睛一看，当下大吃一惊，那客不是别人，正是省垣来的巡抚大人冯永昌！让陈捕头更加吃惊的是，放在案桌上的马蹄银，可以肯定为遂州银库之银无疑！

陈豫川不敢声张，连忙从百花楼中悄然退出，急匆匆赶回州衙报与上司周昌明知晓。

周昌明虽为遂州牧，官位却远不及巡抚冯永昌，听了陈捕头的报告后，心里惊骇不已。但他不敢造次，反复叮嘱陈豫川，在没有获得真凭实据前，只可暗中监控，不可鲁莽缉拿，免得打虎不成反被虎伤。

周昌明表面上要陈捕头注意这注意那，心里却比谁都清楚，以陈豫川之能，焉能判断有误？他这么说无非是告诉陈豫川，没有我的正确领导，你怎么可能侦破此案呢？他一边给陈豫川交代注意事项，一边火速草拟呈报公文，画押签章后，遣人连夜快马飞报兵刑二部。

周昌明之所以绕开总督胡昌盛，是想独贪破案之功，借以减轻遂州库银失盗的渎职罪名。

周昌明耍的小心眼儿，怎瞒得了陈豫川？他觉得好笑，但闷在心里并不说出来。回到家里后，依旧满脑子晃荡着冯永昌那张胖乎乎的嘴脸。

陈豫川独自坐在书房里抠脑壳，却始终找不到答案。冯永昌整日在省垣成都为官，哪有时间来遂州作案？可是刚才在百花楼看到的一幕，至今历历在目，那些白花花的库银怎么可能假得了？！

陈豫川虽然认为冯永昌没有时间作案，但却坚信遂州库银失盗案与他有关。当天夜里，陈捕头命令手下的兄弟们，在冯永昌临时下榻的寒阳宫四周布控，定要拿到他犯罪的真凭实据。

申时时分，坐在书房里冥思苦想的陈豫川，一时心乱如麻，决定亲自到寒阳宫走一趟。来到寒阳宫后，天色已经黑尽，隐于竹木间的兄弟们，见陈大人亲自前来夜查，便用暗号和他打招呼，示意冯永昌已经返回了住处。

陈豫川笑了笑，也用暗号一一作答，自己选择了一株离冯永昌卧室最近的黄葛树，纵身隐藏其中。

巡夜的王老头"梆梆"地敲响了二更的鼓声，一路从南门拖拖沓沓而来，嘴里有气无力地叫唤着："小心火烛，谨防盗贼。"

隐藏在黄葛树上的陈豫川，猛然看见一位黑衣人飞奔而至，那人来到寒阳宫门前，守卫的兵弁无不对他点头哈腰，神情十分恭敬。黑衣人径直来到冯永昌所住的房间前，伸手敲了敲门。

冯永昌掌灯相迎，灯光下，陈豫川见黑衣人竟然是银库的库工杜亮，心里顿时明白了几分。

在陈豫川的记忆库里，存着各种人物档案，这个来历不明的库工杜亮，当然是他的重头档案了。

杜亮人称蛮牛，年龄二十七岁，长得虎背熊腰，力大无比。三年前经人推荐，从潼川府振远镖局来到遂州银库当了一名库工。其人平时里表情阴冷，从不与他人往来，在遂州城里无亲无戚也无房产，租小南街上一间十平方米的民房，独自一人居住。

陈豫川忙用暗号遍示众位兄弟，请他们务必将杜亮截获。吩咐完毕后，自己先行一步，匆匆赶到杜亮在小南街的临时住处，反复搜索之下，竟然一无所获。

陈豫川并不失望，又连忙赶到州衙的巡捕房内，兄弟们早已将杜亮捆绑在此相候。陈捕头端坐堂上，面对神情倨傲的杜亮，毫不转弯抹角地单刀直入，大声询诘库银失盗之事。

杜亮听了陈豫川的问话，装作什么都不知道一样摇了摇头，神色如常地反诘陈豫川所问何事。

陈豫川知道他有冯永昌撑腰，并不把他这个小小的捕头放在眼里，设若简单地向他了解情况，无异于对牛弹琴。为了打消杜亮心存侥幸的念头，陈豫川示意兄弟们乱棍猛杖，下手绝不留情。

众位兄弟长期跟随陈豫川走州闯县，吃香的喝辣的，当然也办过无数的大案要案，对老大点头扬眉间的暗示，早已烂熟于心。当下发一声喊，乱棍齐齐捶在了杜亮结实的身上，下手哪里还管得了他的死活？

杜亮果然是一条"蛮牛"，虽然乱棍加身，始终低着头不哼不号。

陈豫川看在眼里，喜在心上。他曾听师傅阳明生说过前朝库工的逸闻异事，因此知道杜亮不哼不哈并非他很坚强，而是他的身上藏有秘密，怕开口呼号露了馅儿！

兄弟们当然不知道这个秘密，见老大的眉头皱成了一堆，那是下死手的暗号。于是众捕快下手愈发地凶狠，一时棍落如雨，好几根青冈木做的棍杖，已折成了数截。

杜亮终于熬不住拷打，呼号连天地大叫起来。陈豫川看见他的肛中，接二连三地"屙"出五锭库银来。

杜亮见实在无法再隐瞒下去了，遂尽招其秘。

杜亮者，实乃巡抚冯永昌之外侄也，祖籍京师丰台人，偶然得知了库工之秘，偷偷地躲在家里练习。初时，将鹌鹑蛋塞进肛内，逐渐适应后，改用卵石涂抹麻油塞之。稍后，又以铜锭塞肛中贮藏，如此循序渐进，五年其技乃成。杜亮挟此绝技悄悄入川，先到潼川府振远镖局做了个趟子手，后又找舅父冯永昌将自己荐入遂州银库当了库工。三年间，杜亮以此技盗银数以百万计。

交代至此，任由捕快们百般拷问，杜亮再不多说一言。他只承认冯永昌是自己的舅父，既不肯说赃银藏于何处也不肯承认所犯之事与冯永昌有关。

陈豫川知道杜亮说的话有真有假，却再也撬不开他的嘴巴。无奈之下，陈捕头只得将实情报与周昌明知晓。二人密谋商量，暂将杜亮囚于州牢中，并严令消息不得外泄。州衙里的大小官员也像往常一样，陪着冯永昌该吃的吃，该喝的喝。

十日后，兵刑二部的公文到了遂州。

陈豫川持文牒赶往省垣成都，率众包围了冯永昌的私人府邸，从其家中启得库银一百六十万两之巨，其中大半已熔解成了银块。

陈豫川大喜，交代兄弟们务必将赃银解押回遂州，自己则乘了快马先回州上报告州牧大人。

周昌明得报，大喜过望，连夜发兵将冯永昌抓获。

大清乾隆十二年秋九月十六日，刑部百人会审，轰动全国的遂州库银失盗案画押结具。圣谕：斩冯永昌及杜亮于京师菜市口，悬首西门示众百日。

阿九

合州城北二十里，远望一山孤峰耸立，涪水妖娆地抱山而流。山下一坝，方圆阔约十里，地因山势而名独龙湾。

早些年间，曾有一游方道人登临此山，掏出罗盘东比西划，忙乎了三四天，然后对着浩浩东南而流的涪水，眯起一对绿豆眼说过一句话："顺水为龙，逆水为孽"。乡中耆老贤达闻之，皆不知老道胡诌何意。

大清乾隆二十二年春，有寡妇陈姓者携一子从外乡来此，择独龙山下宽敞的向阳处，逆涪水西向搭建三间茅屋，租地而居。

陈氏一个妇道人家，没有别的谋生手段，只得租种他人土地艰难度日。儿子阿九，从小性情刁顽，盖因家贫如洗无力供他上学，九岁时犹闲玩在家。陈氏终日为生活忙碌，无暇顾及管束，阿九自觉不自觉地多出一只手来，时常将邻人的菜蔬瓜果摘回家，以饱饥腹。

是年七月，天大旱，涪水几约断流。

一日午后，有打鱼郎数人负担叫卖庄前。

阿九赤身裸体随人往视，乘隙偷偷将一尾鲤鱼藏在身后，紧靠墙根站立不动。过了一会儿，他见卖鱼者并未发现自己窃鱼，又悄悄地窃得二尾鲫鱼藏于腋下，垂双臂紧紧夹住，装作若无其事的样子。等到卖鱼郎荷担行远后，阿九挟所得回家，交由母亲烹食。

陈氏喜形于色，不仅未斥责儿子的不良行径，反而赞其机敏。

阿九受此鼓舞，胆愈壮，时常干些偷鸡摸狗的下流勾当。为精其技，陈氏每日里督促阿九早起，于自家院坝里练习飞檐走壁术。母子俩绞尽脑汁，凭着自己的想象摸高爬低，数年间勤奋不辍，倒也让他练得身轻似猿。

沿涪水西北行九十华里，有巨邑遂州，富甲蜀中。阿九常凭一身功夫，来回往返两地间，投机倒把做些农机种子的生意，偶尔顺手牵羊捞上一把，获利颇丰。

腊月二十，年味已浓。

阿九卯时从独龙湾家里出发，欲去遂州城找些年货，以备母子俩过节之用。

未时一刻，风雪交加。

阿九冒雪来到遂州南津桥，借风雪正紧，悄悄潜入涪水船帮老大尹善明的尹家花园。窥见左右无人，匆匆窃得千金，连夜顶风冒雪返逃。

申时，阿九挟金裹雪出了遂州南门，见地上积雪盈尺，便解下脚上快靴倒着，以混行迹。

夜半，阿九回到家里，几口吞食完老母留在锅里的饭菜，独自一人坐在床沿上沉思。片刻即起，留金少许置于母亲床头，余金用麻布裹了，悄悄来到距家一里外的拱桥处，匿于断桥的石缝里。做完这一切后，阿九撒腿便跑，一路狂奔来到合州城中。

进得城来，天色刚麻麻亮，早市的面铺已经营业。

阿九择一家干净的面馆坐下，掏出铜钱三枚，食炸酱面一碗，顺手将桌上的锡壶匿于怀里。却假意失手，被店家所擒，吵吵嚷嚷地扭送到州衙内。

众人喧嚣良久，终因锡壶价贱，阿九挨了十大板子后，被差狗们轰出大门了事。

遂州盗案，失窃者乃邑境首富尹善明，城乡轰动。州府衙门不敢怠慢，急令捕头陈豫川侦之。

陈豫川得报后，哪敢怠慢？城防兵丁即刻封了州城四门，并张贴告示知晓城中百姓，辰时之前不得出城。复又遣派得力兄弟火速观察四门出城的雪地上，有何蛛丝马迹。

布置完这一切后，陈捕头缓步来到天上宫，气定神闲地坐在戏楼的茶园里，一边品着"碧螺春"，一边等候消息。

天上宫每日的川剧围鼓座唱，辰时才会准点开嗓。今日主唱的"廖偏颈"刚刚坐到鼓架前，还没有试嗓子，陈豫川派出去的兄弟伙，便齐刷刷来到宫里报告：南门出城五里许，通往合州的官道上，有人行走过的足迹，其余三门一无所有。

陈豫川听了禀报，微微颔首。他撂下茶资，骑一匹快马迅速赶往遂合官道。来到三岔路口，他蹲在雪地里，仔细地观察研判，见靴印入雪甚浅，知其人必有轻身术。哼，一个身怀武功的人，大雪弥漫的夜晚，不待在家里守着老婆孩子，夜行雪地干什么呢？

陈豫川笑了，从大脑的记忆库里，快速而准确地调出了三个飞贼的档案：简州张跃，梓州童飞，合州阿九！

陈捕头丝毫没有迟疑，当即率众直奔合州而去。

同行老衙役疑惑不解地问陈大人："履迹向西北而行，当返遂州才是，大人何故判断贼乃合州人氏？"

陈豫川笑而答曰："初入道中的毛贼，想以此来惑我？我料定尹家花园失金案，必是合州阿九所为。"

陈豫川乃蜀中名捕，对于贼道有着极深的研究，破过无数的大案疑案。众人听他这么说，虽然将信将疑，却也只好跟着他一同前往合州拿人。

众人快马加鞭，一阵风似的往前赶。午时三刻，陈豫川率众赶到了合州衙门。

陈捕头叫人向衙门里递了名帖，便立马衙门外静候。

合州一干官员见了陈豫川的名帖，心里七上八下地打着鼓。他们不知道究竟发生了什么大事情，居然惊动了大名鼎鼎的"铁血神捕"陈豫川。当下哪敢怠慢？连忙集体出迎衙门外。

宾主双方一边寒暄，一边入衙内坐定。

陈豫川不待主人泡上茶水，简略地说明了来意。

合州的官员们一听，松了一口气，齐声大笑道："陈大人居然也有失算的时候哈。"

陈豫川不明就里，微笑着询问道："众位大人何故如此发笑？"

众人你一言我一语地抢着发话，皆言阿九夜盗面铺的锡壶，被锡壶主人扭送到此，挨了十大板子，刚才才释放出去，怎么可能去到百里之外的遂州城盗金呢？难道他会飞不成？

众官员七嘴八舌地说完，复又一阵哈哈大笑。

陈豫川没有笑，只淡淡地说道："陈某当然相信各位大人说的是实情。"他嘴上这么说，心里的疑团似乎更甚于来时。哼，以阿九之能，怎会失手于一面店伙计呢？

怀疑归怀疑，阿九盗窃锡壶之事人赃俱获，又有众多的人证，不由他陈豫川不信。唉，只可惜当时自己不在现场，或许多问几个"为什么"，那阿九就露馅了呢。不过呢，众官员的话也不无道理，那阿九再有能耐，也不可能一分为二噻！

遂州尹家花园盗案，果真是他人所为？

陈豫川闷闷不乐，只得率领众人灰溜溜地返回遂州。

傍晚时分，一行人回到州府衙门。陈捕头顾不得用膳，悄悄向上司密报了合州之行的相关情况。他坚信自己的判断没有错误，并一再声称，以盗贼高超的作案手段判断，贼肯定还会来遂州犯案。春节期间，尤须加强戒备，以防不测。

州牧何麻子采纳了陈豫川的建议，以州衙之名秘密传谕辖内的大户人家：如有可疑事物，须及时报官，不得延误。

自那日遭到合州官员取笑后，陈豫川一直落落寡欢。整个春节期间，他都丝毫不敢懈怠，率领弟兄们四下监控，日夜巡逻在城内的大街小巷。

正月初三，辰时。城西银丰园老板谢太银匆匆赶到衙内，神秘兮兮地告诉值班衙役，从初一到初三，自家大门外始终有一古怪的老丐行乞。那个乞丐日怪得很，只要现钱不要物。夜里，狗一样蜷缩在街口的黄葛树下，伙计们见他衣衫单薄，好心叫他到柴房过夜，也遭到老丐的无端斥责。

陈豫川得到报告后，也不说话，独自一人从巡捕房后门溜出，悄悄来到城西银丰园。远远看见那棵硕大的黄葛树下，一丐瑟瑟地抖如寒冬枯藤。

老丐似乎很怕冷，一直将头深深地埋在怀里。

陈豫川目视良久，终究没有看清老丐的容貌。

却说阿九上次在尹家花园得手后，益发地胆大妄为。他听说陈豫川亲自带人到过合州，又一无所获地回去了，心里暗自好笑，大名鼎鼎的陈豫川不过尔尔，枉自负了"铁血神捕"的名头。

正月初一晨，阿九乔装成一老丐，阴悄悄地来到遂州城西银丰园踩点。江湖上一直传言谢老板很有钱，经过几天观察，阿九满脸笑得灿烂，传言果真一点不假。

初五深夜三更天，星月隐耀，阿九借夜色掩蔽，着玄色夜行服潜入银丰园，撬门进入内室。

室内的榻上，一个红衣绿裤的少女侧卧熟寐，乖巧的小嘴里，"嘘嘘"地打着鼾，睡态娇媚可人。

阿九见了，不疑有他。当下蹑手蹑脚地走向大床左侧的衣柜，放心地打开柜门，从柜内搜得五百金，待要离去。

红衣少女突然从榻上跃起，伸手就将阿九的右手拿住。

阿九未及提防，被她拿住右手手腕，忙以一招"刁手小缠"予以反击。谁知一动一下，整只右臂居然没有了半点力气，心中顿时惊骇不已！

红衣少女松了手，阿九一个踉跄差点跌倒。少女满脸不屑地嗤笑道："哼！合州飞贼阿九？如此浪得虚名！"招手戏问道，"尔敢来遂州犯案，有何技艺值得炫耀？使来一观。"

阿九见红衣少女言行如同嬉戏，丝毫未将他放在眼里，哪敢撒谎？惶惶地从实告之："轻身术。"

红衣少女随手掷一个竹编圆箕于地，箕径约二尺许。她让阿九在箕沿上快速行走，说是要看看他的轻身术，到底有多么了不起。

阿九没有办法，只得提气跃上箕沿，狼狈地走了十圈，人早已累得气喘吁吁，汗流浃背了。

红衣少女又嗤笑道："如此粗俗伎俩，何敢猖獗，直视我遂州无人乎？"

阿九汗流津津，低着头瞥见红衣少女，只见其纤足在地上轻轻一点，身子已曼妙地立在箕沿上，如鹤立枝头。赓即旋舞起来，其疾如风，至百遭而轻盈如故。

阿九终于大惊失色，立在原地惶恐不敢动，两只眼睛却四下里贼溜溜地转动。他窥见壁上窗户未闭，乘红衣少女不备，纵身从窗户处向往跃出。

红衣少女微微一笑，右手扬了一扬，一小团麻线呼啸飞出。阿九顿觉肋下如遭铁杵，身子也像断了线的风筝，直挺挺地跌落窗外菜地里。

窗下伏卒一拥而上，将阿九缠粽子一般捆了，闹麻麻地送到州府衙门。

陈豫川端坐在巡捕房的大庭上，两旁差狗吼声如雷。

阿九不待用刑，便一五一十地招了。他嘴上喋喋不休地说着作案经过，心里却很不服气。交代完毕，上前画押时，故意大声武气地对陈豫川说道："非汝之能，实乃红衣少女之功也！"

陈豫川笑着答曰："红衣少女？吾小女也。"

阿九闻听此言，一时呆若木鸡，嘴洞张如汤碗。

当朝律典，盗百金者斩。

临刑前，阿九见母亲陈氏泪眼相望，一时心酸。泣不成声地恳请母亲，欲再乳以别。

陈氏可怜阿九行将死去，遂当众解襟以乳。

阿九突然张口咬断母乳乳头，恨恨地大声哭诉道："倘若母亲从小严加管教于我，儿何至有今日断头之祸?!"

刑场万众瞩目，闻听此言，无不心惊肉跳！

朝廷惊闻阿九断乳之事，感慨世风日下，为教化民众，遂将其演绎成戏文，天下传唱。

素娥

大清朝乾隆三十年春，天下承平日久，当朝特准开设恩科。

是科，川南名士骆时香高中鼎甲第三名，俗称探花郎而名动京师。

越明年，骆时香得乾隆爷嘉奖，破格知任潼川府尹。

潼川古梓州地，历为剑南道东川首府，与成都齐名。涪江穿境而过，两岸沃野千里，民富境宁，实乃大清国久负盛名的大府名郡。

骆时香乃文士，虽为一府之尊，却清正持己。走马上任后，凭着一颗天地良心，不遗余力地肃清吏治，境内的经济得到了前所未有的发展。

又三年，土著中有名望者一百零九人联名上书，言潼川素有文邦之谓，今得骆大人贤明治境，当重修草堂寺，以现当年杜子美寓居梓州旧况。

骆时香素重杜工部，尤推崇其忧国忧民思想。遂顺乎民意，奏请朝廷，拨库银万两以建梓州草堂。

秋九月初七。

骆时香率百十名劳工到郪江象山中采伐大木，以备建寺之料。

一日工完，天将暮，骆大人随众下山就餐，行至山腰龙湫处，夹岸修篁茂密，突闻丝弦之音随晚风袅袅而来。骆时香凝神静听，操琴者所弄之琴非佳品，然技艺非凡，琴音纯正柔美，丝毫无扰耳之噪。

骆大人一时来了兴趣，如此荒郊野岭，居然有这等雅人？骆时香未榜贤书（中进士）时，已是闻名遐迩的川南名士，于博弈音律多有涉猎。夕阳暮景中聆听一曲如饮佳酿，顿时忘了饥饿。他嘱咐众人只管下山吃饭，休要跟随左右叨扰。

随从兵弁素闻府台大人雅趣多多，今日一见，始信不假。骆时香性喜率真而为，平时常一个人到乡下走访，十天半月不回衙中，也是常有的事。

众人说说笑笑，果真无事一般下山去了。

骆时香独自一人乘了暮色，顺着琴音一路寻去。湫潭二亩许，正北方林木丛中隐约现一茅屋，四周竹篱相隔。推栅门入院内，院坝甚是洁净，并无一般农户常见的鸡鸭粪便。左厢房微有光，骆时香上前叩门，琴声戛然而止。

少顷，一素衣女子开门而出。

夜光暮色中，骆时香见女子体态婀娜，神态举止一点也不像山野村姑。遂上前施礼，请教弹琴者为何方高人。

素衣女子见骆时香彬彬有礼，又是一副官员打扮，亦款款道了万福，隔着竹门对屋里喊道："爷爷，有官人求见。"

"莫非潼川骆大人乎？"

"正是在下。"骆时香一边答话，一边暗想，屋里的人是谁，怎么一开口就说出了自己的名号？

正当骆时香疑惑不解之际，一位鹤发童颜的老翁呵呵而出，拂须笑曰："老夫知夜里能造访寒舍之人，必是府台大人无疑，谁想一猜即中。呵呵呵，有缘，有缘。"

时，明月初升。

骆时香见老丈白发白须飘逸如仙，甚有好感。连忙躬身作揖，询问老者尊姓大名。

老翁又是呵呵一笑，摆摆手说道："有缘相逢一识，问那俗名干啥？"

骆时香见老翁不肯说，知世间隐逸之士多有不便让外人知晓的秘密，遂不再问，复打恭道："老丈高卧之士，骆某无知，叨扰了。"

"哪里，哪里。"翁一边还礼，一边对素衣女子说，"素娥，快去准备饮食，我要和骆大人饮上几杯。"

骆时香到这个时候，才知道开门的女子叫素娥。

不一会儿，素娥便将四样小炒端上了桌，十分得体地说道："山中野味，不知合大人胃口乎？"

骆时香看木桌上，四样小炒皆精美，似曾相识，却又一时想不起在哪里见过。

老者捧出一坛老酒，说是自家酿的烧刀子，尚可入口。翁用土碗满满地筛上两碗，递一碗给骆时香，自己执一碗在手。

二人就着昏黄的桐油灯，徐徐对饮开来。

那酒初入口里有一些燥辣，至喉时却又醇厚无比，较之剑南春酒实在不知高明了多少倍。

老翁见骆时香微微小酌，又抿嘴闭目不语，知道他在细细品赏酒的味道，就捋着胡须笑道："骆大人，这酒乃是纯苞谷酿造，比之府上的剑南春酒如何？"

骆时香小酌的一口酒正入肚中，口里余香满腔，不由赞道："老丈所赐佳酿，胜那国酒远矣。"

老翁捋须颔首，请吃小炒。其味又是精妙绝伦，世间少有。问及何物所作，翁答曰："乃素娥山中所采黄花、春笋之类野菜，晾干后贮藏于窖，珍贵得很。平素连老夫也少有吃到，还是骆大人有口福哈。"

"爷爷怎么又开娥儿的玩笑了？"素娥嘟起小嘴，却并未真的生气，只把一双杏眼偷偷地看一下骆时香。

"好，好，爷爷不说了，不说了。"老翁笑呵呵地打住了话。

骆时香听得一头雾水，停了手中的酒碗，欲问个明白。

翁见骆时香一脸茫然，又忍不住说道："平时里，口口声声说骆大人是自己的偶像，怎么见了面又害羞了呢？"

素娥见爷爷喝了几口酒，就把自己的秘密抖了出来，羞得捂住脸躲进了里间。

骆时香依旧云里雾里，不知道他爷儿俩在说些什么。

时，月华如水，一阵轻风吹来，庭中竹影晃动。屋里幽幽传出一阵琴声，如哭如泣，歌曰："长夜绵绵未五更，荒天老地尽痴情。谁传潇江湘娥怨，一夕千愁万感生……"

骆时香心里一动，似有所悟。素娥所歌者，乃是十年前自己秋游洞庭湖时所作的《秋兴》句也。

翁停了手中酒杯，泪流满脸地对骆时香说道："娥儿素慕大人才华，十年间竟将大人所作诗词全部谱成了歌曲，日日演唱，以致几成痴癫。三年前听说大人外任潼川，一时痛不欲生，老夫只得携她不远万里从京师而至蜀中。唉，好可怜的娥儿。"

骆时香闻听此言，感动万分，心里满是温馨和慰藉。每每想起家中大妇的蛮横与粗俗，胸口便紧得发痛。骆大人一口接一口不停地饮酒，直至大醉。

翁掩上竹门，披衣乘月坐潭旁。

翌日天明，众人寻至山中龙湫处，正撞见骆大人与一村姑拜堂成亲。人人皆知骆大人有游山玩水之好，哪知他还如此风流。

衙里的差人向众人解释，骆大人早该纳个妾了，谁受得了他家里那个母老虎？

骆时香见大伙儿气喘吁吁地寻来，笑笑说："今天是我与素娥的大喜之日，放假一天哈，尔等尽可敞开肚皮喝酒。"

一行人见素娥雅洁俊美，又可得一日清闲，欢喜得很，纷纷持酒上前相贺。

酒一直饮到午时，骆时香才准众人离去。自己则兴冲冲携素娥爷儿俩来到潼川城，选一家上好的客馆暂时住下。

当天夜里，骆时香嘱咐心腹之人，抓紧在城西购置一处房产，用以安顿素娥及爷爷居住。

开始的时候，骆时香还有些惧大妇，只得隔三岔五偷偷前往素娥处住宿。久而久之，胆子大起来，常借口到杜甫草堂查看工程进度为由，有时一连几个晚上都宿于城西。

大妇初时以为骆时香公务繁忙，并未特别在意，慢慢觉得有些不对劲了，派人跟踪后知道了事情的缘由，便与骆时香大吵大闹，弄得偌大的潼川城里，人人都知道了这件事。

上了年岁的人就说，大妇不明事理，骆时香什么级别的官员，纳个小妾还要吵吵嚷嚷地胡闹，活该休了她！那个时候的社会风气，男人二房三房地纳妾很普遍，大妇这么一闹，不出事情才怪。

果然，骆时香厌烦了大妇的粗俗，干脆搬到素娥处住下，白天晚上都不回家，剩下一个"母老虎"在骆府上独自"狮吼"。

那年月世风不好，每到年关临近，盗贼便四处偷窃，扰乱城乡。

冬月十六，潼川府新近来了一位年轻的捕头，仪容丰美。

新捕头极尽职责，领着捕快终日巡逻府城大街小巷。一日偶至骆府与大妇相识，彼此眉来眼去，竟然勾搭成奸。为掩人耳目，大妇叫五岁的幼子称捕头为义父，那捕头便以看义子为名，时常出入骆府中。

骆时香久不回家，五岁的儿子渐渐忘了父亲的模样，加之捕头时常带些糖果与他，觉得干爹比亲爹还好。只要捕头一到府上，便要到他怀里撒娇，外人见了，哪疑有他？

腊月初八，草堂寺工程竣工，骆时香心情舒畅，便回到府上探视老母和幼子。

骆母两眼昏花，久不见儿子问安，心中怨愤不已。骆时香以北上京师公干搪塞，哪敢说出实情？

五岁的儿子见父亲回来了，初时生疏不相认，毕竟血浓于水，很快父子俩即嬉笑玩闹如故。

骆时香不见大妇踪影，好生奇怪，便问儿子母亲去哪里了。儿子竖起左手食指放在嘴唇处，嘴里"嘘"了一声，稚声稚气地说："爸爸小声点，妈妈和叔叔正在屋里藏猫猫。"

骆时香大惑不解，哪来的什么叔叔？

儿子东一句西一句地说，叔叔好，叔叔不仅给我糖糖吃，还陪妈妈睡觉觉。

骆时香闻听此言，心里已明白了几分，不由得勃然大怒。他推门而入，果见捕头与大妇正在床上翻云覆雨。

骆时香呆了一呆，本欲上前殴斗，又怕敌不过捕头。遂强压住心中怒火，愤而离开骆府，回到素娥处。

渐至岁末，大妇见骆时香不再回家，也乐得清静。为与捕头厮守终身，大妇决定让幼子正式拜捕头为义父。

腊月二十，举行"拜保保"仪式，宾朋甚众。

骆时香闻听此事，一时怒气攻心，口吐半盆鲜血，倒卧病榻，奄奄一息待毙。

捕头害怕事情闹大了祸及自己，劝大妇前去探视。

大妇初时不肯，在捕头反复劝说下，觉得捕头说得在理，便带上自己亲手制作的年糕，装模作样来到素娥处打探虚实。

骆时香躺在病榻上，只有进气没有了出气，哪有精神理会她？

大妇并不介意男人的冷漠，心里反而很高兴，巴不得他早点见阎王。脸上却装出十二分的悲切神情，劝慰他好生休息，随手将骆时香平时最爱吃的年糕奉上。

骆时香面无表情，一直闭着双眼，连看都没看她一下。

大妇顺手将年糕放到榻侧的木柜里。

骆时香始终不发一言，沉默至寅时，大妇无趣而返。

素娥见大妇满脸怒容地匆匆而出，不知发生了什么事，连忙进入内室，见骆时香好端端地躺在榻上，便放下心来。服侍他吃了一块年糕后，独自回到侧室睡了。

约莫三更时分，素娥突然听到骆时香惨号连连，慌忙起身掌灯查看，只见丈夫浑身上下乌紫发黑，早已一命呜呼了。

素娥大惊失色，扑到骆时香身上哭得死去活来。不待天明，便与爷爷匆匆忙忙来到府衙，状告大妇谋杀亲夫。

惊闻骆大人中毒身亡，一衙官吏皆骇愕。府倅（副职）命仵作验尸，七窍皆流血，舌根紫黑，以银针探其喉，针尽墨色。遂定论，骆时香系中毒身亡。

大妇有重大作案嫌疑，着令逮捕下至死牢。

大清立国百年，此乃大员之妻谋杀亲夫第一案，朝野震动。刑部严命川抚务必严加查办，倘若案情属实，其罪当株九族。

正月二十六，开堂会审。大妇狂呼冤枉，只言与捕头有染，决无谋毙亲夫之实。

复又提审捕头，虽刑讯逼供，口实始终与大妇如一。官疑，莫非案发另有原因不成？

再审素娥，详询当日之情，诘问其是否杀害骆大人反诬陷大妇乎？

素娥早已心力交瘁，闻言，泣不成声。乘人不备，突起身撞柱而亡，以示清白。

官无良策，报请四川巡抚，请求明示。

川抚张忠孝迫于刑部压力，只得亲点遂州名捕陈豫川到潼川会审，命其务必在十日内侦破此案。

陈豫川得令后匆匆赶赴潼川，一路上他都在想，如若硬判大妇死罪，也不是没有道理，毕竟捕头与她有染，作案动机成立。然此案疑点甚多，试想这个世界上，哪有杀人者蠢到带着自己制作的毒糕，明目张胆去动手杀人的道理？

陈豫川到了潼川府，翻阅了案件的所有卷宗，上面记录的内容一点价值也没有，不外乎时间地点人物事件。他便传令将大妇、捕头和素娥的爷爷带到衙内，亲自重新提审了一遍。听完三人的诉说后，陈豫川心里十分气恼，难道潼川府和川抚衙门的人只晓得吃干饭吗？如此重大的案子，竟然没有一个官员到现场查看过，简直荒唐透顶！

陈豫川连饭都顾不上吃，便带上贴身老仆，连夜赶到骆时香遇害的卧室里，倒腾了一个时辰，居然也没有发现有价值的线索。

时近子时，陈豫川哈欠连天，坐柜旁小憩。冥冥中似有神焉，老仆送来一碟糕点，陈豫川吃了一枚核桃酥后，顺手将剩下的一大碟糕点置于柜上，位置与大妇所置年糕的位置几近一致。

　　陈捕头一天一夜赶了二百里路，早已累得睁不开眼睛，就靠在花床的栏杆上呼呼而眠。

　　老仆立一旁，静静相候。猛然间，他听到木柜里发出窸窸窣窣的声音，俄尔看见七只黑红色的蝎子，扬威耀武地从木柜的缝隙里爬出来。领头一蝎甚大，其余六蝎跟着它绕糕点爬行。老仆见状，忙用驱蚊的"蚊拍子"扑打，想将蝎子赶走。

　　陈豫川被老仆的扑打声惊醒，正要责怪，一眼看见碟内酥糕颜色黑红，眼里立即放出迷人的光来。细观之下，蝎子爬行所至，涎液历历在目，不几时，一碟酥糕尽墨。

　　陈豫川已明骆时香中毒就里，立即出具文案上报刑部。大妇免除一死，但其与捕头苟合一事，实有伤大清官体，从四品诰命夫人削贬为四等贱民，遣回原籍延安府乡下。捕头流放滇西建昌，永不允其返回故里。

云三娘

遂州顺南街，原本是贩夫走卒们栖身之地，清一色窝棚，鸟巢般胡乱搭在江边沙滩上。

大清康熙年间，山西人云十鹤只身来到遂州时，就和一帮脚力在此落脚。凭借着晋人的实干和机巧，短短几年时间，云十鹤很快成了遂州城里赫赫有名的大老板，时人称北有"九酱园"，南有"十码头"。

此话讲的就是当时遂州城里两大富商，一个是城北开酱园的张九天，他生产的"九"牌酱油，口感醇厚，名噪蜀中，摊子盖了半个遂州城。另一个就是顺南街涪江码头老大云十鹤，他所统领的船帮，上管梓、遂二州，下辖渝、夔两府，千里涪江十大码头都姓了一个云字。云家的货更是远销滇黔桂粤，船发汉口九江金陵。

人说鹤爷大清早站在码头上咳嗽，半个遂州城都要打摆子，此话一点不假，看看偌大的"云中居"就知道了。

"云中居"是云十鹤的府第，坐落在涪江之滨，占地约有百亩之阔，在繁华的顺南街上十分地显眼。从天上宫绕过州衙大门向涪江边行去，远远就能看到"云中居"高高的院墙和大门两侧雄奇无比的石狮子。十丈高的桅杆矗立在宏阔的广场上，桅杆顶端呼啦啦飘扬着一面"云"字大旗，那是"云"字船帮的威风旗。谁要是能够持有云家布制的"云"字小旗，那肯定是走州吃州，走县吃县。

云十鹤势大财雄，喜欢结交江湖豪客，他看不起浑身酸臭的张九天，整日里围着州衙里的人打转转。那些年，顺南街因为一座"云中居"变得热闹非凡，隔三岔五就有外地的江湖朋友前来投帖拜会"鹤爷"。云十鹤不分贵贱亲疏，一律高规格地款待来者，动辄去"玉堂春"酒楼大醉一台，设若朋友囊中羞涩，少不了有银两相赠，江湖上就送了他一个好名声——"仁义云十鹤"。涪江流域上九县下九县的人，谁不说声鹤爷好？据老辈人讲，云十鹤真的是个人物，豪侠仗义，别的不说，单是"云中居"常年养的食客，就多达百人之众。

常言说得好，一山容不得二虎。日子久了，遂州城里的两个老大自然就心生龃龉。张九天看不惯云十鹤成天扬威耀武的派头，云十鹤更痛恨张九天开烟馆妓院祸害百姓的做法。两家人常常为些鸡毛蒜皮的小事发生摩擦，后来发展到持械群殴，甚至相互捣毁对方的业务场所。这样的事接连不断地发生，两家的怨恨越积越深。表面上看，每次争端都是云十鹤赢了，暗地里张九天却无时不在盘算，怎样才能铲除"云"字船帮，自己独霸遂州。

直到白莲教起，张九天才找到机会。他怀恨"云中居"的人捣毁"杨柳青"妓院而心生恶念，暗地里禀报州府衙门，信口雌黄地污蔑云十鹤是白莲教匪。阴使下人满城散布谣言，说船帮的人多年来横行遂州城乡，估吃霸赊，欺行霸市，就是有白莲教为他们撑腰所致。

州里的大爷们吃了张九天的"好处"，又见他说得有鼻子有眼睛的煞有介事，便不问青红皂白，发兵将"云中居"团团围住，凡是寄食在云家的外人一律按匪论处，全部就地斩首。

云十鹤及其家人三十余口，悉数捆绑下狱，打入死牢候审。州府衙门唯恐事生变故，不待刑部核准文书送达，便假以"白莲教匪"之名，夜里秘密将其全部处死。刑斩翌日，即立三十五根百尺高竿于东门外犀牛堤上，一一悬首竿顶，示众十日后弃于涪水之中。

捕头陈豫川听到这个故事，已是二十年后的事了。

那天他在天上宫喝茶，听好友龙彪摆了这段龙门阵，心里就有一个感觉，可能会有后续故事发生。龙彪临走前，特别提到当年官府清剿"云中居"时，漏掉了云十鹤六岁大的幺姑娘，那个女娃儿小名叫三娘，也不知道现在是死是活。

龙彪是潼川府的船帮老大，大老远跑到遂州城，仅仅为了和豫川兄叙叙旧？他在摆这段陈年逸事时，一共叹息了五次，而且叹息之声一次比一次沉重。

陈豫川知道龙彪是个有情有义的汉子，也知道他与云十鹤的关系非同一般。有人曾经告诉过他，没有云十鹤的帮助，就不可能有潼川府的船老大龙彪。陈豫川向来敬重龙彪的为人，说他是真心可以相交的朋友。

钱财如粪土，仁义值千金。二十年过去了，龙彪只要一提到云十鹤，还口口声声鹤爷鹤爷地叫个不停，脸上全是敬仰之色。

陈豫川不知道龙彪为什么多次在他面前摆这个故事，而且这一次比上几次都讲得仔细，仿佛在暗示他什么一样。

傍晚时分，陈豫川辞别龙彪回到家里，他本想和夫人说一说清明节到乡下给祖坟挂青（白幡）的事，丫鬟翠儿却说夫人和小姐到县令魏大人府上吃茶去了。陈豫川没有多想，便独自到书房里看了一会儿书，然后回到寝室里准备休息。正待宽衣解带，大门外传来护院犬两声汪汪的吠叫。陈捕头以为夫人回来了，遂停止了手上的动作，两只耳朵静静地听着外面的动静。

说来也怪，那只护院犬叫了两声后，再没有了声息。

陈豫川立即警觉起来。

黑暗中，他发现有人悄无声息地潜到了寝室外的木窗下。来人蛰伏片刻后，起身轻轻撬起木窗来。

陈捕头吃了一惊，何方毛贼如此胆大？居然敢来他陈豫川府上胡作非为！当下凝神静气，一声不响地步出后门，悄悄绕过去，准备一举将其擒获。

谁知那人十分机警，以陈豫川之能，居然被他觉察！

陈豫川吃了一惊，伸手便要拿他右臂的曲池穴。那人不待陈捕头手到，身子早已如一只大鸟冲天而起，迅速地越过院墙，向黑暗中遁去。

陈豫川足尖一点地皮，身子亦如飞燕一般轻轻跃起，优雅地朝那人直扑过去。

情急之下，贼从怀中掏出一物，照着陈豫川的面门打来。

陈捕头只觉得一股罡风破空劲飞，心里不由暗自赞叹，好强劲的腕力！当下不敢怠慢，运气护住全身要穴，右手抽出腰间软剑，挽一朵剑花，挡住飞来之物。

"噗"的一声响，暗器直坠地上，轻柔如纸团。

陈豫川又吃了一惊，那人竟以如此绵软之物，当暗器使用，其腕力当真是惊世骇俗了！就在这电光闪逝的迟疑间，那人早已不见了踪影。

陈豫川不再追赶，转身唤来丫鬟翠儿掌灯，仔细地寻找那件"暗器"，果然是一个小小的纸团。陈捕头就着灯光展开一看，立即吃了一惊，只见笺上歪歪扭扭地写着一行字："要救夫人和小姐，明日独自上象山。"他不明白，以小女之能，何以会落入他人之手？待他细看了落款处后，更是大惊失色，落款处无名无姓，却胡乱地画了一只柳叶镖！

陈豫川混迹江湖三十年，自然识得此镖，那可是涪江惯匪"水上飘"柳如烟的独门暗器啊。瞬息之间，陈捕头想到了十三年前，他擒获潼川大盗汪雄时，汪雄曾经说过的一句话："自有我大哥为我报仇！"汪雄嘴里的大哥，就是指"水上飘"柳如烟。

陈豫川仔细看了看纸上的留言，判定妻女暂无性命之忧。他深知柳如烟一类的人物，虽然心狠手辣，却特别顾面子讲江湖道义。"要救夫人和小姐"一句话，至少告诉了他一个信息，即使要杀要剐也会等到他去营救之后。这就给了陈豫川机会，他有把握让老婆孩子安全回到家中。

十九岁那年离开师傅阳明生后，陈豫川就端上了"六扇门"这碗公差饭。三十年来，大小数百起案件，成就了他威震江湖的"铁血神捕"名头，并凭借超凡的胆识和卓绝的武功，一次次逢凶化吉转为安，陈豫川坚定地相信，这一次也不例外。

当然，这一次与以往有所不同，他得一个人去面对神龙现首不现尾的惯匪柳如烟！笺上写得很明白："独自一人上象山"。如果兄弟们去了，岂不坏了人家的规矩？坏了规矩，夫人和小姐的安全便得不到保障。唉，如果自己一人上象山呢？他又怕柳如烟不讲江湖规矩，仗着人多势众，不仅要了自己的性命，身在魔窟的妻女同样难逃厄运。

陈豫川左右为难，一时没了主张。他思前想后，实在想不出柳如烟有什么理由要绑架自己的夫人和小女？难道真的是为了给汪雄报仇吗？如果真是那样的话，自己去与不去、一人去还是几人去，都是一样的结果。

翌日天明，陈豫川不再犹豫，决定独自一人上山。他知道，只有这样，夫人和小女才可能安全，也只有这样，他才有一丝救人的机会。

象山离遂州城四十里地，属川中丘陵中少见的大山。山中有一座建于隋开皇年间的灵泉寺，唐宋两朝，寺庙屡受朝廷册封，被宋真宗钦定为观音道场，民间盛传其地为观音故里。如今寺庙虽早已没有了盛时景象，但它毕竟是川中佛教圣地，四方香客依旧络绎不绝，每逢观音香会，更是游人如织。

今天是二月十九，正是观音大士的生日。一大清早，上山进香的人，就牵起线线地向灵泉寺拥去。

陈豫川低着头，随着一拨香客步入山门。看到身边接踵而至的善男信女，他心里又开始犯起了嘀咕，柳如烟为什么会选择如此人多嘈杂的地方和他谈判呢？

陈捕头一边沿着青石铺成的山道往上走，一边心神不定地想些不着边际的问题。正行走间，一位香客打扮的矮小汉子，有意无意地用肩撞了他一下，轻声递话给他道："大捕头，当家的在'黄狗连档'恭候。"

陈豫川猛然间被人一撞，心智立即"归一"。他回过神来，正要询问夫人和小女的生死安危，那人却像一阵轻烟，瞬间没入人群里不见了踪影。瞧那人遁去的身形，陈豫川想起来了，此人正是昨夜的送信人。大白天来无踪去无影，一身轻功委实了得，想必是江湖上传得神乎其技的"水上飘"了。

"黄狗连档"是象山中的一个地名。

象山的后山上，有一棵百年黄葛树被一棵老构树死死地缠住，老百姓俗称"黄狗连裆"。陈豫川知道这个地方，但他并没有急匆匆地赶过去，仍然不急不缓地迈着沉稳的步子，像一个闲适而虔诚的朝圣香客，一边慢慢往上走，一边观看着山中无比美妙的景致。

当年出师的时候，师父阳明生告诫过他，但凡遇到棘手之事，千万不能心浮气躁，一急思路就乱，思路一乱，人就像个白痴，什么办法也想不出来了。这么多年的衙役生活，早已练就成了陈豫川临危不乱的大家风范。他知道，今天他不能急更不能乱，因为他的对手是柳如烟，而且主动权全在人家手里，他必须把压力抛给对方，让对方感觉到他陈豫川的沉稳和不可捉摸。但是，他又不能太过迟缓，如果表现得太无所谓的话，对方会认为他没有诚意，反倒弄巧成拙，坏了大事。

后山峻峭的山道上行人很少，小路两旁的林木上，歇着很多的画眉鸟，不时地停停飞飞，互相间愉悦地对唱着。

柳如烟文文雅雅地坐在黄葛树下，着一袭月白色长衫，一点也没有江湖豪客的粗俗味儿，倒像是位大户人家的公子爷。交椅两边站立着八个黑衣玄裤的汉子，倒是威猛得很，显示出这位涪江惯匪的派头来。

陈豫川按照江湖规矩抱拳行礼后，一声不吭地站在那里，静听柳如烟的吩咐。他表面上一副不慌不忙、不卑不亢的样子，暗地里却将周身上下布满真气，以防不测。

柳如烟很闲散地嗅着鼻烟，又很随意地将鼻烟壶抛向空中，不知是巧合还是炫耀，栖在黄葛树枝上的一只画眉，竟然中壶坠地。

众人拍手叫好。

陈豫川吃了一惊，瞥见那只画眉已被柳如烟强大的劲力捣成了肉酱，不由得暗自叹服，果不愧千里涪江上的"水上飘"！他万万想不到，文质彬彬的柳如烟有如此深厚的内力，竟然能把鼻烟壶当成暗器使用，而且信手使来，一点不露痕迹。

陈豫川阅历丰富，如此强劲之敌，实乃平生仅见。他见柳如烟不动声色地露了一手，心里越发警惕起来，便用右眼的余光，将柳如烟浑身上下睃视一遍，想要发现他扬名江湖的独门暗器"柳叶镖"究竟藏在什么地方。但是，任由陈豫川百般地观察和搜索，始终没有发现一点端倪，心中越发地佩服有加，这个柳如烟果然深不可测！

陈豫川知道此地已不可能解决任何问题了，便将身上的软剑和四十只袖箭解下，整齐地放在地上。

柳如烟依然没有说话，唯脸上露出一丝淡淡的笑容。

站在交椅左侧居首的黑衣人，上前用黑绸蒙了陈豫川的双眼，又用细绳缚了他的双腕，众人收拾停当后，迅速地上马连骑而去。

陈豫川这才放下心来，夫人和小女不会有问题了。他知道对方蒙了自己的双眼，是为了防止他辨识路径，仅此一点，陈豫川就可以判定，他将被众人带到柳如烟的老巢去。夫人和小女呢，肯定在那里等着他呢。

陈豫川虽然双眼被黑绸所蒙，但他凭借敏锐的两耳辨听，仍然可以判断出众人前行的方位。

初行之时，马蹄剥剥，风声呼呼，所行乃平缓之地。渐次马蹄踏踏，风声习习，似重山叠岭间。陈豫川不用双眼辨识，就已经知道自己被人带到了金华山区。因为遂州一境，有此高山大岭的地方，只有梓、遂二州交界的金华山。多年来，官府对"水上飘"一筹莫展，就是因为他犯案诡秘，行踪飘忽不定，始终找不到他准确的老巢。

陈豫川凭感觉来到了金华山，不由得心里暗自揣度，莫非柳如烟乃金华山的"白衣秀士"？如果真是此人，他就放心多了。

"白衣秀士"原本是梓州豪门的一个破落子弟，早年因得罪官府被迫为匪当了棒客。后白莲教入川举事，"白衣秀士"乘势聚徒千众，占据金华山屡抗官兵。自从他聚啸山林以来，从未听说过有害民扰境的不义举动，在当地老百姓的传言中，"白衣秀士"乃宋公明一类人物，口碑甚佳。

酉时，天色已经黑尽，马蹄声倏止。

一座宏阔的大殿中央，明晃晃两盏大如面盆的油灯，将殿堂内外照得如同白昼。

陈豫川被人掀下马来，蒙在双眼上的黑绸刚被解除，一时还无法适应强烈的灯光，只好闭目养神，慢慢调理视觉神经。

恍恍惚惚之中，陈捕头听得一声惊喜的尖叫声。他揉眼细看，原来自己置身在一间空无一物的房室内，室的四壁如栅栏一般用坚实的木枋团团围住，形如官府用来关押犯人的牢房。

相邻的一间空室里，妻女二人正抚枋焦虑地向他张望。

陈豫川见妻女安然无恙，心中的石头总算落了地。他微笑着向小女做个怪脸，示意二人不必惊慌。独自吃过喽啰们送来的晚餐后，就再也见不到任何人前来搭理了。

夜里，陈豫川正欲打坐行功，突然看见一位美艳的妇人，手持自己的袖箭和软剑，来到面前不屑地嘲笑道："人人都夸陈捕头是遂州了不起的英雄豪杰，为何被困此室中？"

闻听此言，陈豫川心里又好气又好笑，一个妖冶之妇，何言男儿事？遂懒洋洋地说道："我是不是英雄豪杰，关你甚事？"

"我爹爹当然是大英雄大豪杰了！莫说小小一间木屋，就是铜墙铁壁又岂奈何他？瞧你的模样，难道要救我们出去吗？哼！"隔壁室内，陈大小姐显然对美妇轻视自己的父亲极为不满，遂出言高声叱责。

谁知那位美妇人却并不生气，只淡淡地对陈豫川诉说："我倒是有意救您，却怕您被救之后如蛟龙夭矫天外，而独留我凄然一人，徒自婉转娇啼，枉做贼人刀下之鬼，为之奈何？"

陈豫川见美妇人年纪轻轻而言谈举止文雅，一点也不像久居匪巢之人，难道她另有隐情不成？当下朗声说道："陈某虽为一介衙役捕快，倒也懂得大丈夫行事，向以义字为先，汝若救我，必同去桑梓以报。"

美妇人不再多言，即以软剑断了陈豫川缚手之绳。

陈捕头在美妇人相助之下得以脱身，旋即救出妻女，又速将袖箭软剑装束于身。四人悄悄寻至马厩，陈豫川叫妻女二人共乘一骑，自己与美妇又乘一骑，黑暗中，两骑寻路脱缰而逃。

猛然间喊声四起，满山火炬如点点繁星。柳如烟飞马奔来，大声悲切地叫道："三娘果真要离如烟而去乎？"

美妇人伏在陈豫川身后，也泣声答曰："君之大恩，妾自当铭记于心。然妾思乡心切，今随陈大人去矣。"

柳如烟悲愤交加，左手一扬，三枚柳叶镖直奔陈豫川面门、咽喉和胸窝而来。

陈豫川早已识得柳如烟的手段，岂敢有丝毫怠慢？三只袖箭亦破空而出，"当"，"当"，"当"，三声脆响，镖箭相击，悉数坠落于地。

柳如烟高声叫骂，众贼欲四面夹击。

陈豫川厉声断喝道："挡吾者死！"又连发十枚袖箭，中之者十人立毙。

贼众始战战兢兢，不敢再近身围堵。陈豫川忙叫小女偕夫人驰马先逃，自己挡了一阵，也拨转马头，飞驰而逝。

柳如烟眼见陈豫川如飞一般逃去，坐在马背上破口大骂，手下的喽啰们仍无一人敢向前追杀。寨门两侧的碉楼上，炮手们急得嗷嗷直叫，示意放炮轰击。

柳如烟忌惮"三娘"与陈豫川玉石俱焚，不忍开炮相击。众贼人无可奈何，只得眼睁睁地看见二骑四人，飞奔似的逃下山去。

陈豫川一行四人终得以脱，驰马行至山下坝上，忍不住问美妇人曰："汝是何人？为何救我？"

美妇人见陈豫川相询，两眼泪水汪汪地答道："陈大人可曾听说过，二十年前遂州云十鹤之悲惨事乎？妾乃其小女三娘是也。"

陈豫川闻言，心中怦然一动："汝可识得潼川龙彪？"

美妇人轻声泣曰："当年正是龙叔拼死救下三娘，才得以留下云家血脉。可恨张九天老贼至今逍遥法外，万望陈大人为妾家洗冤雪恨。"

陈捕头听到美妇人如此一说，心想莫不是龙彪这厮暗地里设下圈套，要陈某人先去救了云三娘，然后再让自己为云家申冤昭雪否？

陈豫川有了这层想法，却不便说破，只吩咐夫人和小女先行驱马返回遂州，自己亲自送云三娘去潼川龙彪处，欲向他问个明白。

亥时，龙彪笑吟吟地站在自家大院的阶沿上，张开双臂迎接陈豫川的到来。他们是好朋友，自然少了他人之间的繁文缛节。丰盛的家宴就摆在龙府的前厅里，偌大的客厅被十盏孔明灯照得雪亮。

陈豫川经过金华山一阵急斗，加上又驰马急行了三十里路，肚子早已饿得咕咕直叫了。他顾不得许多斯文，只顾拈那些肥鸡胖鸭不停地往肚子里填，全然不知道龙彪说了些什么话，偶尔与他象征性地碰一碰酒杯。待饮了七八杯剑南春后，陈捕头的肚子不再唱"空城计"了，便乘了酒性，直接将自己心中的疑惑说了出来。

龙彪沉思良久，张口欲言又止，表情似有所顾虑。

陈豫川见他为难，大声说道："龙兄果真为难，不说也罢！"仰头又饮干了一杯酒。

龙彪见陈豫川急了，把手中的酒杯放在桌上，极不情愿地说："豫川兄愿听，龙某哪有相瞒不告之理？"

他仿佛下定了决心，也将杯中之酒一饮而尽，朗声说道："陈大人是蜀中名捕，龙某说了，要擒要拿悉听尊便！"仰头又干了一杯酒，才大胆道来，初时语气较缓，渐渐地激昂起来："三娘十四五岁时，知道了当年云中居惨案的真相后，吵着要为云家报仇，她一个弱不禁风的女子，怎办得了这等大事？"

说到这里，龙彪还是有所顾忌，又顿了一顿，但他还是继续说了下去："陈大人你是知道的，那个时候好友柳如烟正遭人陷害，被迫逃到金华山聚众为匪。当其时，恰逢白莲教传入川中，我历来痛恨官府，便与柳如烟一同加入了白莲教，他是遂州分教主，我则成了潼川府的分教主，两人虽然各自行事，但统一打着涪江'水上飘'的旗帜，在梓、遂二州之间除暴安良，偶尔也干些打家劫舍的勾当。"

陈豫川听到这里，终于明白了，为什么这么多年来，官府始终找不到"水上飘"的蛛丝马迹，原来他二人都是"水上飘"！

龙彪又饮了一杯酒，声音突然大起来："我钦佩鹤爷的为人，决心为他复仇，没想到三娘虽是一介女流，却有乃父遗风，坚持云家的事云家人自己摆平。不得已，龙某只好把她送到金华山柳如烟处，让三娘跟随他学习技艺。柳如烟武功既高人又风度翩翩，江湖上都叫他'白衣秀士'。一来二往，三娘得到了柳如烟的真传，柳如烟也得到了三娘的芳心。去年夏天，柳如烟知道了三娘欲复当年之仇，百般地加以阻拦，他知道三娘虽然武功高强，却难敌张九天十大护院武师，一旦落入包围圈，定遭不测。"

龙彪为陈豫川斟了一杯酒，也为自己满满地斟了一杯，继续言语道："由于柳如烟坚决反对云三娘下山报仇，便对她严加看管。云三娘无可奈何，借夫妻二人到寒舍走动之机，向我讨要计策。鹤爷对我有恩，三娘要报仇雪恨也是天经地义的事。龙彪实在没有他法，只好出此下策，借陈大人之力将云三娘带下山来。在下没有想到贵千金倒是个性情中人，她听了云三娘的故事后，不仅大加赞赏，还积极地出谋划策，与贵夫人合谋导演了一出遭人绑架的好戏。"

说到这里，龙彪双手擎杯，不住地赔罪道："还望陈兄大人不计小人过。"

"唉，哪有什么过不过的。"陈豫川连忙饮了杯中之酒。但他终有些不信，"柳如烟不是到了象山吗？他怎么肯与你们配合？"

"柳如烟？"龙彪哈哈大笑道，"陈大人何时见过柳如烟？又何时见过柳如烟用鼻烟壶做暗器？那是我府上贾师爷扮的。为了迷惑于您，他们先藏一人在黄葛树上，将乱石砸死的画眉匿在身边，当贾师爷将鼻烟壶抛起时，树上之人迅速将死画眉扔下……为了表演得天衣无缝，贾师爷一干人等刻苦练习了半年之久。也唯有如此，才不会被您陈大人看出破绽。"

陈豫川听得浑身发热，他自诩出道以来，还没有谁使伎俩骗到过自己。不过细细一想，从昨天夜里夫人小女失踪到今天莫名其妙被人带到金华山中，确实有许多让人费解的地方被自己忽略了。应该说这是任何一个思想健全的人都会犯的错误，往往为亲情所困而不能正常思维甚至丧失理智，睿智如陈豫川者一样不能免俗。

陈捕头苦笑了一下，为自己的鲁莽汗颜。他双手端了酒杯，对龙彪惶惶地说道："龙兄，好计谋！只是……嘿，有事何不直说，干吗故弄玄虚呢？"

龙彪满脸歉意，又连饮了两杯酒，再次赔罪道："实在对不起陈大人！若不如此，何以震得住您？想想看，如果被您看出了破绽，动起手来，谁是您的敌手？"

"就是，就是。"客厅右侧的里间转出一个人来，毕恭毕敬地给陈豫川施了一礼，"还望大人不要责怪我等下人。"

陈豫川忙将此人扶起，仔细端详，这不正是象山中那位柳如烟吗？

龙彪笑吟吟地说道："此事能成，都是师爷定下的计策。"

那人连忙赔罪道："若不如此使诈，陈大人怎会拼死救出云三娘来？真是好悬，上午大人沉稳的气度，差点让小可露了马脚。"

"妙！此计端的奇妙！"陈豫川大声赞叹道，"何不请三娘到前厅来，大家一同饮酒，岂不快哉？！"

龙彪拊掌称妙。

贾师爷迅速转身去后庭相邀云三娘，龙彪与陈豫川继续在客厅推杯换盏，倾壶长饮。谁知贾师爷片刻间即匆匆返了回来，惶惶不安地站在客厅外，两眼巴巴地望着龙彪。

龙彪不解其意，停了手中的酒杯，问他为何如此慌张？

贾师爷折腰诺诺而言："回龙爷的话，三娘已不知去向！"

陈豫川暗叫一声"不好"，连看也没看龙彪一眼，旋即起身奔向马厩，解马直奔遂州而去。

大清乾隆四年寒食，晨。鸡叫四遍，天微明。

薄雾中，捕头陈豫川站在遂州首富张九天的府第"明园"外，一动不动，他已看到张九天的头悬挂在"明园"的大门上端。

经查，张府上下一百二十七人，全部死于非命。死者面目安宁端详，没有一丝痛苦的表情。验尸的仵作告诉他，凶手行凶之时，所有的死者皆酣睡未醒，凶手作案的手法快捷准确，连"明园"的护院武师都毫无反抗的痕迹，疑为武功高绝之人所为。

陈豫川在验尸报告上画了押，独自一人行走在酱园口窄窄的街道上，他心里明白，这桩惨案肯定是他一生中唯一破不了的案子了。

唉，真是可惜！望着小巷飘飞的柳絮，陈豫川叹了一口气。从今往后，遂州城里的老百姓不会再吃到"九"牌这种美味的酱油了。

侠盗

黑衣妓

蜀中四月，风凉水暖，麦穗渐黄。

日将暮，远远近近的村庄，夕烟已袅袅升起。

龙泉驿通往简州的古驿道上，一辆马车呼啸而过。飞驰的车轮卷起浓烟一般的尘土，弥漫在暮色朦胧的夜空。

车上坐着一位俊朗青年，身着一袭月白色长衫，显得越发地英姿挺拔。别看此人年纪不大，却是重庆府赫赫有名的顺天商号三掌柜——神机妙算张鸿春。张三掌柜幼时号神童，随家习举业，十二岁童试得过秀才，满肚皮学问，深得老掌柜赏识。

寒食节前，老掌柜特派其前往成都，催收陈年老账。张鸿春不负"神机妙算"之名，果然人到账清，此刻正得意地携金返渝，欲赶在谷雨前回顺天商号向大掌柜交差。

成都至重庆一线，六百八十里路，历来为蜀中交通要衢，沿途人情风物韵致颇佳。

张三掌柜此番西行，为商号收回颇多陈年欠账，心情大悦。一路见栈歇脚，遇肆饮酒，好不逍遥快活。谁想贪玩过了头，眼见天色向晚，只得吩咐下人快马加鞭，直奔简州城而去。

打烊时分，主仆三人风尘仆仆赶到简州。

入得城来，天已黑尽。张鸿春想也没想，叫车把式径直驾车来到城南蜀源客栈，入住歇息。

蜀源客栈濒临沱江，川中川南乃至重庆一带客商，往来成都跑滩做生意者，大多落脚于此。

张鸿春与客栈老板相识多年，点名要了两间最好客房，自己拣最里间轩敞之屋做寝室，另一间让给两个下人和车把式住了。

刚收拾妥当，一行人正取水净手。店小二已将一桌上好酒席，摆到客房中央，按例引来六位女子献曲。

张鸿春少年英俊，常年游走成渝两地间，深谙蜀道上各种江湖规矩。见小二乖巧懂事，赏他一锭锃亮银圆宝，作劳慰小费。

小伙计欢天喜地而去。

张鸿春关了房门，喜滋滋地居首座入席。几口酒下肚，随之与姑娘们打情骂俏起来。一会儿摸摸这个脸蛋，一会儿又捏捏那人小手，嘴里胡乱地说着骚话。

诸妓个个燕瘦环肥，婀娜多姿，虽说不上沉鱼落雁闭月羞花，但也足可以说风情万端了。

六位姑娘吹拉弹唱，诸般技艺无一不精。

内有一妓，年约二十许，神情与他妓不同。其周身黑衣黑裤，不仅脸上没有涂脂抹粉，手里也没有携带乐器，更没有像其他姑娘那般风骚放荡，两只眼睛一直冷冷地让人生畏。

此妓面生，张三掌柜不知如何称呼她。但见诸妓妖娆万态，或起或坐，或进或退，皆顾黑衣妓目示指挥。

张鸿春为人机警，心里已明白了几分，此妓必为诸妓领袖。然任其百般审视，黑衣女子举止神采，皆无一丝一毫脂粉气，更没有他妓让人恶心的"嗲"气。

张三掌柜心中一惊，这哪里是勾栏中卖艺之人？

莫非盗扮妓乎？

有了这一层想法，张鸿春自然不会说破，心里却提高了十二分的警惕。

黑衣女子见张鸿春一直专注于己，便对其浅浅地笑了笑。

张三掌柜却从此眉目顾盼间，感觉到了黑衣妓非常人的从容和镇定。心里暗自思忖道："此盗盯上自己，必为所携银两而来，岂可空手而归？若能以情动之，或可免了此劫。"

张鸿春打定了主意，当下对诸妓朗声说笑道，欲与黑衣女子单独相处，他妓休要吃醋。

果不愧"神机妙算"，张鸿春把话说得溜顺，一点也不扭捏。

黑衣女子似乎没有料到张三掌柜会将她留下来，而且当着众姐妹之面毫无顾忌地大声说出来，心里略有一些诧异，但很快就释然了，脸上依旧带着迷人的浅笑，委婉地加以拒绝。

张鸿春见黑衣女子婉拒，越发坚定了自己的想法。心里再一次思忖到，你不是声色艺妓么？我就出金一锭留你下来，看你找什么理由推脱！你若是妓，自然依了我，你若是盗，定当场翻脸！此时天色尚早，客栈里商旅者成百上千，难道还怕你强抢不成？

想到此处，张三掌柜笑吟吟地来到黑衣女子面前，从怀中掏出一只金元宝，轻轻放桌上，两眼含情脉脉地看着她。

黑衣女子没有丝毫慌张，一直在揣摩张鸿春留己之意。见其将一锭金元宝放在桌上，装作十分喜欢的样子，那眼神与其他女人见到钱财时的神色毫无两样，嘴里轻言细语地说道："蒙君抬爱，妾身依了您便是。"

张鸿春见黑衣妓十分自然地应承下来，一点表演痕迹也没有，心里大为赞叹。脸上却伪饰得欢喜异常，急匆匆地催促他妓离去，上前牵了黑衣女子的手，十分亲热地偎一起。

待众人离去后，张三掌柜一改嬉笑之态，与黑衣女子正襟危坐茶桌两旁。

初时，二人皆拘谨，不知说些什么话语适宜。渐渐地，张鸿春打开了话匣子，并大胆表达了对黑衣女子的欣赏。

黑衣女子见张鸿春一脸诚恳，丝毫没有了席间的纨绔气，渐渐放松下来。轻声叙述家事，言其从小家境贫寒，迫不得已入了勾栏，忍辱苟且偷生至今。妓说得极轻极缓慢，淡淡地娓娓道来，一点也不忸怩作态，仿佛在给自己兄长叙说一般。

张鸿春做凝神状，心里万分佩服黑衣女子的表演才能，明明知道她在说谎，自己偏偏听得十分舒服。未待黑衣女子说完，其眼里已噙满了泪水。

黑衣女子见了，心有所动，眼里亦多了一丝柔情。

张鸿春唏嘘着乘机借题发挥，历述前朝各代名妓故事，以此劝慰黑衣女子。说到动情处，张三掌柜更是泪流满面，借以推波助澜，以之激发起黑衣女子满腔柔情。

黑衣女子听了张鸿春一番劝说，果然悲歌慷慨，泣而泪下。

张鸿春要的正是这种效果，忙从怀中掏出一方丝巾，温情脉脉地递给黑衣女子。

乘着这种气氛，张三掌柜更将自己生平遭遇，竹筒倒豆子一般讲了出来，虽多伪语，然其中之艰难险阻，竟然被他说得栩栩如生，好像这些故事就发生在眼前一样真实。

黑衣女子果然为之感动，婆娑泪眼地望着张鸿春，十分关切地问道："君之何往？"

张鸿春知黑衣妓已被自己征服，不再有任何担心，一五一十地据实相告，绝无半点虚言。

戌时，窗外风声飒飒，淅淅沥沥下起雨来。

张鸿春见黑衣女子衣着单薄，从箧笥里捡一件狐皮小袄，柔情地为之披上，轻声曰："蜀中四月，夜雨犹寒，姑娘小心着凉了。"

黑衣女子略一迟疑，脸上红红地有了一丝羞涩，低着头轻声道了一声谢谢。

适，灯盏清油将尽，室内灯火如豆。

张鸿春忙起身，提油壶给灯盏里添上一注香油，又用铁针拨了拨灯芯。

一室灯光复明亮。

黑衣女子神情专注地看着这一切，抿着一张乖巧小嘴，默默地未说一句话。

张鸿春做完这一切后，复坐如初，始终如谦谦君子。

待到三更天时，黑衣女子按例将要离去，便脱下狐皮小袄放在木桌上。

张鸿春似乎心有不舍，嘴角动了动却没有说出话来。他知道风月规矩，除非你与老鸨熟稔，姑娘也愿意留下，那样的话才可以由老鸨亲自安排二人同宿到天明。

张三掌柜按例赠银十两，又将案上狐皮小袄相授予黑衣女子，柔声曰："如此薄物实为姑娘御寒，别无他意，万望笑纳。"

黑衣女子望了望张鸿春，十分大方地接银在手，轻声谢曰："蒙君怜爱，惜虚度了良宵，妾身冒昧接受银两，已感有愧，何敢再受他物？"

张鸿春闻言，正色道："与姑娘相谈甚欢，看重乃汝之情谊，岂敢以一小袄亵渎姑娘之神圣乎？！"

黑衣女子闻听此言，心里十分感动，睁着一双眼久久地望着张鸿春。突轻声说道："实话相告与君，妾本盗也。家父为响马领袖，常以妾身为饵诓骗肥羊。然妾虽入道年余，却守身如玉，如有起意乱吾身者，妾必立刃之。时至今日，妾仍为处子之身。蒙君坐怀不乱，特此告君。"

张鸿春不待黑衣女子说完，佯装十分害怕的样子，唯唯诺诺而退。

黑衣女子复又言语道："君不必惧怕，妾一直试探于你，知你正人君子也。狐皮小袄妾已收下，吾也有一物相赠予君。"言毕，从怀里取出一小囊，递与张鸿春。

张鸿春不知小囊里装着何物，见黑衣女子如此郑重其事，猜想必非寻常之物，双手恭恭敬敬地接过来，正待要谢，黑衣女子已不顾而别。

张三掌柜目送良久，直到黑衣妓消失在夜色里，才收回目光。心里空落落地难受，站在桌前怅叹再三。突忆起手中小囊，忙就着油灯启视，内置一面三角小旗，十分精美。

翌日天明，雨过天晴。

张鸿春辞别客栈老板，若有所失地跨出大门。神情迷乱中，数次借故返客栈，欲最后见一面黑衣妓。

然一栈之人，皆言不知有此妓。

张三掌柜徘徊良久，顺手将那面精美三角小旗，插在车篷上。示意车把式启程，望资州城而去。

简州至资州一百二十里路，中间隔了一条沱江。江两岸属龙泉山脉最高处，山间林木幽深，几十里寂寥无人。

马车沿着一条青石小径，"咕噜咕噜"地驶入林中。

张鸿春主仆三人远远望见二三十人，骑马荷枪而来，呼啸着擦车而过，复又回马盘旋一周。众马客皆大睁双眼，死死盯着车篷上那面三角小旗，无不露出将信将疑的神色。

　　张鸿春瞥在眼里，心里若有所悟。

　　凡此前行六七日，如此遭遇者数十起，皆平安无事。

　　又行三日，车到白市驿，已进入重庆府地界。

　　老掌柜得报，三当家已携重金到了白市驿，率众亲迎于驿馆牌坊下。

　　张鸿春见了大掌柜，慌忙翻身下车，叩首跪拜。

　　老掌柜一边将其扶起，一边颤巍巍地指着车篷上的三角小旗，神情严肃地问道："此旗从何得来？尔等可知旗为何物？"

　　张鸿春不解大掌柜之意，更不知其何故这般严肃，只得将实情一一告之。说到精彩处，更是添油加醋地神吹乱侃。

　　老掌柜有心卖弄江湖阅历，以教导后生。遂将着胡须说道："此旗乃川中巨盗陈天霸信物，但凡巴山蜀水间各路豪客见了，必视其主人亲临一般。嘿，你娃娃有福哈，如此贵重之物，非大恩大德者不肯轻易相赠矣！"

　　张鸿春听到老掌柜如此一说，心情甚是复杂，隐隐又多了一分沉重。暗中将三角小旗收捡在贴身衣袋里，珍藏如祖传之宝。

　　越明年秋，有女匪被擒于白市驿青木关。

　　重庆城内人声鼎沸，盛传女贼年约二十许，美艳如仙，周身穿着黑衣黑裤，上身外罩一件精致狐皮小袄。

　　张三掌柜听传言说得确凿，心里怦然一动。当天夜里，私下前往大牢探视，果是黑衣妓。念其真情，花钱上下打点，终得以无罪释放。

张鸿春携黑衣妓至顺天商号，众皆惊悚，唯老掌柜降阶以迎，亲会于密室。

　　当天夜里，顺天商号三掌柜携妓秘密远遁，人不知所终。

铁剑书生

大清同治三年，岁在甲子。春三月，科考在即。

遂州学子朱坦能，家住北门玉堂街朱家花园，文名称颂乡里。朱氏一门乃望族，是遂州数一数二的大户人家，拥有良田千顷，仆工百人，平素府上往来多为社会名流和公干的官府人。朱公子从小耳闻目染，性情里较同龄人多了一份矜持和从容，遇事沉毅有主见。

惊蛰前后，通往京师的梓、遂官道上，熙熙攘攘的人流中，不时夹杂三五翩翩少年郎，或骑马飞驰或持扇慢步，那是蜀南黔渝一带进京赶考的举子。朱坦能看在眼里，心里甚是痒痒。

遂州历来为文章锦绣之地，考究国朝蜀中旧事，相业以张文端公为最优，科第以榜眼李仙根为最显，至于诗、书、画三绝，树帜立坛于大清一朝，为后贤所景仰企慕者，前则潜叟吕半隐（吕潜），后有检讨张船山（张问陶）。溯本清源，诸位先贤大家，无一不是遂州人氏也。朱坦能素有效法乡党先贤之心，自恃文章风流，也有心远赴京城一试身手。遂邀同城举子数人，择一吉日良辰，从州城东面滨江的犀牛堤码头出发，乘一巨舫逆涪水北进。

当其时春意正浓，两岸青山如黛，一河碧浪似绸。众学子一路诗词唱和，饮酒猜谜，好不逍遥快活。

临近中午，船行至梓、遂二州界地涪江关。

一船举子饮酒正酣，见兵爷迟迟未开启水寨大门放行，纷纷拥到船头疯疯癫癫地大声嚷嚷，故意显摆地把一袋袋装满银子的褡裢甩得"哗哗"直响。

涪江关是蜀中北进京师的咽喉，乃龙蛇混杂之所。朱坦能一行十数人，所携盘缠甚巨，且多金银。守关兵丁见众人皆孟浪少年，毫无江湖经验，私下里好意提醒他们财不露白，须知江湖险恶，谨防盗贼棒客偷窥觊觎。

众举子正在兴头上，听了兵爷的话，齐声大笑兵哥哥当真傻帽儿得可爱，岂不见煌煌一舫十数人之众，就算有刀客棒匪光顾，又有何惧哉？

驻关兵士见众人幼稚可笑，纯粹是一群二不挂五的大活宝，便不再与之理会。执红白旗的关长一边摇头一边招呼同伴，打开水寨大门放船通行。

众学子倚舷撮嘴长啸，又是挥手又是跺脚，嘻嘻哈哈地过了涪江关。

船复逆水上行十里，舟子报已到梓州清溪镇。

朱坦能端端地坐在船头，远远看见岸边一棵大黄葛树下，站着一位少年，身着月白色长衫，头披蓝色头巾，望之如玉树临风。

待到巨舫临岸，白衣少年请求搭船北上。

众人喜他素洁雅致，便允许了他的请求。少年自言姓施名良，梓州云台人，也是进京赶考的举子，怕一个人独行不安全，故来与众位良兄同行。

朱坦能一众举子听他所言甚谦，好生喜欢。便齐齐鼓掌，欢天喜地地迎入船舱中。

白衣少年信步来到后舱坐定，从所携带的竹箱里，取出一铁炉一铜壶，燃之。铜壶中置江水盈颈，待沸，取茶叶少许入内，敞盖微火烹之。

俄尔，水沸如鱼目，汩汩有声。江风徐来，满舱茶香四溢。

朱坦能等人皆富家弟子，平时里品茶饮酒唱川剧，逗鸟遛狗打双陆（一种赌博工具），无一不是清玩雅赏的高手。此时，见白衣少年置江水烹茶，无不拊掌叫好，言其茗品必是蒙顶皇茶。

少年点头称善，向茶汤里撒入几朵茉莉，闭目嗅了一嗅，满脸陶醉之色。他一边夸赞众兄台乃饱学之士，一边遍置茶盏于木几上，然后一一相邀诸位同袍，共饮自己所烹之茶。

众位举子虽家资百万，却哪里享受过如此美妙的佳茗？其入口润而嫩，滑而香，直饮得众人摇头晃脑，连连称妙。

少年见诸位同袍饮得如痴如醉，自言其茶其艺皆有出处，所叙茶事，语言俊美，文采灿然。

满座学子见少年言谈举止有度，无不为之倾倒，纷纷恭维他必中今科魁首。众人又乘隙铺以酒食邀他同饮，直把他当成了自家兄弟一般，唯恐照顾不周。

船入清溪峡，江岸夕阳已坠。偶有夜泊的船家渔火，忽明忽暗地闪闪灭灭。朱坦能抬头望了望天，吩咐舟子择一避风处泊舟夜宿。

时夜幕四合，山间微有光亮。举头望峡，一轮山月高高地泊在天际。

如此美景，怎可少了美酒？众人又铺食倾壶长饮。

乘了酒性，白衣少年请求道："江天暮景殊佳，又有美酒佳肴相佐，惜少了红袖添香，奈何？好在施某携有短笛，愿为诸君一奏，以助雅兴。"

朱坦能带头鼓掌称妙。

少年自怀中出一短笛，长约七寸许，通体金光灿烂。

一船举子皆肃静。

白衣少年持笛近唇，倚舷枋凝神站立。静息片刻后，启唇徐徐而吹。一曲《高山流水》似山涧流泉，清越悠扬，在空旷的峡谷中穿越回荡。

众学子击节相和，低声而歌。

一曲终了，满江水声伴随笛音缭绕，直使得鱼龙惊飞，蟾兔欲跃。众皆叹服曰："龟年重生，亦自当羞愧不如矣！"

正当众人忘乎所以之际，猛听得芦苇丛中"哗啦"一声水响。朦胧的夜光下，一豪客纵身跃入巨舫内。盗鬓须如虬，右手里执一柄雨伞，直往白衣少年的心窝处戳去。

那少年正在神思迷离间，猛觉得锐气穿心，本能地向右边侧了侧身，恰到好处地避开了来伞。同时，手里的短笛已迅速搭上了来犯伞柄，"当"的一声脆响，黑暗中火星四溅。

众人骇了一跳，始知二人手执之物皆铁器。见他两人不由分说交上了手，只道是盗贼乘夜色前来抢劫钱物，吓得一个个趴在舱底不敢乱动。唯有朱坦能胆气尚豪，一直站在后舱里，观他二人争斗。

白衣少年身轻似燕，手中短笛如灵蛇吐信，招招直指虬鬓客执伞的手腕。

虬鬓客则步履沉稳有力，手中雨伞似金刚铁杵，着着直捣白衣少年面门。

两人斗得性起，巨大的船舫颠如摇篮。虬鬓客猛然将手里的铁伞一抖，伞骨哗啦啦一声响，油纸散落，现出一柄黑沉沉的铁剑来。

白衣少年见了，嘴里"咦"了一声，手上的招式不变，身子却突然向后一仰，跃入江中遁去。

朱坦能见白衣少年败走，心里亦恐亦惊，怯怯地望着虬髯客。余子越发害怕，伏在船舱里双股颤抖不止。

虬髯客收了手中铁剑，端坐在木几前的鼓凳上，对众人嗡嗡说道："尔等赴京应试耶？"

众学子惶惶不敢动，哪敢作答？

朱坦能在后舱里轻声回答道："诺。"

虬髯客又嗡嗡问之曰："所带银两多乎？"

众人不知他所言何意，皆大声回答曰："多，多！小可们愿全献给英雄，只求好汉不要杀了我等。"

虬髯客笑着说："无怪乎，尔等竟然惊动了神龙一般见首不见尾的金笛郎君！"

众人不知虬髯客口中所说的金笛郎君是何人，满脸不解地望着他。

虬髯客见了，知道面前诸子全是一群书呆子。便笑着解释说，刚才那位吹笛的少年，就是江湖上大名鼎鼎的金笛郎君，此人又名"白衣秀才"，乃是涪江上说一不二的厉害角色，手下有百十个兄弟。

虬髯客一边缓缓道来，一边嗤笑仍伏在地上的人，"尔等酸腐，只知死读四书五经，考上功名又有何用？"

众学子闻言越发惶惶不安，纷纷虚眼窥视，只见虬髯客天神一般端坐在鼓凳上。

虬髯客见众人惶恐万状，唯有朱坦能胆气稍豪，便对他说道："金笛郎君奏曲并非取悦尔等，实则是号令贼众前来袭取钱物也。涪江千里，水匪彪悍而贼匪众多，尔等若害怕可暂去前面三里地的清溪镇一宿。不畏者，可留下来看在下杀贼。"

众人眼见江岸山影迷蒙如魑魅，哪里有胆前去清溪！

朱坦能嘱咐众人去舱内各自就寝，自己则择船尾处假寐，以静观其变。

虬髯客待众人睡去，独自引壶狂饮，连倾数十觥不醉。饮罢，取出铁伞枕在脑下，瞬息之间，鼾声如雷。

夜半月隐，众人忽听得虬髯客大声呼道："贼至矣！"

一船之人皆惊醒。

朱坦能侧目窥视，见虬髯客执伞蹲踞船头。时月黑星稀，借着一江水光，可微辨人影。

贼众约十数人，皆黑衣玄裤，手里执着白晃晃利刃，悄然地摸到了船边。

领头一贼，刚至船头，猛然看见虬髯客怒目张须而立，慌忙中挺起手中利刃，照着虬髯客兜胸就是一刀。他一边挺刀急进，一边不停地大声叫喊道："金笛郎君有令，有取虬髯汉子首级者，赏白银千两！"

虬髯客默不作声，抖落雨伞上的油纸，抽出那柄铁剑相格，只一个回合，首贼应声而倒。

众贼见虬髯客厉害，迅速三人一组背靠背地成战斗序列，团团将他围住。刹那间，贼众刀槊环进，四面砍杀。

虬髯客从容挥剑，呼呼作声。停泊在浅水处的大木船受到外力震荡，激起满江波涛汹涌。

众贼左右不得进，反而屡遭扑刺落水。余贼不敢恋战，欲趁乱四下奔逃。

虬髯客拾起贼人所弃弓弦，连发箭射之，众贼尽皆毙命。

朱坦能呼唤众位同袍起身相谢。

虬髯客一脸淡然，丝毫看不出他刚才曾经激烈地打斗过。

朱坦能叫船上的杂工们，将众贼的尸体一一抛进江中。他默默地遍视诸贼尸，共计十五具之众，却始终没有见到吹笛少年的尸体。倒是有一肥硕贼，隐约面熟。众人掌灯一看，此贼竟然是涪江关那个提醒他们的守卒！

朱坦能又招呼众学子，倾其所携美酒，团团捧杯以敬虬髯客。

虬髯客复又连饮数十觥，仍无丝毫醉意。时月出如新，虬髯客抚须朗声说道："国家求才待用，尔等却只知死读'圣贤'，手无缚鸡之力，与闲坐床头侍弄稚儿的妇人有何两样?!"

众举子唯唯诺诺，不敢多言。

朱坦能跪拜曰："壮士救我等众人性命，愿闻尊姓大名，他日也好报之万一。"

虬髯客双手将朱坦能扶起来，举铁伞扣舷独啸："余非壮士，亦无姓名，更不望报。吾去矣!"语音未了，一跃已不见了身影。

五日后，京城西。朱坦能一行人换乘马车，风尘仆仆地来到富阳驿馆下榻。此驿馆邻近贡院，专为进京赶考的富家子所备，乃京师最为豪侈者，等闲之辈莫敢望其项背。

一日夜深，朱坦能温习完功课，正准备上床就寝，忽听得隔壁传来一阵阵轻声的吟哦，声音有些耳熟。便悄然来到窗下，启窗视之。

虬髯客赫然端坐书桌前，手执一册黄卷诵读。

朱坦能心中大为惊讶，虬髯客有万夫不当之勇，居然又识得四书五经，真乃人世间的奇男子也，遂上前敲门，欲道一声安康。

虬髯客开门出视，微微一愣，复又将木门关上，仿佛根本就不相识一般。

朱坦能感到十分怪异，摇摇头回到寝室，满心狐疑地言于同室诸子，同袍皆不信。

次日晌午，朱坦能悉心撰就一文，自谓绝妙，欲与人研讨，但众子已悉数午寐，唯虬髯客端坐窗前沉思。

朱坦能兴冲冲地来到虬髯客的房前，推门而呼。

虬髯客正伏案疾书，突听朱坦能呼号，不由得高声怒斥道："竖子败吾事也！"

朱坦能听到虬髯客大声喝骂，一时不知所措，左右两脚一前一后跨在门槛上，进也不是，退也不是。

虬髯客复叹息道："铁剑呀铁剑，今科本该中会元，谁知还是牛后郎之命，天意乎？"他抬头看见朱坦能尴尬万端地跨立门槛上，便苦笑着说自己寒窗十年，自谓满腹经纶，遂来京师应试。适才文思正如泉涌，哪知疾书之际，却遭尔嚷嚷，文气戛然而止。这不是天意是什么？

朱坦能闻听此言，大感惭愧，一口气连赔了六个不是。

虬髯客见他憨得可爱，便笑了笑说道："今以吾文赠尔，可获会试第二，会元者必白衣秀才也。"

复伏于案，挥毫笔走龙蛇间，风行海涌，锦文立成。写完后看也不看，掷于朱坦能手中，嘴里说道："吾去矣。"即提剑而出。

朱坦能细看虬髯客之文，果然构思绝妙，锦句连连，满纸文采灿烂。书法更是矫健非常，有金钩银画之骨，大开大合之势，似侠行道上，又似剑舞风雪。朱坦能细细揣度，不觉嗟叹不已。

会考之时，朱坦能信心满满地以虬髯客之文应之。待到发榜之日前往观看，果然中了会试第二。会元者，竟也真的是白衣秀才"金笛郎君"！

朱坦能心中惊异悚骇，始信虬髯客乃异人也。遂将这段秘密深藏心中，其后为官三十年，始终不敢轻言会试之秘。

大清同治十三年春，遂州卧龙山中有人置地百亩，修筑了一个大庄园，庄名书香铁剑园。主人虬髯，常舞铁剑于庄前龙湫。

当地土著人传言，曾有京师为官者，自言姓朱，暗中造访过书香铁剑园，说是为了谢恩而来，主人却始终闭门不见。

同年冬月初五，十九岁的穆宗载淳驾崩，举国哀悼。当天夜里酉时，有白袍人月下吹笛，一曲《高山流水》终了，庄园大门洞开，主人恭迎白袍人进入庄内。

翌日天明，偌大的山庄里竟空无一人，唯一剑一笛并悬宅门上。

十一郎

旧时遂州，乃川中名郡，与梓、益二州齐名。

千里涪江浩浩西来，到了遂州地界，向北转了一个大弯，急湍回旋的江水，就在城中形成了一个大湖，湖阔十里，荡荡水天一色。湖中心有一座小岛，状如葫芦，土著人叫它猫儿洲，读书人却在史籍里查到了它的出处，那是大有来头的，叫圣莲岛。遂州人就不明白甚至感到疑惑，好端端一个猫儿洲咋就叫圣莲岛呢？州志上载得清楚，唐穆宗、宋徽宗两位帝君先后封遂宁郡王，二人在遂州屏藩时曾结庐于此，闲暇之余，时常去岛上课读养心，拿臣子们的话说，两位圣上是沾了宝岛灵气才得以登坐龙廷的，于是小岛就被赐名圣莲岛，湖也就叫了圣莲湖。

"黄鼠狼"的府第就坐落在湖心的圣莲岛上。

"黄鼠狼"是谁？街坊间小儿都知道，遂州小溪令黄中玉就是"黄鼠狼"。

民谚云：黄鼠狼给鸡拜年，没安好心。黄中玉不偷鸡不摸狗，何故被冠以"黄鼠狼"的称谓，没人知晓，反正小溪县的百姓都这么叫他。民间传言黄中玉生财有道，小溪为令十余年，积蓄颇丰，计有百万之巨。

道光七年春，黄中玉年届六十，当朝典律写得明白，大清七品以下官员，任职不得超过花甲之龄。于是，从去年腊月开始，黄中玉就在谋划卸任后举家迁回剑州故里定居一事。他听江湖朋友说，剑门关一带新近出了个外号"神猿"的大盗，此人武功高强，专干杀人越货的勾当，过往客商多遭不测。

黄大人心里踌躇，迟迟未敢举家北迁。

夏七月初五，黄中玉六十寿辰，前来贺寿的宾官多达百人。内有一个名叫罗三五的拳师，可掌毙蛮牛，自称黄大人的远房表弟，与剑州道中人交情甚笃。

黄中玉窃喜，吩咐管家将其安排到正厅的贵宾席上，有意让他和小溪众多名流坐在一起。

罗三五见表兄如此抬爱自己，感到格外风光。席间论及江湖事，罗拳师操一口剑州土话夸夸其谈，说到精彩处，满脸神采飞扬。偌大的黄府内，到处都能听到他爽朗的笑声。

待到客人吃饱喝足后，管家安排众人到后院休闲室品茗小赌。黄中玉则独自留下罗三五，悄悄对他说道："愚兄欲举家迁回剑州，所虑携物甚重，恐道途不畅，奈之何？"

罗三五闻言，高声笑道："区区这等小事，有何难哉?!"

黄府里有护院蔡氏昆仲，素得黄大人关照。兄弟俩正打从回廊经过，听到罗三五这般语言，眉头皱了一皱。适才此人席间吹牛，好生让人反感，今见大人居然将护送财物这等大事，托付给一个蛮牛一般有勇无谋的人，委实放心不下。便上前诚恳地请教道："久闻罗师傅武艺高强，可否赐予众人一观？"

罗三五不知道二人话里有话，见有人愿意观看自己的武技，心里甚为高兴，欣然同意当众一试身手。

时，明月如昼。

宾客们听到有热闹看，纷纷走出房门，团团将罗三五围住。

罗三五见围观者甚众，顿时来了精神，发一声喊，左右二手各执白刃劲舞。刀声唰唰直响，寒光闪闪不可逼视。

满庭宾客，轰然叫好。独蔡氏兄弟冷眼旁观，一言不发。

黄中玉见蔡氏兄弟面无表情，不知何故。遂上轻声问道："我表弟的功夫可是了得？"

兄弟二人欲言又止，轻轻摇了摇头，转身待要离去。

罗三五见两个护院打扮的人，态度竟然这般倨傲，心中不由得勃然大怒。当下持刀抱拳道："想必二人定有惊人手段，罗某不才，倒要领教领教！"

但凡道上混的江湖人士，谁不知道"领教"的含义？罗三五把话一下子说到了绝处，让蔡氏兄弟一时不知如何是好。兄弟俩只得实话实说："以君之能前往，命必不保，何论护金乎？"

罗三五一听，更加地暴跳如雷，手持双刀将蔡氏兄弟拦住，定要亲眼看一看二人的技能，否则白刃无情。

蔡氏兄弟并不理会罗三五的挑衅，以醉酒为名相推脱，始终不愿较技。

黄中玉见表弟十分尴尬，连忙出来打圆场。他轻声对蔡氏兄弟说道："你二人若不显露一下，他人怎知谁对谁错呢？"

兄弟俩见主人发了话，不便再推脱，默默地从下榻的房间里取来一刀一枪，双双跃入庭中。持枪者面东，持刀者面西，身子直挺如标杆。

甫一亮相，果有大家风范，庭中顿时哑然无声。

俄尔，二人相交扑击，纵跳如飞。继而斗益狠，刀枪环进，如狂风骤雨大作，四邻竹木皆折。众人无不头晕目眩，不辨兄弟二人手中所持何为刀何为枪也。

后庭中，霎时掌声雷动。

罗三五大为佩服，甩掉双刀，拱手拜服道："惭愧，惭愧，二位英雄胜罗某多矣！不知奈何作贱为仆，甘当他人看家护院辈?"

蔡氏兄弟叹息不语，望了望黄中玉，良久才缓缓说道："实不敢再相瞒，我二人本是梓州振远镖局武师，三年前逞强斗狠败于青城道长无量子剑下，遂埋名隐姓藏匿到黄大人府上。唉，小的们实有苦衷隐情，还望黄大人多多见谅。"

黄中玉听了蔡氏兄弟一番述说，不怒反喜，没想到自己府上竟然藏着两位武功如此高强之人！复邀众人入席，吩咐家人再置酒席，定要和众位朋友重新饮过不可。

黄中玉手执酒盏，对蔡氏兄弟说道："平日里未识二位真颜，黄某但有不当之处，还望海涵，今日就此赔过。"言毕，将盏中之酒一饮而尽。

蔡氏兄弟懂得黄中玉的话外之音，本待推辞，然感念其于己有收留之恩，且为官尚有循声。遂双双站立，执盏回敬道："黄大人所言差矣，如无大人收留，我兄弟二人几无立足之地矣。"

宾客齐声大笑，纷纷起立执酒相贺。众人开怀畅饮，直饮到三更天方止。

蔡氏兄弟仗义接了护送财物的差，自感担子不轻，便潜心准备起来。他们将装有物什的十挂大车伪饰一番，又从家丁中挑了六名精明能干的人，扮成结队而行的香客，诡称到利州千佛崖进香，择日随行北进。

三日后一大清早，车队悄悄从黄府起程。

蔡氏兄弟给车队定了许多规矩，说"未晚先投宿，鸡鸣早看天"是镖局押镖总的原则，具体地讲，天未明不行，天将黑不行，雨天雪日更不能行。至于起居饮食，则禁忌繁多，诸如"不吃他人之食，不饮他人之酒，不吸他人之烟，不贪他人之财"，凡此种种，众人都须一一牢记在心。

头几日所行之地，皆平阳大坝，车马行进快捷。众人观山览景，一路说说笑笑，所见事物无不新鲜有趣。

第四日中午，车队翻过二剑山，进入剑州地界。天上突然下起了瓢泼大雨，山间道路泥泞难行。蔡氏兄弟抬头看了看天，见天空乌云密布，料想这场雨一时半会儿停不下来。好在此去清溪镇不远，便大声呼喊众人，迅速将车马赶到清溪镇南的龙门客栈住下。

未时一刻，车队进住客栈中。众人洗漱完毕，各自解囊就食。

蔡氏兄弟闲来无事，双双步出房间倚窗观雨。二人偶见街对面酒楼的回廊上，临窗坐着一位翩翩少年，白衣蓝巾，正专注地读着手中黄卷，神态恬淡而宁静。

空中之雨越下越急，屋檐上已流成了雨瀑。蔡氏兄弟亦搬来一条长凳，坐在窗前，又从随身的荷包里取出纸媒火石，用"火链子"敲石取火。待引燃纸媒后，兄弟俩你一口我一口优雅地吸起烟来。

铜烟锅里发出哔哔的声响，青烟随风缭绕，一缕一缕飘过街去。

白衣少年嗅嗅鼻子，突然赞曰："好烟，必蜀中什邡香丝也。"

蔡氏兄弟大为惊讶。

啧啧，闻烟香而辨烟之产地，非有异能不可为也。二人见少年素雅洁净，心里甚是喜欢，便起身来到街对面的酒楼上，与之攀谈。附赠一包什邡上等烟丝，顺便问他姓甚名谁，家住何方。

白衣少年接过烟丝，眯着眼用鼻嗅了一嗅，脸上露出极满足的神色。但他并没有回答蔡氏兄弟的问话，反而诘问二人："君欲何往?"

蔡氏兄弟见少年神情淡雅，不似江湖中人，更不像匪类，便据实相告。

白衣少年听了，良久不语。把手中之卷打开又合上，再打开再合上，如此反复了数遍，才摇着头自言自语地说道："剑道艰难，此行不易。"

正言谈间，三人同时看见酒楼下窄窄的街道上，匆匆走来一个壮汉。那莽汉虬髯绕颊，表情甚是威猛，其右肩上搭着一条布袋，沉沉的不知装的何物。

时，雨越下越大，哗哗的势如倾盆，鹅卵石铺成的街道上积水盈尺。

虬髯汉子行至龙门客栈门前，忽然跌足仆倒在泥泞的地上，神情甚是滑稽。

蔡氏兄弟环视而笑。

虬髯汉缓缓爬起来，复驮袋肩上，遥望三人讪讪而去。

白衣少年目送良久，直到虬髯汉的身影从视线里消失了，才回过头来。

蔡氏兄弟见了少年的举止，大惑不解地问道："一个赶路急行的莽汉，何故让兄台如此久视不舍?"

白衣少年见他兄弟二人相询，面露惊讶之色，反问道："君不知绿林中有暗探一说乎? 此人必是贼探无疑。他假跌于地，是为了刻暗记于阶下，贼党路过见之，即知尔等宿于龙门客栈。公既为镖客，岂不知个中缘由乎?"

蔡氏兄弟听了少年之言，心里将信将疑。直视虬髯汉跌倒处，果见龙门客栈大门的石阶上，新画梅花一朵，始信白衣少年非常人。

二人别过白衣少年，匆匆返回客栈中，吩咐众位家丁夜里加强戒备，不可有失。

豪雨经夜不息，至五更方止。蔡氏兄弟的房间里，灯光如豆，天明犹亮。

翌日天晴，蔡氏兄弟起床后，催促众人早行。

白衣少年携酒一壶熟鸡一只，大大咧咧来到客栈的大厅，径直踞上座坐定，又是喝酒又是吃肉，视众人如无物。

蔡氏昆仲不解少年之意，正欲相询。突听得少年大声言道："吾感谢汝昆仲赠烟之谊，特来相送。但又不放心尔等冒险前往剑门，欲观尔等长技，不知可献否？"

蔡氏昆仲闻言哑然失笑，不知少年何故大清早跑来考较自己兄弟俩的技能？观他轻轻松松的神情，似无半点恶意，遂取刀枪在手，尽展平生之能，献于少年。

白衣少年端坐厅上，一边静静地观看，一边颔首说道："以你二人之技，命可保矣，但所护之物必失！此亦是天意，吾当护送尔等一程，但你兄弟二人，必唯吾言是听方可。"

蔡氏昆仲听他说得诚恳，相视会意，皆点头诺之，心里坦然不疑。

三人一同率领车队往山中而行，先走数里，少年皆言无妨。又行十里，见一集镇，人烟稠密，市井繁荣。

白衣少年驻马发话道："今日只有宿住此镇上，过了此镇前面百里无宿处。镇南有桃花客栈，尔等趁早前去会晤。"并反复叮嘱，客栈内不得宿住外客，仅自己一行九人而已。

蔡氏兄弟依言而行，找到桃花客栈后，多出了两倍的店资，将客栈所有的房间全部包了下来。

当天晚上，白衣少年命令众人将车上所载箱柜，悉数移到自己所住的二楼房间里，又对蔡氏兄弟交代道："汝二人各带三人携器械守卫在客栈的前后大门处，楼上由吾独挡之。夜里不论听到什么样的声响，都不可轻举妄动。"

蔡氏昆仲闻言，面面相视不语，站在原地没有离开之意。

白衣少年见了，笑了笑说道："汝二人定是怀疑我，夜里携物远遁乎？"

蔡氏兄弟被他说破心事，有些不好意思，脸上微微发红。心里却在想，果真如此，合兄弟二人之力，谅你也插翅难飞。想到此处，两人便拱拱手，转身下得楼来，各自按少年所嘱，分别守住客栈的前后大门。

是夜月黑风高，蔡氏兄弟不敢随意走动，老老实实地待在原处静观其变。二更时分，众人突然听到楼上刀剑相交，搏斗之声甚急。

白衣少年不呼，蔡氏兄弟也不好上楼相帮，四只眼睛却将院落的周围牢牢盯住，自忖连一只苍蝇飞过，也逃不出他二人的视线。

天将明，白衣少年始呼唤："无事矣。"

蔡氏昆仲连忙带着众人冲上楼去，但见地面上血迹淋漓，却了无一具尸体。

众人面面相觑，尽皆错愕。

白衣少年见众人满脸诧色，轻描淡写地说道："吾昨夜斩杀盗者十数，皆移掷二十里外的剑阳河中。两君前途保重，吾将去矣。行前有一语相赠，今后勿再镖。"

白衣少年正话语间，有虬髯汉满脸污秽地自院外踉跄而至，谓少年曰："汝是何人，让吾知晓，死也瞑目也。"

少年十分诧异，嘴里"噫"了一声，说道："汝中吾灵蛇剑而不死，能挣扎二十里回到客栈中，果不愧剑门神猿矣！念此分上，吾告之汝又有何妨？"少年平伸左手，有白光自袖口卷出，一闪而没。

虬髯汉颈下有血线慢慢渗出，双目突然大睁，嘴里喃喃自语地说道："十……一……郎?!"续仆地气绝而亡！

蔡氏兄弟不知虬髯汉口中所呼为何，待要谢过少年，晃眼间其已立于墙头，白衫飘飘而去。

众人终不知少年为何许人也。

芝溪客

八月中秋，一庭桂香。时近子时，月华朦胧如水。

张廷玉临窗而立，月光透过后花园的竹林，疏疏地漏满庭院。轻风徐徐吹过，将一缕一缕的桂香若有若无地送入鼻中，让人浑身无限通泰惬意。公子张华敏端坐在书房左侧的木几上，静静地听着父亲叮嘱了一千遍的话，偶尔也拣一两句紧要的相询。张氏父子细若蚊蝇的窃窃私语，在旷寂的夜空里，时断时续。

乾隆十八年秋九月十三日，子时。

潼川府北辰街张家大院，寂静无声。大院正门两侧上端，明晃晃地悬挂着两只红红的大灯笼。灯光下，巡夜的家丁三三两两走过，又三三两两地聚在一堆窃窃私语。他们已经知道老爷昨日卸任，明天就要告老还乡，回到老家雅州去了。

鸡鸣五更，星月渐渐隐去。黑沉沉的夜色中，五辆马车悄无声息地驶出了张家大院的后门。

张廷玉偕夫人站在青石砌成的阶沿上，脸色凝重地挥手送别。

公子张华敏立于石阶前，恭恭敬敬地对父母双亲说道："孩儿定会牢记父亲的每一句叮嘱，一路上谨慎行事，等到雅州乡下的事情办妥后，自当即刻返回潼川恭迎二老。"言毕，翻身上马，率领车队在夜色里缓缓向西而去。

潼川府至雅州城，两地相距千二百里路，途经十余州县，沿路多高山大岭。张华敏乘马走在车队的最后头，偶尔有山石从陡峭的悬崖滚落，心就像崖际上的藤蔓悬吊吊的不踏实。他深知此次回乡之旅千难万险，父亲张廷玉在潼川府为官二十载，所攒积蓄甚多，如今告老还乡，自然要带回雅州乡下去。为确保旅途安全，父子俩早在一年前就开始筹划，除了高薪聘请威远镖局十名镖师护送外，张廷玉还私下叮嘱张华敏将所押之物，全部伪装成到康藏之地劳军的美酒，用盛射洪春酒的大瓮一一装好，并在封泥上加盖了潼川府官印。可是，不知道为什么，即便是细到了这个分上，张华敏心里仍然感到不踏实。

车队沿蜀道缓慢地向西行驶，张华敏坐在马背上，丝毫没有急着赶路的意思，任由胯下坐骑颠来簸去。傍晚时分，一行人才缓慢地来到涪江上游最大的集市——芝溪镇。

入得镇来，夕阳已坠。众人饥肠辘辘地东张西望，一个个被街道两旁的包子店烧腊（类似卤菜的腊制品）摊诱得口水直流。

张华敏吩咐先找一家酒肆填饱肚子，然后再寻客栈住宿。

正说话间，张公子陡然瞥见街对面的茶铺里，一位布衫老者倚窗而立，面前的木桌上，摆着一个铜茶壶，热气袅袅。

老者面容清癯，手握一管铁杆旱烟枪，正悠闲地咝咝吸着。

张华敏见了有些奇怪，别人吸烟，总是吸一口气吐一口烟，但这位老翁却一直长吸不吐。他远远地瞧见，老者手执的旱烟锅内，火星红红闪闪，却没有一丝烟从他的口鼻中冒出。

张公子十分好奇，便踱过街去，欲与之攀谈。

布衫老者见到有人过来，将跷在侧凳上的左腿挪下，示意张华

102

敏坐在木凳上。

张华敏也不推辞，落落大方地落了座。

老翁见了，微微一笑，就着旱烟枪猛吸一口气，然后面向白色的粉壁撮嘴而哨，徐徐将一丝细长的青烟，从嘴里缓缓送出。

张华敏惊讶地发现，那一缕青烟，竟然随着老者缓缓摆动的头而蜿蜒曲折，继而弥漫开来，终成一幅绝色图画，如泼墨一般映在粉壁之上。画中山川树木，历历如绘，樵夫渔翁，更是栩栩如生。

老者复鼓嘴而吹，壁上之画瞬间隐去，空余一堵雪白的粉墙。

张华敏乃饱学之士，却从未听说过芝溪镇上有如此高妙之人，心中且异且喜，欲与之交。当下提议，邀约老翁到客栈长谈。

老者欣然前往。

张华敏携布衫老翁一同来到自己下榻的雅室，即吩咐下人去镇上酒坊沽得一坛美酒，又讨回诸多烧腊包子一类熟食，叫店小二用食盒盛了，陆续送到上房来。

张华敏闭了房门，独自与老翁倾壶长饮。席间二人相谈甚欢，皆书剑恩仇事，大有相见恨晚之意。

三更梆响，瓮中酒罄，二人灭灯就寝。

夜里，客栈寂无声息。每间隔一个时辰，张华敏皆起床巡视，唯老翁沉睡不醒。

翌日天明，张公子早早起了床。他用过早餐后，便催促人马先行上路，自己则来与老翁告别。

老翁已经洗漱妥当，正神定气闲地盘腿坐在榻上吐纳。见了张华敏，二话不说，直言欲与之同往成都华阳。

张华敏没有犹豫，欣然同意了老翁的请求。

太阳升起两丈有余，红红的像个火球。约莫晌午时分，车队抵达芝溪荷叶渡。码头上行人不多，两岸长林茂密。

沿溪行五里许，老翁忽然驻足不前。他摊摊手对张华敏说道："公子所押送之物，皆不义之财，最好留给我作养老之用，不知意下如何？"

张华敏闻听此言，骇了一跳。他观老翁面色，不像说笑之词，心里惊讶错愕之情，尤甚昨日观画之时。一正一反间，老翁在张公子心目中的形象，顿时判若两人。不由得怒声呵斥道："无知老狗，休得胡言！本少爷敬您乃高卧之士，却不想是个打家劫舍之徒。你若自行离开便罢，否则，哼哼，免得彼此难堪！"

老翁任由他高声骂去，依旧不急不缓地说道："公子若不肯将所押之物送与老夫，定当有祸事临头。"

张华敏听他越说越离谱，更加气愤难当！当下喝令众位镖师，合力将其撵走，不想再听他恼人的聒噪。

众镖师发声喊，纷纷舞刀弄棒，团团将老翁围住。

老翁神色如常，负手迎风而立。忽出左手里的铁杆烟枪，点中面前镖头握刀之手。那镖头猝不及防，手里的钢刀坠地，清脆有声。

众镖师见老翁一出手，轻易地就缴了领头大哥的械，情知遇到了劲敌。当下凝神戒备，围着老翁打起旋来，一时刀枪环进。

老翁微微一笑，手中的铁杆烟枪杂耍一般舞起来，格挡点刺疾速如风。刹那间，众位镖师手里的刀枪纷纷坠地，悉数拦腰折断。

众人大惊失色，不敢再莽撞行事。张华敏亦呆若木鸡，不知该如何是好。

老翁复又言道："老朽本待昨日夜里下手，念张公子知书识礼且有殷勤款待之恩，心有不忍。今日仍敬你是个读书人，请自离去，愿从今以后好自为之。"

张华敏一时语塞，眼睁睁地看着布衫老者赶着马车离去。怅叹良久，无可奈何地率领众人马不停蹄地返回潼川府张家大院，悄悄将所遇之事，详细告诉父母双亲知晓。

张廷玉听后，躺在凉椅上，久久不发一言。

张华敏见父亲沉默不语，心想定是痛惜所失财物，便不再理会于他，连夜赶到府衙内，请捕头刘驼子以潼川府的名义，速速签发海捕文书，四下通缉劫车老者。

刘驼子是张华敏的同袍兄弟，见张大公子有难，哪有不帮他的道理！接到报案后，刘驼子立即吩咐手下的兄弟伙，不分白天黑夜地四下侦缉。

然而，布衫老者却像从人间蒸发了一般，始终不见踪迹。

九九重阳，一城百姓纷纷外出登高。张华敏心里郁闷，便邀约刘驼子等三五好友泛舟涪江，借以舒畅不快的心情。

彩船缓慢地行于涪江上。

张华敏远远地看见，江对岸秋游的人群里，布衫老翁正驻足江畔观潮。他的身后，站着一位花骨朵儿般鲜活的红衣少女。

张公子大喜过望，马上嘱咐会潜水的厨子牛二，飞快地潜到江对岸，悄悄尾随老翁左右，切勿让此贼遁去。

刘驼子打开随身携带的鸽笼，从笼内捉出报警的信鸽，将张华敏草书的纸条，塞进一截细而短的黄色竹管里，封好后系于警鸽的右足上，顺手将鸽抛于空中。

那鸽扑棱棱地振动翅膀，向潼川城高飞而去。不到一袋烟的工夫，上百的捕快气势汹汹地扑向涪江左岸的观潮亭。

刘驼子与张华敏相视一笑，那笑意再明白不过了，任他布衫老翁是神仙，也逃脱不掉上百捕快的围捕。

就在二人会心一笑之际，布衫老翁竟携红衣少女纵入涪水，向着下游踏浪而去，瞬间没入右岸柳林中。

众人惊得目瞪口呆，此贼恁如此了得？

张华敏默不作声，再无心思游玩。匆匆和刘驼子告别后，无精打采地回到府上，晚饭也懒得吃，早早上床休息。

是夜，明月高悬。

张华敏躺在床上，辗转反侧，一时难以入眠。突然，他听见窗棂上哗唰有声，忙披衣起视。朦胧月下，一女如仙，乃随行老翁左右之红衣少女也。

红衣少女隔了窗户，对张华敏轻声说道："我家主人欲邀公子小酌，不知可否？"

张公子听了红衣少女之言，恐疑有他，便欲推辞。但细想自家大院向来戒备森严，这小姑娘却如入无人之境，似这等能耐，去与不去又有何两样？当下跟随红衣少女，来到院外。

小姑娘牵了张公子的手，叫他闭上双眼，反复叮嘱他千万不可睁开眼睛观看。

张华敏依言而行，突觉双脚离地，好似空中飞行一般。行约一刻时分，又稳稳地停于地上，耳畔不再有"呼呼"的风声。

张华敏睁开双眼，月色下，一溪宛然如画。溪畔泊着一艘彩绘楼船，高约二丈余。

布衫老翁揖迎登舟。

二楼船舱甚轩，中置一席。桌上所盛酒肴，摆设精美绝伦，实非世间常人所能见。

红衣少女袅娜立一旁斟酒，布衫老翁与张华敏端坐上下席，二人饮者皆大觥。老翁每吃一觥，必言自己之生平，多为赈贫恤困除暴安良事。

张华敏几度欲语，皆被老翁所阻。其款款而言道："公子人中俊杰，老朽实怜爱之，今日夜饮，望公子体察老夫一片良苦用心。"

酒过三巡，二人弃舟登岸，寻一大石，端坐石上静听瀑声。

红衣少女抱一琴至，甚古。

老者端坐石上，置琴两腿间。俄尔，双眼微闭，静息良久。

时，月华灼灼，四野空寂，唯瀑声爽爽。

约莫一盏茶时，但见老翁两臂轻舒，十指揉弦。顷刻间，一曲高山流水，从指尖流出，声韵古雅而高妙。

张华敏垂眉闭目静坐一旁，直听得如痴如醉，若游仙境。

一曲终了，唯山空水远，林木悠然。

老翁笑着对张华敏说道："公子天姿聪慧，终必为贵人。"嘱咐红衣少女置笔砚，挥毫疾扫数行，封缄与别。

张华敏见布衫老翁与红衣少女仙人一般隐去，心中甚是留恋，独坐大石上，久久不肯离去。他将布衫老者的言行，从头至尾细细地想了一遍，思之再三，顿觉满腔清风鼓荡，遂长啸而起，向潼川城飞奔而去。

张华敏连夜赶回家中，将布衫老者相邀之事细细说与父亲。二人灯下启缄观看，函内语言乃历数张廷玉的诸多恶行罪状，大都与事实相符。

翌日晨起，张廷玉父子二人均发现所卧之枕，被人斩为两截！

枕畔留白绢一幅，上书数行，字曰："父改前非，子改父恶，以枕代尔，好自为之。"

张廷玉默不作声。

张华敏私下与父亲商议，弃掉潼川府所有家产，徒手归隐雅州乡下，全家人耕读为生。

大明正德十二年丁丑科，张华敏廷试一甲第二，高中榜眼。后官至武英殿大学士，成当朝贤相，自号芝溪渔童，以纪念当年布衫老翁的知遇之恩。

峨眉神尼

遂州锦里，长不过百米，歪歪斜斜一条小巷，却因巷子西头临近护城河边，建有一座水月庵而名噪蜀中。

水月庵原本没什么名气，建于前朝什么年代也无从考证了，极普通的一座尼姑庵。早些年，还有位老尼照看，三年前，老尼殁后，庵便荒芜得不像样子了，连大门上方的"水月庵"三个字，也斑驳得只剩下一个木框框。去年春上，不知打哪儿来了一位年轻女尼，携一老妪借宿于此，庵里又渐渐有了生气。

据说那尼明眸皓齿，身段妖娆，也就十八九岁的年纪。自从女尼入庵之后，时常惹得街坊间的小混混们想入非非，欺她一老一少两个妇道人家，便想方设法百般戏弄。更有胆大的登徒子，仗了一身的蛮力气，夜里翻墙越壁入庵内欲行不轨，说来也怪，凡入庵之徒无不遭人斩断了头颅，抛尸庵外渠河中。

于是，街坊间便有了老妪乃女剑仙之说。谣言盛传于城中的茶肆酒楼，连邻近水月庵的悦来客栈都跟着沾了光，南来北往的客商们常说，住悦来客栈，不用提防小偷蟊贼，安全！究竟是何缘由，谁也说不清楚。

大清同治丁卯八月，重庆府总兵袁飞天押解官银数万，浩浩荡荡十余车从渝州两路口出发，前往省垣成都。

车队来到遂州后，日已暮。袁总兵为保官银万无一失，欲借州府衙门一宿。

将官银放在州府衙门？

州牧何麻子眼珠子鼓得像牛卵，他深感事情重大，唯恐官银在自己"家"里有什么闪失而受牵连，哪敢造次？盛宴后，便醉醺醺地对袁飞天说道："总兵大人，嘿嘿，城北锦里悦来客栈，乃遂州最好的驿馆，过往客商多去他那里投宿，十分安全。至于州衙嘛，嘿嘿，敝陋狭小，敝陋狭小哈！"虽语言闪烁，但脱辞甚坚，语气里没有丝毫商量的余地。

袁飞天不解其意，又不便盘诘，暗骂一声怪物，只得率众来到悦来客栈。

当十余辆大队车马，沉重地驶入客栈时，正值华灯初上，数十挂灯笼明明灭灭，将一座客栈照得通明。

袁飞天随何麻子步入客栈大堂，偶一回头，恍惚看见门侧竹林里，站着一个头戴红毡帽的男子，状貌甚狞。那丑汉见有人注视自己，迅速隐入竹林中，不见了踪影。

袁飞天觉得红毡帽甚为可疑，揉揉眼待要看个仔细，晃眼不见了踪影。便打趣地和何麻子开玩笑，狗日的让老子到此投宿，莫不是为了与人合谋打官银的主意?！

何麻子点头哈腰，"岂敢，岂敢！袁大人的神勇何人不知，哪个不晓？谁吃了豹子胆敢来捋虎须？"

店小二听了，笑呵呵地说道："果真如大人所虑，投宿敝店便是您老的福气了。"

袁飞天听不懂店小二的话，笑他"王婆卖瓜"，少老鼠爬秤杆自己秤（称）自己。

店小二笑吟吟地接话道："大人初来遂州，当然不知就里。敝店隔壁有座尼姑庵，可保大人的官银万无一失。"

袁飞天听他说得玄乎，越发地觉得好笑，"彼尼姑庵与此客栈有毛的关联？"

何麻子见袁大人不解店小二之意，便将遂州城内有关剑仙侠客之说，简略地给他说了个大概。并一再声称，此乃村夫俗妇之语，当不得真。

袁飞天听了，心里却在想，这尼姑庵到底有何神秘之处？为什么官差民众一说到它，不是吞吞吐吐碍口饰羞，就是面露难色词不达意？

常言说文人喜幽武将好奇，袁飞天乃一赳赳武夫，既然有水月庵这等神秘去处，哪有不去造访之理？心里这么一想，便不再多问。跟随众人来到二楼上，择一单间安顿歇息。

何麻子等到袁大人安顿妥当之后，连声说不再打扰，唯唯诺诺地告辞而去。

袁飞天待何麻子一走，装模作样房前屋后巡视了一遍，叮嘱众人夜里小心防范，万万不可出任何纰漏。巡查完毕，便带上两名亲兵，悄悄地向隔壁的水月庵走去。

锦里寂静的小巷里，寥无人迹。月亮不甚明了，偶尔会听见几声犬吠。

三人摸黑进入庵内，隐约可见东厢有功课房三间，西厢有寝室三间。北为观音大士殿，殿后设有一堵照壁，拦住了去路，照壁后黑沉沉不知有几重殿宇。

殿侧有一道小门，门从里面上梢关闭。

袁飞天嘱咐亲兵上前叩门。

良久，有妪出应。

三人连忙找个理由揖拜，请求一见庵主。

老妪见三人乃官兵，且仪表堂堂，便道："庵主有事外出，军爷们有何见教，告知贫尼可也。"

袁飞天打拱道："敝某宿于邻舍悦来客栈……"

老妪似乎知道袁飞天要说啥一般，连忙打断他的话，说道："但宿无妨，但宿无妨！"

正言语间，一尼入内，年约十八九岁。高髻如宫妆，髻上加毡笠，锦衣弓鞋，全身劲装，腰间悬挂一长剑，胯下骑一匹高大的黑色骏马。女尼神采四射，英气逼人，眉目顾盼间，见有人深夜造访，便从马上跃下，一言不发地将马拴在东厢房里，独自去西厢房闭门歇息。

袁飞天见年轻女尼不闻不问，视三人如无物，心里直觉得这座尼姑庵确实有些古里古怪。便不想久留，忙辞了老妪，匆匆返回悦来客栈。

店小二端上一盆温热的洗漱用水，殷勤地摆在屋角处。袁飞天洗脸净手后，泡了一会儿脚，便躺在榻上假寐。他的脑子里始终闪现出骑黑骏马的女尼，还有初来客栈时所见到的红毡帽男子。一个妖艳美尼，一个魁梧丑汉，他们会有什么关联？

三更时分，袁飞天思索得累了，摇了摇头，不再胡思乱想。用被盖搭住身子，沉沉地睡去。

突然狂风大作，店门轰然若劈。一店旅客皆惊，纷纷起床探望天色。

继而暴雨如注，店门外风雨之声如雷，似千军万马扑面而来。袁飞天披衣立于窗前，瞥见没有什么异样，便悄悄关上窗户，静坐

112

床上打禅。

四更梆响时，雨已经停止，风也逐渐小了下来。

袁飞天正欲开门出去夜巡，突见客栈大门被人撞开，戴红毡帽的丑汉徒手阔步地闯入大堂中。

值夜的兵丁慌忙之中，各执刀枪上前围捕。

红毡帽见众人似早有防备，自己又手无寸铁，情急之下，抓过柜台上的算盘哗啦一抖，无数的算盘珠子像弹丸一般四下激射，冲在前面的十数人尽皆遭珠射杀。

袁飞天见了，心下惊骇，他万万想不到遂州城里竟有如此武技高绝之人！待要上前争斗，又恐战他不过。反复犹豫间，红毡帽又以串珠之签射杀了五名亲兵。余下诸人，不敢再撄其锋，纷纷逃回各自房间内，闭门以拒。

红毡帽站在大厅中央，嚣张地大声咆哮！

一馆客商皆惊起，却无一人敢出视，纷纷蜷伏室内，连大气都不敢出。

待到天明，众人才战战兢兢地打开房门。只见客馆的天井里，遍地血污，十余具尸体胡乱仆倒地上。停靠在大厅右北角的十数载银官车，早已不知了去向。

袁飞天急得像热锅上的蚂蚁，只把一双拳头往自己胸口猛捶。何麻子得报后，飞马赶到悦来客栈，一边贼眉贼眼四下逡巡，一边低声下气地百般安慰袁总兵。

袁飞天一把揪住何麻子，怒不可遏地吼道："老子要宿州衙，你个龟儿子偏说这里安全！那老子现在问你，你狗日的是否和红毡帽串通一气谋盗官银？"

何麻子一时没有听懂袁飞天的话，"哎哟哟"地连声叫唤道："什

113

么红毡帽哟?"

袁飞天手上一使劲,恨声骂道:"老子叫你装!"

何麻子这才回过神来,低声说:"此人到遂州已久,时常干些小偷小摸的勾当,并无大恶!谁知……谁知他竟敢前来抢劫官银?"

袁飞天想进一步了解红毡帽的根由,何麻子便把一个肉头晃过去荡过来地摇。任由袁总兵百般询诘,都回答不知道。

袁飞天心里暗叹倒霉,却又无可奈何,恨恨地将一支高粱扫把踢飞,吓得茅厕旁的大黄狗嗷嗷直叫。

呆立一旁的店小二插话道:"袁大人,何不去求助于水月庵,或可有救?"

袁飞天经店小二这么一提醒,想起昨夜水月庵里那位老妪说过的话,虽有心前去一诉,却又怕他人耻笑。一个堂堂的总兵,护不了自己解押的官银,哪有脸面去求助一个老尼呢?

还是何麻子善解人意,见他踌躇再三,当下朗声说道:"区区一个老尼姑,何劳总兵大人劳神?待小的前去擒过来便是!"

客栈主人闻言,脸色微变,忙对袁飞天说道:"传尼为异人,非大人亲往不可。"

袁飞天张张嘴想说什么,见众人面面相视于己,没有说出来。只得硬着头皮,前去水月庵求助。

一干人吵吵嚷嚷来到水月庵,老妪迎入观音大士殿中坐定,慈眉善目地问道:"众位军爷,莫不是为了昨夜所失官银而来?"

众人吃了一惊,想不到她这么一位耄耋老妪,足不出户竟然知道昨夜悦来客栈之事!

袁飞天连忙躬身答道:"神尼果然世外高人,我等正是为此事而来。"

老妪并不理会他的恭维，只是详细地询问了当时的情形。众人七嘴八舌，纷纷添油加醋地把昨夜之事说了一遍。

老妪听罢，原本淡然的脸色微微起了变化，号了一声无量佛，轻声说道："不知徒儿肯效劳乎？"

众人扑倒在地，齐声恳求道："诚望神尼救我等于水火！"

老妪置若未闻，径直去西厢房叩门。

袁飞天等人尖起耳朵，远远听见老妪言道："恶奴果然在此为非作歹，徒儿速拿之。"

一语未了，西厢房的柴门轰然打开，众人看见女尼劲装而出。她腰佩长剑，跨黑骏马，疾速地向城外驰去，倏忽不见。

围观者不下百十人，无不咂舌称奇。

老妪返回殿中，煮茶于炉，然后盘坐在蒲团上。她见众人满脸诧异之色，遂缓缓诉说详情。

原来老妪乃峨眉山九老洞冰心师太，三年前，徒儿太清酒后调戏师姐玉清，被她撞见，本欲严加惩处，却让他乘隙逃脱。那太清武功高强，已得冰心师太真传，一般江湖人士远非他的对手，加之其人心狠手辣，在江湖上累犯大案。不得已，冰心只好率徒儿玉清下山，誓要捉他归案。谁知那恶贼异常狡诈，今天在梓州作案，明日又到眉州犯恶！冰心师徒查找半年有余，仍不知太清贼子下落。年前，有人告知太清在遂州高峰山一带出没，师徒二人便火速赶来遂州，择城中水月庵住下，暗地里四方侦缉，果然有些蛛丝马迹出现。师徒二人之所以选择水月庵作栖身之所，乃因其邻近悦来客栈，信息广泛，庵又僻静，不易引人注目。说来甚是好笑，自从入住水月庵后，茶客们就把她们说成了剑仙侠客，小小的遂州城，天天都在演绎她们的故事。

听到老妪这么一说，众人无不欢欣鼓舞，复又拜服于地："有神尼做主，吾等自然心宽矣！"

老妪笑了笑，又言道："合该恶奴命绝，竟猖狂到来老身眼皮下劫官银！各位军爷稍候片刻，徒儿定斩恶奴首级献于众前。"

袁飞天等人再次称谢。

茶犹未沸，锦衣女尼已跨黑骏飞驰而至，十余辆载银大车相随其后。尼入庵内，娇声喝道："速来查看，尔等官银可如故否？"

袁飞天率众从观音殿内冲出，逐一启开诸车，装银的木箱上，密封的官印毫发无损，数目也不差分毫。

袁飞天大喜过望，率众兵丁拜谢于地，久久不起。

女尼不为所动，掷人头于地上："看看是否错杀了贼人？"

众人围观，果然是恶贼红毡帽首级。

袁飞天欲以千金相酬，女尼坚持不受。众人只好围着冰心师徒二人，团团作揖，再三拜谢而去。

十日后，袁飞天从省城成都率众东归，一路轻骑快马，路过遂州时，再往水月庵访之。庵内已空无一人，唯秋风瑟瑟，一园枯草蓬乱。

众人伫立庵前，怅叹良久乃去。

刀王

遂州天上宫，是闽人在川中最大的会馆，建于清咸丰年间，布局像一座川中大户人家的四合院。会馆高大的正殿里，供着妈祖娘娘的神像，说是护佑远航渔家的神灵。遂州乃内陆城市，最大的水域便是州城东门外的涪江。渔民们撒网捕鱼，说不上什么风险，供一个妈祖娘娘的神像，在遂州土著人的眼里，有些不伦不类，闽人信这个，供也就供了。

天上宫的正大门，很有些气派，高约三丈余，门垛上的屋盖，檐牙高翘，气势恢宏。门楣上端的窗格里，镂空雕刻着《西游记》和《封神榜》的故事，林林总总，不下百余幅。

别看天上宫是闽人会馆，却是遂州城里第一好耍处。品茗的，看戏的，喝花酒的，一年三百六十五天，天天爆棚。偌大的一座天上宫里，除了正殿外，两厢全是戏台，连大门通道上面，也是实木搭建的台子，偶尔场子扯不开时，临时挪作演出之用。鼎盛之时，成都三庆会、梓州祥和班还有重庆的裕春堂，曾经同时在天上宫上演过大戏《西厢记》。三个戏班子各显奇能，两天两夜就演同一个剧本，一样的布景，一样的剧情，你方唱罢"待月西厢下"，观众肯定会听到另外两处齐和"迎风户半开"。台上唱得展劲，台下吼得欢喜，

117

听老一辈的人说，那是遂州城里少有的热闹。

南来北往的艺人，看准了这块风水宝地，大老远跑来凑热闹，还不是为了多赚几个辛苦钱？当然，你得去刀王府上投帖拜码头，要不然，这不大不小的遂州城，你是一天也待不下去的。

刀王是谁？竟有如此大的能量！其实也没啥了不起的，就是南河坝铁匠铺的铁匠杨迎春。据说他是潼川人，早年来到遂州城时，才十六七岁，跟着"张记"铁匠铺的张铁匠学打铁，天生一副蛮力，很得师娘喜欢，自然就得到了师傅的真传。有人说是师娘先看上他才将女儿英姑嫁给他当了老婆，更有人说得难听，是他先跟师娘上了床然后才跟英姑上的床。这码子事时间久了，自然没有人说得清楚，反正张铁匠莫名其妙失踪后，杨迎春就成了"张记"铁匠铺的老板。

称杨迎春为刀王，是因为他打的刀好，锋利无比，碗口一般粗细的柳树，一刀准断。有人亲眼见他给屠户阿三打了一把杀猪刀，阿三不知厉害，头一回使用，力道没有控制住，活生生将一头大肥猪破成了两片，那猪连哼都没有哼一声。刀王就出了名，凭借着手里的绝活儿，硬是成了遂州城里的老大，不仅遂州城里的人惧怕他，四邻八县的人又有谁敢捋他的虎须呢？酒楼有人买单，戏园有人递茶，走在街上有人撑伞。人前人后，"杨爷"端起一副身板走路，晃都不会晃一下。

成了老大的人，多半有些飘飘然，杨迎春也不例外。别人家的东西，只要他认为不错，就会想方设法弄到手，至于用什么法子，巧取还是豪夺，那是凭他的兴趣，没人敢说半个不字。时间长了，英姑就规劝他，说什么多行不义必自毙。他就打骂自己的女人，骂英姑是扫帚星，明里暗里依旧胡作非为。有时候还往家里带女人，看英姑不顺眼，就把外边带回来的女人当心肝宝贝，当着她的面调情，甚至三个人打伙睡一张床上，任意胡搞，英姑也奈何他不得。

杨迎春被人们称为刀王，不仅仅因为他打的刀好，他使的串子刀那才是一绝呢。十柄薄如蝉翼的柳叶尖刀，在他的手里杂耍一般同时使出来，在空中排成一条线，一刀接着一刀，那刀就像被线串联在了一起，等距、同速，飞行在同一水平线上！设若没有精气神的有机调控，如此精准的劲道拿捏，那是万万做不到的。凭着这手绝活，杨迎春不知打败了多少前来挑衅的武术大家，连潼川府的张青山看了他的串子刀，都佩服得五体投地。

张青山是谁？潼川人都知道他，那可是蜀中的武林泰斗啊！

近年来，杨迎春算是自己把自己惯坏了，胆子越来越大，拿他的话说："杨某是打铁的！"啥意思？还不明白么？他把天下英雄当成毛铁打，想怎么"锤"就怎么"锤"！口气恁大，也不怕炭花落在脚背上烫人。

今天是寒食节，家里不能开伙。大清早，杨迎春就要去天上宫喝茶，手下的兄弟早早清了道，像皇帝出巡一样，前呼后拥而来。

一行人刚出府门，就看见一个黑袍老者，颤巍巍地拄一根漆黑的藤杖，立在街道中央。任喝道的如何叫唤，老者也不避不让。

杨迎春大怒，以手中荆条抽打老者右膊，荆条落处如击败革。

老者连正眼都没有瞧他一下，车转身掉头往南门而去。他一边走嘴里一边喃喃有声，音若蚊嘤，不知道在唠叨些什么。

杨迎春心里大异，老者既不疯也不傻，何以大清早来此阻道？他断定黑袍老者乃有意为之，必非常人也。若是仇家，又当如何？

别看杨迎春平日里大大咧咧，像个"瓜档"，其实那是猪鼻孔插葱——假象。要不人家咋能混到今天的分上？想想身边但凡成功的人，哪一个不是心细如发，心思缜密？

杨迎春断定老者非常人，暗地里叫曾二师爷尾随跟踪，看他落脚何处，最好探明是何来头。

辰时，春阳照进天上官的庭院，透过茂密的竹林，疏疏地筛满一地斑影。

杨迎春躺在一张俗称马架子的凉椅上，悠闲地眯着眼。麦风穿堂吹过，凉悠悠地甚是惬意。跟踪黑袍老者的曾师爷，急匆匆地跨入院内，一路小跑地来到杨迎春面前，俯下身子轻轻耳语。那副神秘兮兮的样子，生怕旁人听见了他说话的内容。

"什么？断臂老人？"杨迎春从凉椅上一跃而起，"他要我酉时去锦里？"

"是，城南锦里。"

杨迎春大惧，十年了，整整十年了，他万万没有想到此人居然还活在世上！杨迎春经此一吓，哪里还有心情喝得下茶！

十年前的寒食节，夜深人静之后，杨迎春陪师傅喝酒，两个人都喝得酩酊大醉……唉，他早已不愿再回忆以前的事了。十年来，他从未后悔过，现在他不仅是"张记"铁匠铺的老板，还是人见人敬的刀王！眼前所拥有的一切，是他以前当学徒时，时时刻刻梦寐以求的生活，现在他得到了，他为什么要后悔？可是他不明白，当时做得那么彻底，这个老怪物怎么就没有死呢？！

曾师爷劝他不要去见那个黑袍人，他也这么想过。但是真正了解黑袍人的，还是他杨迎春。你不去见他，他肯定会找上门来，那样的话，全城的人都会知道十年前"张记"铁匠铺掌柜失踪的真相。真相一旦戳破，他哪还有脸在遂州的道上混！

天黑了，杨迎春脱下身上的绸缎装束，找来一套破衣服换上，随师爷来到城南锦里。

月光不甚明了，把一条小巷照得朦胧。

二人来到一座破败的大宅前，曾师爷轻轻叩了叩紧闭的大门，聆听了一会儿，里面毫无声响，便小心翼翼地从旁边的小门入内。内庭甚阔，约有一亩大小，修竹绰约，一树海棠正红。

天井正北一厅，阔门轩窗，厅内灯火通明。黑袍老者端坐在一把黄杨木椅上，两目炯炯，不怒而威。

杨迎春见了黑衣人，不由自主地叫了一声"师傅!"随即两膝"咚"的触地，纹丝不动地拜伏在地上。

曾师爷躲在门板后，不敢正视黑袍人冷得骇人的目光，也不敢光明正大地站到大厅里去。

黑袍老者不言不语，左手将右臂拿住，轻轻一旋，活生生将整条右臂拿下，原来是一条假肢，怪不得荆条抽打上去不着力。

杨迎春斜眼窥视着黑袍人，越发地双股战栗，声音有些发抖地说道："徒儿知罪了，望师傅手下留情。"

"手下留情? 哼!"黑袍老者终于开口了，"当初你将老夫右臂断掉，沉尸江底，为什么不手下留情? 要不是老夫习有龟息之术，岂不被你害了性命?!"

杨迎春一听，心中恐惧愈盛。他哪里知道，这个老杂毛还暗中留了一手? 唉，怪只怪自己当初太过性急。杨迎春跪在地上，一双眼睛滴溜溜地转着，十年了，又是寒食节，老狗选这个时候回来，必定不肯饶恕自己。

"孽障，为什么不说话?"黑袍人把玩着手里的假肢，调侃地说道，"你娃儿少动歪脑筋，老夫没有十成的把握，怎肯回遂州来找你?!"

杨迎春依然低着头，装出一副痛改前非的可怜相。心里却不停地转着圈圈，哼，少来唬我，当初就没有虚过你。如今嘛，你已经缺少了一条右臂，功力肯定不如从前，如若先发制人，你哪有什么复仇的机会？但杨迎春终归有些忌惮师傅，况且高手过招，自当以不变应万变，如果误动先机，很可能导致步步皆输。有此一虑，杨迎春在气势上先打了二分折扣。

黑袍人深知杨迎春的阴险狡诈，显然为此做了精心的准备。就其在大厅内所处的位置而言，便大有讲究。黑袍人的座椅背靠墙壁，护住了身体上最难防御的背心；右侧临近木柱，以柱掩护，弥补了右臂残缺的破绽。黑袍人如此取势，将自身两处弱点防得严严实实，足见其心智缜密。他见杨迎春不说话，也不敢有一丝一毫的怠慢，左脚前丁，右脚后踞，取居高临下之势，逼对方就范。

杨迎春伏于地，逐渐感到压力汹汹而至，浑身如负山岳。他十分清楚，设若照此耗下去，自己必定肝胆粉碎，不战自溃。此时再不出手，恐无机会矣。

此念一动，杨迎春脸上杀气立现，悄悄地将十柄小刀扣在手里。

黑袍老者见杨迎春动了杀机，内心窃喜。哼哼，你娃娃到底还是沉不住气了。那一身黑袍无风而动，一股股锐气瞬间布满厅内，木几上的茶具一只接一只地碎裂。

杨迎春的发辫已散，头顶上微微露出一排钢针。十多年来，杨迎春虽然花天酒地，习武却从未间断过，甚至还偷偷练就了头发钢针的秘技，他不相信，一个断臂人能够躲得过他的惊天一击?!

说时迟，那时快，杨迎春手里的柳叶刀已无声无息地飞出，直取黑袍人浑身的十大要穴。

黑袍老者不慌不忙，左手一挥，宽大的袍袖顿时鼓荡成一张柔软的网，将十柄柳叶刀悉数卷入其中。

杨迎春见黑袍人侧了身子，暗叫一声"找死"。原来，老者正面而坐，将四周守得严严实实，毫无破绽，丝毫没有给杨迎春机会。现在黑袍人为了接柳叶刀，不得已动了身子，防守之势已溃，他岂能不喜？

高手过招，优劣之势瞬息万变。杨迎春哪会错过如此良机，头上的钢针乘势破空而出，直取黑袍人的前胸。锐风刹那而至，支支哗唰爆响。

黑袍老者吃了一惊，如此超短的距离内，他一个残疾人哪里躲得过这一蓬细如麦芒的钢针？

杨迎春一计得逞，哈哈大笑而起。

黑袍人遭此一变，怀中的假肢突如一柄铁伞撑开。"唰唰唰"一阵连响，那一蓬小而尖的钢针，就像一阵疾速的雨点打在伞篷上，劲力竟然透伞而过。黑袍人这才真正吃了一惊，要不是有皮制伞篷挡了一挡，纵有真气护胸，还不被他打成了马蜂窝？

杨迎春见黑袍人破了钢针，哪里还笑得出，仗了一身蛮力，就要上前肉搏。

黑袍老者左支右挡，终归少了一只胳膊，渐渐被杨迎春占得了上风。情急之下，黑袍人向后便倒，杨迎春乘势扑上去，双手死死拿住老者的颈动脉，使劲地掐。

"老狗，看你如何逃脱？"杨迎春已知黑袍人习有龟息之术，虽拿了他的颈动脉，一时半会儿要不了他的命。便腾出右手来，抽出腰间佩刀，举刀就砍。突觉胸前一阵绞痛，低头一看，两支明晃晃的柳叶刀，竟然透胸而过。

"靴底刀？"

杨迎春一声惨叫，他居然中了绝迹江湖百年的"靴底刀"！

黑袍老者一脚踢开杨迎春："呸！猪狗不如的东西，也配称刀王！"老者抖去黑袍上的灰尘，独自向厅外走去。

杨迎春瞪着一对无神的大眼睛，望着黑袍人消失在黑暗中。临死的时候，他才知道，自己的师傅竟然是江湖上大名鼎鼎的"靴底刀"，蜀中真正的刀王！

曾师爷见杨迎春断了气，颤颤抖抖地向前探视了一眼，然后提着尿湿了的裤子，匆匆向城外逃去。

孪生盗

成都府西去百二十里路，有邑曰灌县，盖因秦蜀郡太守李冰修筑都江堰，导岷水以灌成都平原而名焉。邑内避暑胜地青城山，素有"天下幽"之美誉，崇尚自然的道家徒儿们尊其为仙家第五洞天。

大明成化年间，青城山栗子坡上，胡乱搭着几间茅屋。茅屋的主人名叫朱长富，原本是成都华阳人，因无意中得罪了知县冯作礼，被迫举家迁往青城大山里，终日以伐樵打猎为生。

朱长富虽然家徒四壁，却育有一对十分可爱的孪生宝贝儿子。二子身高相貌几无差别，从小举止言谈如出一人，很多时候，朱长富老两口都不能准确辨识。

山中生活清贫，粗茶淡饭反倒健人筋骨。兄弟二人长到十五六岁时，已壮如盛男，高高大大的两条汉子，浑身有使不完的力气，却无一丝一纱遮体，朱长富两口子常常为此长吁短叹。

弟兄两个看在眼里，急在心头，便私下里商量，欲走出大山到外面去拜师学艺，以期掌握一技之长，靠手艺挣钱养活自己，或可缓解家中负担。二人把想法告诉父母双亲，两老见他兄弟俩年龄尚幼，心有不忍。然而家中时常断炊，两个半大小子正是长身体的年龄，张嘴要吃，闭口要喝，哪里养得起？

朱长富夫妇好几个晚上没睡好瞌睡，叽叽咕咕商量后，不得已将家里唯一值点钱的两架木床典当给他人，为兄弟俩分别添置了一套新衣裳，余资做了盘缠，让他二人远走高飞。

临行前，老母亲颤抖抖地将一对陪奁玉佩，分系在兄弟二人的胸前，嘱咐他们好好保管，千万不可遗失，如若二人不慎分散，将来也好作为弟兄相认的凭证。

弟兄二人泣别父母后，本欲一同前往成都府求职，但有好事者取笑他俩傻帽儿，说哪有两个人会同时找到同一处工作的？二人认为别人说得在理，挥泪别于都江堰二王庙前。彼此相约，十年后的今天，无论天涯海角都必须回家相聚。

弟兄二人从此天各一方，数年间音信全无。

大明成化十一年，省垣成都出一巨盗，专偷豪门大户。该盗行踪甚是诡秘，官府衙门四处缉拿，始终不见盗的踪迹。

越明年，冯作礼擢升成都府。上任之初，盗似有意与他作对，旬日之内，连窃大户十五家，气焰十分嚣张！更让人不能容忍的是，该盗每每在作案之后，还用木炭书写"盗者鹰"三个大字于粉壁，让冯作礼十分难堪。

冯作礼新官上任，遭此当头一棒，自然脸上无光，同僚们都在偷偷看他的笑话。他发誓要擒获此贼，遂令巡捕衙全员出动，在省城的大街小巷日夜巡逻。谁知半年时间过去了，不仅没有抓获盗贼，"盗者鹰"之名，反而频频出现在城中的各大豪门府第。

一时间内，省垣哗然，冯作礼更是谈"鹰"色变。

蜀中七月的天气，犹如蒸笼一般闷热和潮湿，入伏后第三天傍晚时分，城里下了一场小雨，市民们纷纷走上街头纳凉，大人细娃尽情享受着这份难得的惬意。

夜里酉时，巡捕在西门逮住一盗，盗者随身携有炭笔锉刀之物。众捕以此判定，此盗乃"盗者鹰"无疑。

冯作礼得报后，大喜过望，连夜赶往衙门审讯。

盗者年约二十许，长得眉清目秀，文文雅雅地端坐在大堂的木凳上，神情轻松自若，一点也没有盗贼的"匪气"。

冯作礼一见之下，心里不甚了然，这人怎么可能是"盗者鹰"呢？府台大人轻轻摇了摇头，例行公事地问贼身带犯案工具，意欲何为？

"雅贼"拒不承认有犯案动机，声言自己正在街边纳凉，就被巡捕当贼拿了，至于身带锉刀一说，则正色道："请问大人，凡带刀者皆贼乎？果如是，则人人皆贼矣！"

冯作礼见"雅贼"叙述口齿清晰伶俐，神情不慌不忙，左看右看不像是盗，更不可能是"盗者鹰"。便以夜不归宿为由，将其暂时收归狱中。

"雅贼"初入狱，终日不言不语，每见狱吏从牢门前经过，必眼泪汪汪地望着他抽泣，一副饱受委屈的可怜样子。

狱吏悯"雅贼"年少殊为可怜，不像对其他犯人那般恶语相向，偶尔还好言好语地开导他。

忽一日深夜，"雅贼"见四下无人，悄悄对狱吏说道："我视大伯为好人，便实话告诉你，我确为盗贼，但不是什么盗者鹰。今日自知无脱身之理，望大伯好好待我，我有贼银若干藏在青羊宫某神龛，你可潜往取之，算小侄报答大伯待我之恩。"

狱吏听"雅贼"言之凿凿，心里暗自想到，青羊宫乃人来人往之地，他说的必然是假话，便摇头表示不相信。

"雅贼"见狱吏虽然摇头表示怀疑，但心已被金钱所动，又轻言

127

细语地续说道:"大伯不用怀疑小侄所说的话,尽管前往宫中,装作烧香的香客,在那尊神像前虔诚跪拜,待天黑后必取之可得。"

狱吏听他说得诚恳,心想就算他是诳语,去看看又有何妨?遂依盗所言,第二日乔装成香客进入青羊宫中,果得金无数。

狱吏得金后大喜,视盗为信人,心存好感。当日午夜,乘入狱值勤之机,秘密带上好酒好菜,阴予盗饮食。

逾十日,盗又悄悄告诉狱吏说:"我有器物一瓮,藏在灌县青城山栗子坡朱长富家,大伯可前往取之,如若主人不许,你将此玉佩送于主人,必得重金相酬。"盗言毕,将贴身玉佩双手交与狱吏。

狱吏自那日得了好处,对盗所言之事深信不疑,遂对上司谎称家中有事,需请假数日回去料理。狱吏历来恪尽职守,以前从未请过事假,上司不疑有他,准其五日长假。

狱吏怀揣玉佩,径直来到青城山栗子坡,看见朱长富家数间茅屋破败不堪,不像有金银珠宝的样子,疑盗诳骗自己。

正疑惑间,从茅屋里颤巍巍地走出一位老媪来。

吏心想既已至此,问问又有何妨?遂上前将盗者所言之事,向老媪做了详细的陈述。

老媪骇了一跳,她望了望眼前的陌生人,一时惊得哑口无言。近年来,自己的家里每每有不白之金出现,老两口常常胆战心惊,以为不祥。从不敢对外人言及此事,却不知此人如何知晓?

狱吏见老媪不言不语,复又把盗者所给玉佩拿出给她看。

老媪一见玉佩,几乎惊呼出声,她看看四周,确定无人后,便把狱吏引入茅屋里,取出百金赠送给他。

狱吏怀揣重金,欢天喜地而去。

傍晚时分,朱长富从山中打猎归家。老媪出示玉佩,二人相视叹息，朱大娃肯定出事了。

三日后，朱二娃依照十年前兄弟二人的约定，匆匆从遂州回到家里，听父母说及此事，心中甚是焦虑。他独自一人潜往成都，重金贿赂狱吏，得以探视兄长。

二人隔牢相见，朱二娃始知轰动全川的"盗者鹰"案，竟然是亲哥哥朱大所为。朱二娃不敢多言，目视兄长良久，朱大点头表示明白兄弟之意。

当天夜里，成都西门上数家大户被盗，损失十分惨重。盗贼无一例外地在粉壁上，用木炭书写着"盗者鹰"三个大字。

冯作礼闻听报告后，对手下人得意地说道："若非本官谨慎，几误断此案矣！"

众官诺诺，无不称颂冯大人英明，乃当世狄公也。

冯作礼遂将朱大当作一般毛贼，杖三十而释，逐之出城。

成化间，冯作礼任成都知府十年，"盗者鹰"作案数百起，无一案侦破。朝廷震怒，直到冯作礼丢官罢职，"盗者鹰"才销声匿迹。

又十一年春，冯作礼穷困潦倒，不得已将老家华阳的冯家大宅子抛售，被一位不知姓名的灌县富商购得，扩建修缮后改名"朱家花园"。直到清雍正年间，"朱家花园"仍是华阳县境内第一豪宅。

涪江健儿

遂州城西十里许，有山状如笔架，中间一峰甚高，两侧各生二小岭，左如青狮，右似白虎。山高千仞，巍峨矗立群峰中。涪江、琼河二水如练，妖妖冶冶绕山而流。山间清泉飞瀑，古木参天，常有豪客侠士出没其间。

笔架山下一马平川，方圆十里的小平原上，一堡壮阔。村堡名叫铜鼓寨，环堡居有百二十户人家，大多是些砍柴捕鱼的樵夫渔父。

秦王氏居堡东南，年十八丧夫，怀遗腹子七月小产，只道不易养活，弃于木脚盆抛门前琼水中。谁知木盆竟顺流而下，江水汹汹浮而不沉，流至石矶浩触岸而裂，盆中婴儿大声啼哭，声音急促洪亮。秦王氏心疼不忍，抱回家里悉心喂养。

此子得上天垂怜，虽一日三餐粗茶淡饭，却壮硕如牛犊。十一二岁时，言行举止已异于同龄小儿，不仅相貌雄奇，浑身肤黑如炭，且力大无穷，壮如英男。曾掌毙恶犬称雄堡内同龄诸子中，人称"小霸王"。堡中富家子，纠众与之斗，小霸王纵拳四挥，群小无不抱头鼠窜，纷纷归告其父。

有仗势为子撑腰者，汹汹寻来喝骂："没老汉的猪狗崽，敢与我争锋相触乎？"

小霸王从小没有父亲，痛恨别人欺他孤儿寡母，满脸毅色地迎上前去。突屈双膝蹲于地上，双手擎其两脚踝，用力上举，至空中且行且走。围观者莫不惊愕，言此子将来必大有出息。

　　小霸王长到十六岁时，秦王氏偶染风寒去世。小霸王草草把母亲葬于笔架山麓，又将一应家产变卖给了族叔，得十两银子，准备到潼川府从军，以期博得功名，将来光宗耀祖。

　　腊月初五傍晚，小霸王只身一人沿着梓遂官道，来到了梓州的青狮岩驿站。他花三文钱买个烧饼，蹲在驿馆的石阶上，大口大口地吃得正香。

　　邻座的挑夫讥笑他打霜落雪天还赤着双足，肯定是没爹没娘的流浪儿。小霸王闻听此言，一口烧饼哽在喉咙里，满脸憋得通红。他乘挑夫饮酒没防备，愤而用条凳将其活活打死。

　　驿馆主人见出了人命，骂一声："好胆大的小狗贼！"扭住他就要报官。

　　小霸王年龄虽小，却从戏文里得知，伤人性命死罪难逃。从小横行霸道惯了的他，怎肯束手就擒？他反手一拗，挣脱驿馆主人的手，没命地向山中奔去。

　　众人发声喊，齐齐奔出，哪里追得上脱兔一般的小狗贼？

　　小霸王惶惶如丧家之犬，连夜潜往遂州城，从此隐姓埋名，潜伏在城东一家屠宰行里，当个打杂的小工。

　　主人家见他力大惊人，很能吃苦，专门让他干捆绑畜生之活。说实话，这个活儿一点也不好干，要捆住一头活蹦乱跳的大肥猪，一般壮男尚且不易，何况他一个半大的孩子?!

　　小霸王唯恐自己行踪败露，哪敢挑三拣四？终日里闷不作声地劳作，生怕甩了这个饭碗饿肚子。

老板娘喜他一个农家孩子，本本分分干活，又舍得吃苦，偶尔送俩铜板给他零用。

在遂州待得久了，小霸王的胆子又渐渐大起来。梓州距遂州二百里之遥，谁还会想到他是杀人凶手？小霸王天生有股匪气，城里的泼皮无赖小混混们，慢慢地都聚到了他的周围。今天有人请喝酒，明日有人邀吃茶，身边总少不了吆五喝六的人。

小霸王乐得享受，隐隐有了一方魔头的雏形。

常言说得好："跟到好人学好人，跟到端公学跳神。"在社会上混得久了，小霸王对所从事的工作渐渐不满意起来，甚至消极怠工，稍不如意，嘴里还骂骂咧咧地"叨"人，看谁都不顺眼。到了后来，主人家发现库存的肉食常常不翼而飞，私下里观察许久，发现小霸王居然暗中与市井恶少勾结，盗卖库存如己物。

屠户虽不入流，干的却是正宗江湖勾当。主人家知道小霸王盗卖库存后，心痛得要命，却始终不愿招惹这种下三烂角色。他不愿撕破脸皮，诚恳地请小霸王到"玉春堂"喝酒。酒至半酣，出银三十两相赠，说是奖赏他这么多年来对"杀行"的忠心。

小霸王当然知道主人家的言外之意，心里依然感激当初的收留之恩，因此并不为难于他，也没有要他的赠银，乘着酒性赤条条地豪迈而去。

市中恶少听说这件事后，无不敬佩小霸王的豪侠之气，欢天喜地地推他当了龙头大哥。一伙人聚在天上宫的茶园里歃血为盟，秘密成立了黑帮组织——天龙会。

刚开始的时候，天龙会的人还只是小打小闹，偷点拿点，街坊邻居大多睁只眼闭只眼。到了后来，这帮小混混越闹越不像话，越玩越邪乎了！茶肆酒楼，赌场妓院，都得向他们交保护费，连一向强横的船帮大佬都要让他们三分。一般的小老百姓见了他们，犹如老鼠见了猫，唯恐躲之不及。

天龙会气焰日盛，时常见小霸王领着手下的兄弟们呼啸于市，稍有不顺意的人，轻者拳棒相加，重者刀砍斧劈。

遂州城周遭不足十里，玩来玩去没了新意，小霸王甚感无聊。天龙会中有不少的富家子弟告诉他，顺着涪江下行三百里，有一座渝州城，乃川东第一大邑，惶惶有如帝都，不如前去游玩如何？

小霸王听说后大喜过望，独自带上二百金，只身前往渝州闯荡世界。

众兄弟们设宴，相送于涪水南津桥。

一干人大呼小叫，豪饮狂喝，纷纷祝老大一路顺风，早日返遂以免众兄弟牵挂。

时值冬月二十四，天大雪。

小霸王无故多了几分豪情，学着戏台上的英雄模样，顶风冒雪而行。傍晚时分，来到渝州潼南县双江镇，心里寂寞难忍，独自饮于道旁酒肆中。顺手将裹金的褡裢置于案头，所携之金显露无遗。

店家是一忠厚长者，见小霸王大大咧咧的不谙江湖凶险，好言告诉他说："涪水多豪客，客官所携之物需好好保管，万不可露白于外。"

小霸王肚里空空荡荡，正找不到抓拿。听了店家之言，心里好不了然！乘了酒性，掷杯砍案大声叫道："吾恨未生于秦汉之时，不能与楚霸王一较举鼎之雄，实为憾事！"

店掌柜见是一酒疯子，不便与他理会，苦笑着诺诺而退。

小霸王见店家有睨视自己之意，心里越发有气，将壶中余酒一倾而尽，红着双眼环顾左右，恨恨地吼叫道："吾纵横遂州十余年，从未遇到过敌手。今日来到贵地，如有能取我腰间钱物者，吾自当叩首以降！"

时有诸少年饮于左席，闻听小霸王之言，尽皆惊讶错愕。居首一位面容俊朗的白衣长衫少年，轻言细语地问小霸王姓甚名谁，家居何处。

小霸王见有人搭话，一下子来了兴趣，不知天高地厚地说道："江湖不传吾名，吾家即是江湖！尔等莫非想要投靠我乎？"

众少年"扑哧"齐笑，讪讪地问道："兄台能力敌几人乎？"

小霸王朗声答曰："千人敌，万人亦敌！"

众少年表情越发惊愕。

小霸王见众少年年龄不过十四五岁，但人人淡定从容，虽有一搭没一搭与他对话，却似拿自己寻开心，表情甚为轻慢，不由得勃然大怒。为了显示自己与众不同，小霸王匆匆饮食完毕，复掷银一锭在桌上，束装上马离店欲行。

店家见了，一边找补食费差价，一边阻止道："如此风雪天气，客官怎可夜行？"

小霸王推开店家找补的散碎银子，示意算作"小费"。扫了一眼诸位少年，豪气干云地说道："你不是说道上有豪客吗？吾正想与他会会面呢。"

小霸王终未听店家劝阻，任由马蹄踏踏而去。行约二三里路，雪止，月色皎然，道旁林木疏影摇荡。

突有一骑，疾速地从后面追来。

小霸王暗自揣度："店家所言豪客么？"当下凝神戒备，以防不测。

待骑所至，乃是座中白衣少年。小霸王暗自好笑，遂不再介意。

白衣少年兜缰并行，问小霸王为何冒雪夜行。

小霸王谎言渝州亲戚家有急事，故而夜行，并说准备到潼南县城投宿。

白衣少年说自己是潼南人，也有急事需立即赶回家中，但夜黑不辨路径，请求与之同行。

小霸王见白衣少年彬彬有礼，答应与他同往。于是，小霸王骑马前驱，白衣少年紧随其后，二人一路上谈笑风生。

小霸王见白衣少年身佩弓弦，随口问道："公子善射乎？"

白衣少年羞怯地浅笑道："曾经习过，但未见精也。"

小霸王请求将他的佩弓一试。

白衣少年解下佩弓相与。

小霸王接弓在手，欲显其力，谁知倾尽全力开弓，弓弦并未如愿张开。心中暗自惊骇，嘴上却轻描淡写地说道："此物毫无用处，佩之何益？"说完，装作若无其事的样子，随手将弓还递给少年。

时有夜枭唳空，白衣少年引弓一发中的，扑棱棱坠于马前，血染羽红。

小霸王无言以对，良久乃言道："此弓原来可以射鸟乎？"

白衣少年笑而语之："君佩腰刀，必善击刺？"

小霸王昂然答道："果如公子所言，善击刺。"遂脱佩刀递给白衣少年，"公子可仔细观看，好一把钢刀。"

白衣少年接刀在手，轻拈其背，鼻中发出轻蔑的"嗤"声："此乃杀鸡宰鸭之物，佩之有何用途？"复以两手一折，刀曲如钩，再以两手伸之，刀直如故。

小霸王终于大惊失色，不敢再乱说乱动，乖乖地跟在白衣少年后面，亦步亦趋。其两股战栗，几欲坠于马下。

复前行数里地，雪突又急下正酣，天空月色隐没。四顾茫然漆黑一片，唯有雪声淅淅飒飒。

白衣少年忽然大喝一声，声如夏日霹雳。

小霸王不意白衣少年猛然断喝，吃了一惊，仓皇坠于马下。

白衣少年提刀在手，径直放马过来，手起刀落，斩小霸王所乘坐骑，直如砍瓜切菜一般。少年手中钢刀不停挥动，嘴上却淡然地言道："今夜之事，如尔不从，定当如此马。"

小霸王伏地不敢起，战战兢兢地问少年意欲何为。

白衣少年停了动作，将手里的钢刀摔在旁边，拍拍双手说道："无他，尽解腰间之物来献。"

小霸王一生之中，哪里受过如此的窝囊气？但他思之再三，战又不能战，逃也无法逃，只好倾其囊中二百余金，双手捧了，乖乖地奉送给白衣少年。然后，双膝跪在地上，不停地作揖磕头，状如稚童捣蒜。

白衣少年得了银两，自顾欢天喜地地言道："吾得此一囊金，足可醉十日矣！"调转马头，往来路飞奔而去。

待白衣少年驰马远去后，小霸王才放下心来，唉，性命算是保住了。他站起身来靠在树上，心还在怦怦地乱跳。他实在不知道，这几个少年究竟是何方神圣？竟然如此了得！

小霸王自个儿纳闷，我与他无冤无仇，为何要抢夺我银两？没想到我小霸王，竟然败在一个不知姓名且乳臭未干的毛头小子之手。罢了罢了，哪里还有颜面回遂州去见诸位兄弟？

小霸王乘着风雪，径直往山间而去。

鸡鸣三更，小霸王来到一座巍峨的大舍外，见四周寂静无人，腾身翻过高高的院墙，入内窃得十金，又急行数十里，来到更加遥远的四面山中。寅时天明，小霸王在一户农人家里，买些饭菜食用。

主人见他行色匆匆，满脸倦色，就问他一个外乡人，为何来到如此深山老林中？

小霸王不想暴露行踪，诡称自己乃川南叙府的皮货商人，因家遭雪崩，亲人全部遇难，心灰意冷，愿来此山了却残生。

主人见他满脸疲惫，孤苦可怜，遂留他暂住家里。后又集全村之力，为他在叙渝官道的凤凰垭，结庐搭建了一个落脚之所。

小霸王感念山民恩德，亲自到每家每户道谢。又用所窃之金置办些家什，开了个小酒店卖酒聊生。酒馆开业之日，小霸王遍请村中父老，以谢他们的相助之恩。

乡民们见他巴心巴肝地诚恳，都不把他当外人，纷纷前来酒馆朝贺。小霸王笑容可掬，一一致酒相谢。

说来也怪，小霸王经过潼南事故后，性情大变，早已没有了先前的暴戾之气。他一心一意经营着自己的小酒馆，绝口不提从前之事。

村里的学究为他写了一面"清风明月"的酒招子，挂在酒馆外面高大的柏树上。从叙渝官道路过的商旅客人，远远就能望见蓝白相间的酒旗，高高地迎风招展。

小霸王小本经营，不图赢利，只图心安理得，所售酒食，饭菜丰腴，价格公道，前来饮食者甚众。川南道上，"清风明月"的口碑极佳。

来年春上，正值柳树扬花时节。春风淡荡，山花灿烂。

凤凰垭下的官道上，十数骑快马绝尘而至。高头大马上乘坐的皆是十五六岁的锦衣少年。风流倜傥，似五陵公子；意气豪纵，又似巴蜀健儿。

少年入得店来，择席而坐。众子击案狂歌，旁若无人。

小霸王早已没有了先前的豪气，他视众人皆年少，唯居首者貌白皙静若处子，等闲不发一言。一出即言，众必静听，酒必先饮，菜必先尝。居末位的则是一位身穿白衣长衫的翩翩少年，似曾相识。

正疑虑间，那少年望而笑道："酒家不识故人了么？"

小霸王终于想起了白衣少年乃是潼南道上的劫金者，但他诺诺不敢应。

白衣少年见他不愿相识，自顾自地说道："那日傍晚，听你酒后大言骇世，故来与你争雄，哪知你竟无真本事，顺便就收了你的腰间之物，今完璧归赵耳。"言毕，从随身所携锦囊中拿出二百金，一边置放在案上，一边说道："此乃本金也，攫金已半年，当有利息。"又出二十金共与之。

小霸王立于柜台后，惶惶不敢受。

为首的白面少年嗤之以鼻，不屑地讥笑道："银两被人抢劫而无力夺回，今连本带息奉还又不敢取。如此的草包懦夫，留此世上有何益处？"声如黄鹂，婉转动听。

小霸王闻听之下，却似晴天霹雳，唯恐其痛下杀手，慌忙将白衣少年所还之金纳入怀中，战栗如丧家之犬。

众少年哄然大笑，齐齐上鞍，飞马扬鞭而去。

道同年间，四川白莲教起，旬日之内遍及两川。秋九月，朝廷重兵剿杀，祸及无辜百姓无数。及平，擒教主廖观音，年十七，其夫白衣公子，年十八，双双斩于渝州朝天门。夜半有人潜往收尸，其人力大无比，举二尸行若无物，至四面山"清风明月"酒肆，合葬于山凹背阴处。

黎明火起，"清风明月"酒肆化为灰烬，店家不知所终。

妖刀

腊月十六，天雨雪。

川北观音镇。

两排穿斗结构的木质平房，夹着一条青石铺成的狭长巷道，阴暗而又潮湿。

打烊时分，纷纷扬扬的雪下得正酣。李十二斜戴着竹斗笠，终于来到观音镇场口。他身着青布长衫，不急不缓地走进镇里那条临河的小巷，雪花映着他长长的身影，有些模糊。

小巷狭窄而幽长，风雪中寂无一人。

李十二就这样缓慢地走着，像赶集夜归的男人看见了家门口掌灯张望的女人一样，脸上充满无限幸福的温馨。李十二十分清楚，这份轻松和安详正是自己目前需要拥有的心态。自从那日受伤后，他便时刻告诫自己不要急，必须保持"飞鹰"一贯沉稳的形象，让跟着他的人看不出任何破绽来。

天气很冷，冷得让他几乎不能再坚持下去了。然而，肉体上的痛苦绝不可能摧垮他的意志，真正让他感到不安的是，十多天来，始终有一股比冰还冷的刀气，时时逼近他。

一股透骨的刀气，如妖。

李十二面无表情，脚下的步履沉稳如故。风雪中，他扶了一下头顶上的竹斗笠，心里便有了温暖而踏实的感觉。只要竹斗笠在，联络他的人就一定会来，他想起总舵主临行时说的话，脸上有了一丝不易觉察的笑意。

李十二是个孤儿，五岁那年冬天，遂州船帮太和会总舵主李天君收养了他，从小亲如己出。总舵主不仅悉心照料他的饮食起居，还毫无保留地将帮中秘不外传的"太和三十六式"私授给他。李十二受此恩宠，抱着感激之情潜心苦修，十余年间，一身功夫在太和会中已无人能出其右。尤其是轻功，早已独步武林，江湖上称他"飞鹰李"。

李十二一边缓慢地走，一边想些不着边际的陈年旧事。每每忆起从前，总是让他很感动，因为太和会，因为总舵主。

李十二的眼角，有泪水悄然溢出。

二十天前，涪江上第一大船帮太和会发生变故，设在遂州米市街的总部，突然遭到数百名不明身份的黑衣人围攻。一夜之间，总舵主李天君和帮中数十位兄弟惨遭杀戮。

总舵主临终前，亲自将一封密函交到李十二手上，叫他务必想方设法送到利州红衣天仙手里。李天君满怀深情地把一顶从不离身的竹斗笠送给他，小声说了两处联络地点和接头暗语。

李十二在总舵主拼死掩护下，凭借自身独步天下的轻功"鹤舞春光"，只身杀出重围，沿川陕古驿道，人不离鞍马不停蹄地飞奔北进。

腊月初九中午，李十二来到第一个联络点——金牛镇铁匠铺。

铁匠铺里炉火正红，一老者指挥着一少年，在铁砧上不停锻打一把毛坯镰刀。老者右手持铁钳夹着毛铁，左手持小锤轻敲，少年则挥舞大锤，随着老者的锤点使劲锤打。毛铁由红变青后，老者夹去砧旁水桶淬火，"嗞"一声水响，冒出一股白烟腾地弥漫开去。复入炉膛烧红，再锻打再淬水，反复再三，一镰终成。

李十二饶有兴致地观察良久，确信无他，便上前搭话。

老者正歇气抽烟，冷不防持锤击向李十二前胸。

李十二吃了一惊，侧身错步躲过来锤，方待要问，猛觉一股更为凌厉的锐风，直奔背心而来。火石电光间，那个貌不惊人的打铁小伙计，"呼呼"挥着一柄大锤，挟雷霆之威从后面轰然擂到。

猝不及防之下，三人战成一团。交手五六个回合，"飞鹰"左胸即遭少年铁锤击中。好在当日金牛镇上赶集，围观者甚众。李十二乘乱逃脱，没日没夜地赶了三天路程，直到现在才心力交瘁地来到观音镇。

一路狂奔后，"飞鹰"的内伤迅速加重，连呼吸也十分困难了。但他努力支撑着，自从入得观音镇来，步履始终如一地沉稳，哪怕现在快要迈不开步了，也依旧不慌不忙地向前走着。

青石地板上的积雪渐渐厚起来，雪光映着空寂的小巷。

戌时，李十二到了镇北的观音庵。他站在庵门前，默想了一遍联络暗号后，在紧闭的木门上叩了六下，手法三轻三重。

"唰唰唰"，"嘭嘭嘭"，叩门的声音清晰地传得很远，引来远处一阵犬吠声。李十二尖起耳朵听着庵里的响动，见久无回应，只得摘下头上的斗笠，又紧了紧腰间的英雄巾，提起最后一口气，左足足尖轻轻一点，竹斗笠已迎风斜飞而起，人也如大鸟一般掠过院墙，轻飘飘地落入庵内。

庵中一灯如豆。

李十二稳稳地站在观音庵天井中央。

"哎哟，果然不愧是飞鹰李十二！"

黑暗里款款走来一位红衣少女，身高不盈三尺，纤纤巧巧，一对杏眼明亮如星。

李十二微微一惊，以己之能，居然没有发现人家是从什么地方现身的！见是一位身穿红色绸衣的小姑娘，怪她没礼数，竟敢直呼自己的名号，心中略有一丝不快，嘴上却很谦恭地问道："敢问仙姑，你家主人可在？"

红衣女童闻言轻轻一笑，声如黄莺一般悦耳动听："庵主已去遂州多日，我便是此间主人。"

李十二大失所望，苦笑着摇了摇头。红衣天仙不在庵中，留此何益？复将竹斗笠戴在头上，就要告辞而去。

红衣女童见李十二准备离去，连忙发话道："观音镇此时强敌环视，你意欲何往？不如在此住下，等待庵主回来再作计较，如何？"

李十二仗着一口气硬挺到现在，早已耗尽了全身的能量，听到红衣女童如此一说，哪里还有一丝力气可用？

庵外风雪正紧。

红衣女童将李十二迎入庵中安顿，赓即送来一盒素食和酒水，掩门出去后，不再来叨扰。

李十二的肚皮早已饿成了"岩腔"，三五两下用完素膳，盘腿端坐床上吐纳疗伤。初时气血淤滞，经络不畅，渐渐地神清气爽，浑身大汗淋漓，脸色也红润起来。

约莫三更时分，李十二疗伤完毕，正待和衣睡去。突然间，他又感到了那股如妖的刀气，冷冷地逼近身边，心里顿时一紧。

"飞鹰"翻身跃起，目光迅速地向室外一扫，只见二三十个黑衣人，早已将观音庵团团围住。

李十二暗自吃了一惊，却并不慌张，伸手拿了竹斗笠，悄悄来到红衣女童的卧室外，准备携其秘遁。他趴在窗户上往里一望，见红衣小女孩并没有入睡，正在桐油灯下，用一柄精美的小刀，专心致志地雕刻一尊黄杨木的观音像。

李十二略感诧异，心里随即"怦"地一动。他看见红衣女童一双如酥的小手，千般变幻着，手里的小刀削、刻、凿、挑，其速如风，却又刀刀精准无误。

红衣女童每刻一刀，便将削下的木屑用小手一点一点拈净，又极认真地一一从窗户中弹出，生怕弄脏了什么似的。灯光下，那柄精美的小刀，如妖般不停地旋转着，一波一波发出逼人的寒气。

李十二太熟悉这冰冷的刀气了！近二十天的时间里，每当他身陷险境的时候，这如妖的刀气准会如期来到身边，冷冷地让人恐惧，几至窒息。

小女孩手中的刀不停地旋转着，旋转着。速度越来越快，刀气也越来越冷。

李十二冷汗如雨，手脚开始麻木了，身子也渐渐地僵硬起来。

小姑娘终于停止了手里的刀，望着一尊精美绝伦的观音像，笑眯眯地伸了伸懒腰。

庵外黑压压的一群夜行人，个个呆若木鸡，一动不动地站在雪地里。

李十二这才骇绝，如此纤弱的小姑娘，竟然用弹出去的木屑，一一击中了那些黑衣人的死穴！

天，一定是她，"妖刀红娘子"！

江湖上大名鼎鼎的女魔头，竟然是一位五六岁的小姑娘?！她与总舵主是什么关系？为什么这个人见人怕的女魔头又投到了红衣天仙手下？

李十二正待上前询问，见红衣女孩已然熄灯就寝，只得带着满脑子的疑问回到住处，睁着眼睛躺在床上，一夜无眠。

翌日天明，李十二起床后，遍寻不见了竹斗笠，这一惊当真非同小可！自己一夜未曾合眼，以己之能，竟然在清醒白醒时，不知不觉就让他人得了手，实在是匪夷所思！

李十二垂头丧气地跌坐在木几上，见餐桌上面用茶壶压着一张纸条，急忙拿起来观看。

纸条上草草地书写着这样的字句："太和会内出了叛徒，以致遭官府围剿。我原本到遂州与李天君相约，准备腊月三十晚举事，却正赶上官兵大肆屠杀，因敌势强劲，无力相助，甚为憾事。偶然间见你拼死杀出重围，径直向利州奔去，想必有重要信物给我，遂一路暗中相随，数次助你脱危。今已得到总舵主密函，先去矣，他日定为太和会兄弟报仇。汝如欲见我，利州皇泽寺。"

落款处赫然写着四个字：红衣仙姑！

天，妖刀红娘子就是红衣仙姑？！

李十二呆立良久，默默地跨出观音庵的大门，神情落寞地走进无边风雪之中。

刀客

冷风如刀，飞雪似剑。寒风怒号中，天地间一片清冷灰白。

光绪元年腊月初十傍晚，鹅毛般的大雪，纷纷扬扬，一直下个不停。

夜里亥时，一匹快马沿着蓬、遂古驿道奔驰，转眼间便没入遂州城内。狂奔的马蹄，在寂静的青石街道上，"嗒嗒嗒"地卷起雪粒四下飞溅。随着一声长啸，飞驰的黑骏马"嘚嘚嘚嘚"原地转了三圈，骤然停在了一栋黑沉沉的庭院前。滴水的挑檐下，横匾上书写着两个斗大的镏金字："尹府"。偌大的一对石狮子，威武地雄踞在大门的两侧。

马上的人斜了一眼漆黑的大门，轻飘飘地掠下马来。只见他足尖点地，风鬘斜飞，人已如大鸟一样飞起，又似树叶一般落在了庭院的青石板上。

灯光下，只见来人身长不满五尺，精精瘦瘦的像只山猴。倒是那一对鹞眼，炯炯有神地放出骇人的精光。

"阁下好敏捷的身手!"主人尹善明伫立在庭院的阶沿上，拊掌赞叹道。

来人微微一惊，忙躬身施礼道："在下刘一风，受大当家委托，

145

前来拜见六阿哥!"

尹善明"啊"了一声:"可是梓州镇远镖局李老爷子派来的?"

"正是!"刘一风昂首而立。

尹善明接了拜帖,热情地将刘一风迎入府中。酒足饭饱后,六阿哥示意左右退下,专留刘一风秘谈。

"不瞒刘师傅,此次护送的实乃军饷,事关重大。"尹善明望了望刘一风,继续说道,"既然是李老爷子派来的镖师,我尹善明应该放心才是。"

刘一风听尹善明之意,似有相轻之嫌,心里略感不快,嘴上却说道:"镇远镖局的旗帜百年不倒,岂可在刘某人的手上坠了威风?六阿哥请尽管放心,纵是刀山火海,刘某也一定将这趟镖送往成都府。"他语气生硬地把话说完,顺手将茶杯放于桌上,起身拂袖而去。

尹善明大窘,却作声不得。只见刘一风放在桌上的茶杯,已无声无息地裂成了碎片。尹善明暗道一声惭愧,实不该起急慢之心。遂将一包上好的烟土,叫下人送给刘一风夜里享用。

翌日,风雪交加,尤甚昨夜。远望山川河流,一片银装素裹。

刘一风和尹善明办完了交接,为避免东家再起疑心,亲点尹府十名护院随队前往省垣。一行人全都扮成结伴而行的客商,镖车上不挂镖旗,也不喊号子,十辆马车静悄悄地向成都进发。

一路上,众人晓行夜宿,处处提防。刘一风更是小心翼翼,夜里总是将镖车置于自己住宿的房间里,由他亲自看护。

第五日的中午,车队到了龙泉山中的茶店子。

刘一风吩咐众人将车停在一家叫"快活林"的饭店前,准备简单吃些饭菜,好尽快赶路。

众人进到店里，店内邻窗处，七八个身穿老棉袄腰扎稻草绳的汉子，正在大呼小叫地划拳饮酒。

刘一凤见一群人吃喝得正酣，却又贼头贼脑地用眼睛不停瞟着镖车，心知此处不可久留。遂大声呵斥众人立即起程，称天黑前必须进驻龙泉驿。

众护院早已饥肠辘辘，无奈刘一凤眼睛瞪得像牛卵子，只得忍饥挨饿，极不情愿地驾着马车缓缓向山里而去。

车队"轱辘辘"地转过一片山林，便被一群强人拦住了去路。为首之人青衣红袄，俨然一妙龄女郎。

刘一凤处变不惊，团团作揖道："众位朋友辛苦，刘某人这厢有礼了。"

红衣女郎朱唇轻启，音赛黄鹂般鸣唱："刚才接到兄弟们飞鸽传书，说您刘大镖师押镖前来，廖观音敢不来此接驾？"

刘一凤闻听此言，暗自吃了一惊，他万万想不到这个如花似玉的女子，竟然是川中赫赫有名的红灯教主廖观音！江湖传言其一身功夫已臻化境，岂敢掉以轻心？遂再次团团打躬作揖道："不想教主大驾光临，刘某真乃三生有幸。奈何刘某受人之托，必忠人之事，万望教主高抬贵手！"

廖观音身边的小喽啰立即打断了刘一凤的话，不耐烦地说道："我家教主岂是打家劫舍之辈？她老人家素闻你刘大镖师之名，愿以武会友，结交天下豪杰！"

刘一凤听罢，心里轻松了许多。他听道上朋友说起过，廖观音人如其名，天生一副大慈大悲菩萨心肠。看她一脸淡定的神色，刘镖头不敢怠慢，当下凝神戒备地说："请教主赐招。"

廖观音并不理会他，闻言后四下观望，见不远处有数只麻雀雪地觅食，冲其大吼一声，麻雀顿时乱飞。廖观音纤足微动，向地上的积雪踢去，但见雪粒乱溅，"噗噗"数声闷响，空中的麻雀悉数被雪粒击中，应声坠落眼前。

小喽啰们无不拍手叫好。

刘一风心里暗自赞叹，端的好功夫，果不愧观音之名！

尹府里的十大护院，哪见过这种阵仗？皆面露焦虑之色，齐刷刷地望着刘一风。

刘镖头不慌不忙地施礼道："教主，刘某献丑了。"当即从口袋里掏出一枚银币，用力向空中抛去。众人纷纷仰头观看，突见一道寒光射出，"当"的一声，银币碎成四块！

廖观音脱口赞道："好强劲的力道，好快的刀！"一语未了，陡觉脑后有异，回头一看，不由得心中骇绝！自己头上的辫子居然被齐刷刷地割断在地！脚后跟处的地上，插着一柄寒光闪闪的小刀，其薄如纸，状如柳叶。

廖观音这才反应过来，原来刘一风在表演时，先用小刀射碎了银币，小刀下坠时又顺带割断了自己头上的辫子，以己之能，竟然毫无察觉！啧啧，我的老天爷，这等功夫怎不让她心惊肉跳？

"刘师傅高技，廖观音实在万分佩服。请移步龙泉山寨，本教主略备薄酒以敬英雄。"

刘一风暗道一声侥幸，与众人商量后，爽快答应了廖观音之邀。

当天晚上，刘镖头一行十数人连同镖车，夜宿龙泉山寨。众人和山寨里的朋友们，彻夜饮酒狂欢，直到天明方止。

一连三日，每天晚上都狂欢不止。但始终不见车队下山，也没有看见廖观音的人下过山。

数日后，大雪初晴。有虬须大汉自称刘一风者，持梓州镇远镖局的拜帖，来遂州尹府拜会六阿哥，商量护镖之事。

尹善明接帖后大惊失色，火速禀报州府衙门知晓。州牧梁兴平得报后，立即发兵攻打龙泉山，抢得空寨一座，凡十数人连同镖车皆不知去向。

听老辈人说，那个"刘一风"实乃打家劫舍的刀客，人称"快刀浪子"，与红灯教素有往来。也有人说，"刘一风"本来就是红灯教的教徒，不知何故得到了梓州镇远镖局的信物，合谋演了一出智取"龙泉山"的好戏。

没想到六阿哥尹善明一世精明，仍遭人算计。

黑白子

前清中叶，蜀郡梓、遂二州间，有大盗出没城乡，无恶不作。

坊间盛传，贼年轻时擅长博弈，曾败当朝围棋第一国手汪一鸣于成都府浣花苑，人称黑白子。此人武功极高，作案绝不留活口，二三年间，犯下血案无数。官府悬赏重金缉拿，此贼却像掠过田野之风一般，始终不见踪影。

盛夏七月，遂州通往梓州的官道上，行人如织。

大热的天，为生活奔波的客商们走得乏了，总爱到凉风垭幺店子里歇歇脚，喝一壶凉茶，嚼几个冷馍。

幺店子店面不大，却占了一方风水宝地。南临云台观，东傍金华山，北去十里即为涪江关。此关为梓、遂二州间最为紧要关隘，常年派有重兵把守。那年月，川内鸦片走私猖獗，但凡往返梓、遂二州的行旅客商，过关时必遭关丁严查。

幺店子主人姓钟，人称钟幺师。

钟幺师长年在这里小本经营，店子生意大半靠关丁照顾，一来二往，便与关上兵爷们混得烂熟。幺师本是个活泛之人，时常给前来沽酒的关丁们多舀一勺半匙，没钱时也可以赊账吃酒。偶尔还会从州城里找几个"流莺"来，养在店里，以供兵爷们来时快活。

七月十五，鬼节。

民间有谚："七月半，鬼乱窜"。迷信阴阳八卦者，总是神秘兮兮地告诫人们，这一天不可外出，野地里"煞"气重，撞了"煞"的人，往往七窍流血而亡。据说，夜里的"煞"气更甚。

钟幺师是个迷信的人，当天傍晚太阳还没落坡，就早早将店门木板插上，关了门后独自饮一碗"寡酒"（没有下酒菜），连手脚都没净一下，便和衣躺在床上沉沉睡去。

午夜时分，月亮不甚明了。有人悄无声息地进到店中，站在钟幺师床前，轻轻呼唤良久。

钟幺师慢慢悠悠醒来，起身点亮桐油灯盏，定睛一看，委实骇了一跳。灯光下，一个脸色惨白、阴森森让人恐怖的中年道士，直耸耸立在床前。

道士自称从湘西赶尸而来，途中几度中暑昏厥，好不容易才来到贵店，现已没有丝毫力气再往前赶了。道士艰难地诉说着，神志恍恍惚惚，几欲倒地。

钟幺师为人忠厚，听道士这么一说，随口冒出一句："道长，可是撞煞了？"

道士号了一声无量佛，摇着手轻声答道："居士差矣，贫道乃急于赶路以至中暑，非撞煞也。"

钟幺师乃常年奔走山间野林之人，当然知道中暑的厉害和救治方法。他麻利地披衣而起，趿上木屐便去厨房熬制了一大钵醋汤，让道士饮用。

道士感念钟幺师之德，轻声对他说："吾观汝忠诚厚道，今有一言相赠，或可助尔大富，不知居士能采纳否？"

钟幺师不知道士有何言相赠，满脸疑惑地望着他。

道士轻声而神秘地说:"赶尸。"

钟幺师骇了一跳,表情甚为惊恐,连忙摆手说道:"吾只会掺茶续水,哪里会什么赶尸?!"

道士示意钟幺师不必害怕,嘴里吐出一句浓重的湘西话来:"赶尸易如掺茶续水,有啥子难的啦?"

不待钟幺师复言,遂连拉带拽地将其带到店外隐蔽处,指着一具僵尸说:"财富就在眼前,此尸乃梓州大盐商罗五爷公子,月前暴毙湘西凤凰。贫道已作法保尸,两月内不会腐烂,居士只需对其念咒吆赶即可。"

钟幺师虽然全神贯注地听,却始终不知道士说了些什么。

道士见钟幺师满脸迷惑,遂将赶尸之法及咒语传授于他。言称尸体但凡经过法师处理,只需念咒即起复念咒即停。末了,道士表情异常严肃地说:"吆尸有很多禁忌,天明不吆恐惊路人,入店莫语恐吓客商。道上遇人需躲避,鸡鸣狗吠要隐迹。蒙面黄表咒符莫掀动,动则尸变难控制。切记,切记。"

钟幺师听得迷迷糊糊,如闻天书。

道士见钟幺师已心有所动,又十分真诚地说道:"吾今日染病不能行,此去梓州不远,汝在三日内将尸赶到,罗五爷定有重赏。"

钟幺师生性淳朴,见道士诚心相托,便点头同意帮他赶尸。

夜半,月朗星稀。

钟幺师换了道士装束,准备上路。

道士递一竹夹背与之。

钟幺师甚感诧异,小小一个竹夹背,竟然沉重如石。夹内不知装有何物,时时透出一丝很好闻的奇异香味。

钟幺师不明就里也不便多问,遵道士吩咐,口里念念有词。随着一声"起"，明晃晃月光下，那具僵尸果然直挺挺地立了起来，一蹦一蹦地向前跳跃，落地时杳无声息。

钟幺师头一次吆赶尸体，心里神神鬼鬼地有几分恐惧，也有一丝好奇。回首四顾，寂然无声，唯一地幽幽月色。

为了壮胆，钟幺师按照道士所授心法，发一声喊，声音尖厉而细小："赶尸啰，赶尸啰！"

颤巍巍的赶尸声，在月夜空荡荡的山梁上，一声一声响起，诡异而神秘。

鸡叫头遍时，钟幺师正赶尸过金华山。时，星月渐隐。突听远远近近雄鸡啼鸣，忙择一农人灰棚（置农家肥用），将尸赶入匿好。自个儿倒在棚角处，埋头"呼呼"大睡。

翌日夜半，钟幺师赶尸途经涪江关。守关兵爷们见来了个赶尸的杂毛道士，"呸"地道了一声晦气，嘴里骂骂咧咧叫他站好，接受搜身检查。

钟幺师见关丁们居然没有认出自己来，着实觉得好笑，便冲着关楼上大声吆喝起来："赶尸啰，赶尸啰！"

关丁们一愣之下，无不哈哈大笑，纷纷指着他说："钟幺师，你搞什么古怪？"

钟幺师一边吆喝，一边也忍不住笑出声来。正待将详情道出，兵爷们已开了关门，示意其快快把僵尸赶出关去，免得在关内留下晦气。

钟幺师很是自豪，昂着头大声吆喝着，大摇大摆地把僵尸赶过了涪江关。

出得关来，钟幺师沿涪江右岸吆尸而行。昨天夜里，他还战战兢兢害怕，今儿晚上觉得好玩多了，胆子也大了起来。

月光不甚明了，钟幺师嘴里吆喝着僵尸往前走，眼睛却怪怪的盯着尸衣后摆发愣。他似乎发现了异样，却又不知异在何处。

初时不解，细细揣摩之下，钟幺师终于明白了。今夜僵尸蹦跳速度，似乎比昨天夜里蹦跳得略快一些，好像不同的两具尸体在跳跃一般。

钟幺师仔细观察良久，僵尸服饰、身高、体型又与昨夜所赶之尸一般无二。便笑自己，疑心生暗鬼。

寅时，来到梓州云台观南天门，天空突然飘起了小雨。

钟幺师恐雨水淋坏黄表咒符，慌忙寻得一破败庙宇，将尸吆进庙里杂物间，靠墙角放好。自己则钻进大雄宝殿神案下，准备睡觉。人刚躺地上，心里却乱糟糟地堵得发慌，右眼皮猛然间跳个不停，好像要出什么大事一般。

莫不是刚才那阵小雨，淋坏了尸首覆面咒符？

钟幺师向来谨慎，哪里还睡得着？慌慌张张从神案下爬出，快步来到杂物间。刚至门前，突闻屋内有人轻语，细若蚊呐。

尸变？

钟幺师大骇，悄悄潜伏至窗下不敢动。

俄尔，室内声音渐高，幺师终忍不住好奇之心，伸长脖子向里探视。

这一瞧不打紧，屋内的情形直吓得钟幺师魂飞魄散！

中暑留宿幺店子的湘西道士，赫然盘坐僵尸前，正与"僵尸"一问一答地对着话呢！

道士尖着一副鸭公嗓子说道："咱兄弟二人轮番扮尸，一路辛苦入蜀，今已顺利通过涪江关，总算大功告成，但不知货可好？"

"僵尸"冷冷一笑，不屑地答道："兄长言之何意，怕小弟独吞乎?!"语气显得很不痛快,顺手撕掉脸上的黄表咒符,气愤地摔在地上。

钟幺师再吃一惊,差点叫出声来,道士与"僵尸"貌如一人!唯一人惨白,一人漆黑。

黑"僵尸"从怀中掏出一个麻布包裹,摊在道士面前,指指点点地说道:"看看,梓州梁大人所要烟土,全在这里。"

白道士见到"货",点着头笑了。复又警惕地环眼四顾,目中精光毕露。

黑"僵尸"见之,瘪瘪嘴讥笑道:"钟幺师早梦游周公去了,此时此地,唯你知我知,兄长何故如此?想咱黑白双煞行事,世上有谁能够识破?"

白道士嘎嘎大笑,点头表示赞许,随即发出夜枭般尖啸声:"如无钟幺师相助,能过涪江关乎?"

二人复大笑。

钟幺师骇绝,始知二人乃江湖上臭名昭著的黑白子!令人万万想不到是,黑白子居然是一对孪生兄弟。

钟幺师正准备悄悄离去,复听白道士说道:"'白货'安然无恙,罗五爷公子尸首也切不可弄坏了。"

黑"僵尸"一本正经地答曰:"小弟用阴阳缩骨粉和香精,涂抹过罗公子尸体,既可伸可缩,又能防腐,兄长尽管放心。"

白道士终是不信,搬过竹夹背,揭开上面一层又一层裹布,露出一具尸体来。

尸无骨一般叠置夹背中,状如男婴,粉红如新。

钟幺师一见之下,顿觉腹中翻涌欲吐。

二煞陡觉窗外有异,两人闪电般从窗户射出。月光下,如大鸟

155

般向钟幺师扑过去。

"吱吱"两声爆响，一白一黑两枚围棋子，破空劲飞。

钟幺师旋即倒地身亡。

时近晌午，梓州官兵赶到案发现场，见钟幺师左眼嵌白子右眼嵌黑子，倒毙草丛中。

当其时，梓州牧梁大人府上。笙箫齐鸣，正盛宴款待来自遂州的两位贵宾。

杀手

漫天雪花，纷纷扬扬。星月朦胧中，凤山一片清冷。

一条青石小径，蜿蜒曲折入山。道旁，林木疏落有致。小径盘绕林木间，径直通往山顶大坪。大坪百米见方，中央建有一座木亭，古朴雅致，亭名"望鹤"。

雪色朦胧，隐约可见亭内剑光四射，锐声啸啸。少顷，一套逍遥剑法舞毕，剑声戛然而止。持剑人傲立亭栏处，拿起一个酒葫芦，对嘴狂饮，倾壶咕咕有声。

雪声融融，星月渐隐。

剑客突然挥剑长啸，声传里许。他一边舞动手里三尺寒铁，一边高声狂歌。歌曰："凤山巅峰三尺雪，周兴袖里三尺铁，一朝若遇有心人，出门便与妻儿别！"

歌声洒脱豪迈，有古之燕赵侠客遗风。歌者心中似有万千不平与郁闷，都随一股浩然之气，破腔奔涌而出。

周兴？舞剑者居然是大名鼎鼎的周兴！说起周兴，凤山方圆百里之地，谁人不知，哪个不晓？

"易园"里住的那个老怪物，不就是周兴吗？

山民们不明白，他一个孤苦伶仃的干瘪老头，为什么总会有朝廷官员，大老远跑来看他，还常常吃他的闭门羹呢？

后来听人说了，这个周兴了不得，乃有清一代遂州出的唯一一个武状元。其人高中金榜前，原本是"易园"屠宰行有名的刀儿匠，后官至四川提督，因冒犯上司而丢了官，愤而返乡，独自一人隐于凤山。

难怪不得，这个老怪物摆起前朝逸事或江湖传闻来，硬是赛过了城里天上宫说书的曾麻子。

说书的曾麻子言，周状元这辈子完了，心里的结解不开，一嗜一痴早晚要了他的命。

状元公嗜酒如命，每每酩酊大醉后，像狗一样蜷缩在"易园"曲廊的栏杆上瑟瑟发抖。邻人见之，无不担心其出什么意外。哪晓得人家居然有这么高的道行，大雪纷飞的夜晚，还到望鹤亭舞剑狂歌呢？

状元公另有一痴，酷爱武术。但凡有名家高手路过遂州，周兴必亲备美酒佳肴，迎入凤山"易园"候教，倘若讨得一招半式，就像小孩子过年得了赏钱一般高兴好几天。

得到名家指点的状元公，每每馈赠颇丰。口吃四方的客人们，便到处传其美名，把他说成呼保义宋公明一般人物。同治间，江湖盛传着一句顺口溜："到了凤山，不慕神仙。会了周兴，死也心甘。"

望鹤亭上，周兴还在喝酒。

时，风止，雪停，月又明。凤山一片皎然，林木影影绰绰，朦胧可见。

状元公立于木亭中，望着迷迷茫茫的山林，心情顿觉悲凉。他想要饮酒，摇摇手中葫芦，却已空空如人之心境。那一口郁闷气，再次化为呼啸声脱口而出："两鬓霜雪染，悲歌把剑弹，前程如烟。

仕途艰难秋声叹,满天星斗寒!"

"好一个满天星斗寒!"

一声喝彩,远远地从山脚涪江岸直传上来。虽然隔数里之遥,却清晰如在耳畔。

周兴吃了一惊,实在想不到如此寒冷雪夜,竟然还有朋友前来造访!不由得心头大喜,放眼向山下望去,只见斜长的石径上,一人奔驰如飞,瞬间来到木亭前。

来人黑衣玄服,腰里裹剑,手提一个布包裹,鲜血犹滴。

周兴见来人一身夜行服打扮,疑是杀人越货之徒。正待要问,黑衣人却抢先朗声问道:"莫非周兴大人乎?"

周兴诧了一诧,连连摆手道:"这儿哪有什么周大人?小可周兴是也。"

"果然是周大人!"黑衣人欢天喜地叫唤道,纳头便拜,"小人有一仇家,十年未得诛其头颅,今夜已获之。"黑衣人指了指滴血的布包裹,继续说道,"此乃仇家首级。吾仇得报,心里甚爽,素闻大人仗义,可把酒与我痛饮!"

周兴闻言大笑:"岂闻世上,有不相识之人与主人讨酒饮乎?"

黑衣人亦大笑。

周兴为黑衣人豪爽所感染,将其引至居处,出酒食甚丰。

初,二人暖室觥筹交错,殊不过瘾。又将酒食移至庭院天井,席雪地而坐,望月倾壶,酣畅长饮。

席间,周兴乘了酒兴,多方探询黑衣人虚实。

黑衣人始终不报姓名,反而对周兴说道:"离此地十里有一座谢庄,庄主曾有恩于我,今欲报答于他,则生平恩仇尽了矣。然小人身无分文,奈何?请大人借我千金,今后赴汤蹈火,誓为走狗追随

159

大人左右。"

周兴闻言，停杯不语，似犹豫不决。

黑衣人见了，只道周兴不肯，遂戏笑道："无故受大人酒食，心里已然有愧，今又节外生枝，实属不该，多谢了！"黑衣人言毕，起身欲走。

周兴见他要走，连忙拽其坐下。

他哪里在乎区区千金之钱？实则在想黑衣人雪夜造访，意欲何为？哪知稍一迟疑，黑衣人居然误会了他。忙去内室拿出钱袋，倾囊相授予他："莫笑周兴小气，这些银两，尽管拿去无妨！"

黑衣人也不客气，提钱在手，留下布包裹，离席大步而去，口里不停赞曰："快哉！快哉！"

周兴见黑衣人并不称谢，磊落大方地欢畅而去，心里油然生出敬意。遂独自把盏狂饮，以待黑衣人返回"易园"。

夜深已近三更，风雪又紧，大风呜呜地刮着，四野黑沉沉不见了星光。

久不见黑衣人返回，周兴有些担心。火炉里的柴薪已经燃尽，只剩下一堆红红的炭灰。

周兴步出园外，任由风雪鞭打，始终如标杆一般纹丝不动地立檐下，两眼专注于入山石径。

天即明，始终不见黑衣人回来。周兴无奈地摇了摇头，转身返回室内。

黑衣人所留包裹，依旧有丝丝血水溢出。

周兴慢慢将其打开，顿时大惊失色，酒也醒了大半。包裹里血淋淋的首级，赫然为当年与之交恶上司的头颅！

周兴急忙翻看包裹，内有一笺，笺上书曰："吾知周大人受此贼

160

陷害，心中愤愤不平，故杀之。千金乃吾应得酬劳，受之不谢！"

周兴惆怅良久，将半杯残酒饮入腹中，眼里有泪流出。室外，鹅毛一般大雪，铺天盖地般下着。

周兴拥衾卧榻上，渐渐睡去……

黑风侠

康熙十九年腊月。

史载：遂州城乡有黑风侠出没，此人行侠仗义，好打富济贫，旬日之内，屡犯大案。州属各县乡，军民昼夜联防，却始终不见贼盗踪迹。一时谣言四起，殷实大富人家，惶惶不可终日。

腊月初九，年味已浓。州城西边护城河畔，蓬山书院里却是一片清冷。那些穷人家的孩子大都提前离开了学堂，他们羞于腊月十五放寒假时，没有过年礼物送给先生难堪。

书院主讲卢子鹤孤零零地站在一株蜡梅旁，无精打采地给八九个富家子弟讲着子曰诗云。子鹤先生自幼颖慧敏捷，尤喜读书，曾经跟乡贤张鹏翮求过学问，随张鹏翮习过骑射，其学问胆识素为乡党赞誉。

卢子鹤天生一对大眼，人称"大眼鹤"。虽然先生文中过秀才武中过举人，却一直在家"候缺"，从未取得一官半职。时近中年，得同袍举荐，才极不情愿地受聘于蓬山书院，好歹混口饭吃。平时里，先生对穷家子弟多有接济，方圆十里八乡，口碑极好。

傍晚时分，卢子鹤草草授完唐人杜牧的《阿房宫赋》，了无情趣地回到寝室，掩门呆立，心中空空荡荡好生难受。不知为何，卢先生心里有一丝莫名的怯意也有一丝莫名的兴奋，他并没有像平日那样，去书房灯下闲读，而是径直到柴屋看了看心爱的"黑虎"，并给它送去了丰盛的晚餐。然后洗漱完毕，早早上床蒙头大睡。

当天夜里，天降大雪，寒风呼啸。

打烊时分，书院山下的遂州城里，街道上已少有行人。

全城最大的绸庄泰和斋里，小伙计们正在盘点货物，准备关门歇业了。当守夜的小伙计装上第二块门板时，掌柜莫仁品远远看见一个黑衣人，鬼蜮一般从十字街头走来。此人步履轻盈快捷，浑身上下漆黑，连头上都蒙着黑布，只露出一对眼睛，在黑暗中闪着骇人的光。

莫仁品两颊莫名其妙地抽搐了一下，心里有一丝紧张。

黑衣人走路轻得没有一丝声音，像飘过来的一片树叶，无声无息就到了泰和斋的柜台前。他左手提着一个包袱，沉沉地鲜血犹滴，右手也提着一个包袱，沉沉地不知何物。从形状上看，好似一把鬼头大刀。

莫仁品内心的紧张变成了恐惧，两鬓处有细汗渗出。

黑衣人将左手上提着的包袱，不紧不慢地掂了一掂，然后"咚"的一声重重放在柜台上。他做这一切时，整个人浑身上下没有一点声息，也没有晃动一下，只把一对寒光逼人的大眼，死死盯着柜台内的莫掌柜。

莫仁品原本是个红光满面的汉子，在黑衣人如锥一般目光的盯视下，竟然满脸惨白，状如大病初愈。他不停地搓着双手，喉咙里似堵满了浓痰，断断续续地发出呵呵呵的声响："你……你……是黑……黑……?"

黑衣人依然一言不发，又把右手上的包袱，缓慢而沉重地砸在柜台上，那一声闷响，尤甚于前！直骇得店里的伙计们，身子全都矮了半截。

莫掌柜不待黑衣人问话，连忙抖抖索索地拿出一百个大洋，战战兢兢地放在柜台上。

黑衣人视若无物，标杆一般挺立在柜台前，纹丝不动。

莫仁品浑身开始发抖，哆哆嗦嗦地将全天的进项约五百两纹银全部放在柜台上。

黑衣人连眼皮也没有眨一下，嘴里发出一声不满的闷哼！站在柜台内的莫掌柜，胸口却像遭到重锤击打一般难受。

那个站在门外手持木板正在关门的小伙计，见掌柜满头满脸直冒冷汗，猛然醒悟过来："黑风侠，肯定是黑风侠！"

伙计们纷纷操起家什，从两侧围攻过来。

黑衣人缓缓地回过头来，众伙计刹那间目瞪口呆。太可怕了，黑衣人的目光像刀子一样冷，冷得让人背心直冒冷气！

莫掌柜早已吓破了胆，哪里还敢有半点迟疑？他上气不接下气地叫内人送上一千两纹银，抖抖地堆放在柜台上。夫妻俩骇得话都不敢说了，双双埋头跪在地上，不停地对黑衣人打躬作揖！

黑衣人收下银两，将两件包袱提在手上，又不紧不慢地向另一家商号同仁堂走去。雪光中，依然没有一丝声音，那双大得吓人的脚，一步一步踏在雪地上，竟然没有留下点滴痕迹。

泰和斋的掌柜和伙计们，呆了一般目送着黑衣人，嘴巴全都张成了"O"形。

黑衣人不急不缓地走过十字街头，但他并没有进同仁堂，转过天上宫后，见左右无人，便将左手里提的包袱甩在墙根处。那个包袱骨碌碌滚动开来，里面包的竟然是 只血淋淋的黑狗头。

莫掌柜和伙计们终于"啊"地发出了声音，正待高声叫喊，黑衣人转眼不见了踪影。

初八晨，州府衙门接到报案，黑风侠昨夜现身遂州城，泰和斋惨遭血洗，被强行勒索一千五百两。

城郊乡下，民间盛传，凡在蓬山书院求学的贫家弟子，昨天夜里均得到十两银子。银子上犹存血迹，听人说那是狗血。

一大清早，捕快刘驼子就在茶馆里听到了这种民间传闻。当官府要他追查此事时，他相信了这种民间说法。凭经验判断，这个黑风侠肯定身怀武技，而且对遂州城里的情况十分熟悉，当是本地人氏无疑。

刘驼子之所以这么想，自有他的道理，市面上的小混混哪有这份胆识?! 刘驼子是一个非常有经验的捕快，他眯起眼睛，仔细地将本地练武之人在脑海里过了一遍又一遍。当他喝第二开茶时，手下的人陆续回来报告各自得来的情况。

当他听到蓬山书院主讲卢子鹤养的护院犬"黑虎"昨夜被歹人所杀时，刘驼子笑了，手上的茶杯"当"的砸在地上，摔得粉碎。卢子鹤文武双修，护院犬被贼人所害居然丝毫没有察觉，于情于理皆不通啊。遂决定上山，亲自去拜会卢子鹤先生。

刘驼子上得山来，远远地听见书院内书声琅琅。卢子鹤正手执一卷，抑扬顿挫地讲授着韩愈的《师说》。

刘驼子简要说明了来意，卢子鹤轻轻一笑道："学堂乃清雅洁净之地，怎么可能和黑风侠扯上瓜葛? 刘爷请便!"

当其时，护院犬黑虎在书院西厢的柴屋里，"汪汪"大叫。

卢子鹤叱了一声，起身前往西厢，做开门状。

刘驼子暗骂一声，全是他娘的蠢货! 只得赔了笑脸，悻悻地起身告辞。

卢子鹤从柴屋里牵出雪白如练的一匹大犬来，小心翼翼地交给弟子张浩然，亲切地说道："转告爷爷，说卢先生多谢张大人的过年礼物了。"

张浩然点头与卢先生告辞，牵上爷爷张鹏翮心爱的"白龙"，慢悠悠地向山下走去。

当其时，蓬山书院里用午膳的钟声，正"当当"地响起。

王如山

溪边倦客停兰棹，楼上何人品玉箫？哀声幽怨满江皋，声渐悄，遣我闷无聊。

这一阕词乃是元人曾瑞所作，词中景况百般无聊，正好符合王如山此时此刻的一番心情。

王如山是顺庆府太平镇上数一数二的大绅粮，家有良田千顷，屋舍百间，佃户遍布九乡一百二十个村，一年仅是地租的进项，就多达万两白银之巨。照理说丰衣足食的人，大多内心充实而恬淡，可王如山偏偏又是一个心比天高的人，肚皮里虽然没有多少文化，但却始终有一颗急公好义的心，时常担心张家断了口粮，李家缺少衣裳。

今天是小满，正是农忙时节。一大清早，王如山就把下人们吆到乡下去查看农情，顺便收些租子回来。

时值晌午，天气十分闷热，王如山搬一张凉椅，躺在庄院的水池边纳凉小憩。池畔的柳条一丝一丝闲荡，枝头上的新蝉随着凉风吹拂的节奏，也一声接一声地鸣噪。

王如山眯着双眼，那一颗渐渐清凉下来的心，犹如池中嫩绿的

167

小团荷，一荡一荡地轻晃，脸上尽是无限惬意的满足。

　　厨房里飘来一缕一缕甑子干饭的清香，王如山这才觉得肚皮饿了，正待去膳堂用膳，一眼看见去乡下收租子的人，一个二个蔫不拉叽地陆续回到庄上。他心里纳闷儿，龟儿先人板板些，好端端的为啥子一副要死不活的样子？

　　下人们一边擦着脸上的汗，一边无精打采地报告说，硬是怪得很呢，乡下那些佃户家的男人都不在屋头，不仅租子没收到一粒，更可怕的是，地里没有人耕作，全都杂草丛生一片荒芜，只怕到了秋收时节，也没有租子可收哈。

　　王如山听到下人们这么一说，刚才那份悠闲的心情自然就没有了。他不相信下人说的话，庄稼汉子不种地，一家人靠什么度日？难道来年春上喝西北风吗？

　　王如山没有了好心情，连好胃口也没有了。他饭也懒得吃，吩咐管家准备了遮阳的草帽，择近到大王庄走了一趟。

　　哎呀，硬是不看不知道，一看吓一跳。田间地头果然杂草丛生，五黄六月的天气，居然看不到一棵禾苗！

　　佃户不种地，财主怄断气。

　　王如山感到莫名其妙的心痛，更感到莫名其妙的恐惧！他一连走访了几家佃户，迎接他的无一不是老弱妇幼，精壮男丁一个也没有见到。

　　王如山大惑不解，连忙询问究竟是什么缘故。

　　佃户们见王老爷相询，无不痛心地诉说道："老爷有所不知，今年春上，一伙粤人来太平镇开设赌局，初时参与博彩者手气特别好，大把大把地赢了不少银子，四邻间便哄传开来。一时间内，太平镇九乡二十八里的人蜂拥而至，整日吆五吆六狂赌不止。谁知后来局

168

势慢慢变了，任你下多少注，一律血本无归。乡人赌红了眼，哪还有心思打理田间的庄稼？"

王如山一年中有大半时间住在顺庆府城里，即便住在太平镇自家庄园里，也很少到乡下走动，哪知什么"鸟"人开设赌局之事？他本想多了解一些情况，一干羸弱妇孺知道的都说了，再往深里探究，便说不出更多的子丑寅卯来。

乡亲们见王老爷皱着眉头，不再说话，纷纷痛哭流涕地说道："我们是老爷的佃户，端的是您老给的饭碗。愿王老爷给我们做主，否则乡亲们就没有活路了。"

王如山真是没有想到，太平镇会发生这等怪事！他望着众位乡亲可怜巴巴的眼神，暗骂一声粤人可恶。庄稼汉子不种地，一家老小拿鹅卵石填肚皮？王某人又到哪里去收租子？！

王如山越想越恼，语气十分坚决地说道："乡亲们尽管放心，我王某人自会为你们主持公道！"说完，气呼呼地告别众人，回到太平镇上。

他没有直接回自家的庄园，而是一个人在镇上转来转去，偶尔和熟人们打声招呼，两只眼睛却不停地在茶铺酒楼里睃来睃去。

太平镇东邻顺庆，西傍遂州，乃川北水陆要冲，镇子虽然不是特别大，街市却很繁荣，人来人往的好生热闹。

王如山一路行来，并没有见到有人聚众赌博，莫非佃户们为了逃租故意说谎不成？为闹个明白，王如山挨次到镇上的茶肆酒楼，一一查询。

那些茶肆酒楼的老板们，见到王大爷亲临自家小店，无不端茶递水献殷勤。可是，当王如山问到粤人设局摆赌一事，个个摇晃着肥头大脑袋，声称未曾听说过。

169

王如山心里好生奇怪，如果是佃主们撒谎，那么十里八乡的精壮男丁到哪里去了？地里的庄稼大片大片地荒芜，又作何解释呢？

王如山问不出个名堂，茶也不喝烟也不抽酒也不吃，闷声闷气地走了。站在各自店铺前相送的老板们，见王大爷不高兴了，心里七上八下打着鼓。他们知道，如果王如山不高兴，整个太平镇肯定就不会太平了。

王如山不紧不慢地在街道上走着，拐过最热闹的十字街口，远远看见临河的黄葛树下，补锅匠罗老二正叮叮当当地忙乎着。罗二哥天天守在黄葛树下补锅，说不定知道些许情况呢，王如山心里这么想。

二人是故交，王如山开门见山就问粤人聚赌一事。

罗二哥递个小方凳让王如山坐下，瞅见左右无人，一边忙着手里的活，一边悄悄告诉他："我早料到王大爷必来过问此事。唉，你若是问别人，他肯定说不知道。你道为何？想想那些设赌局的南方人，哪个不是心狠手辣的恶徒?！前天晚上居然挑断了杀猪匠胡一刀的脚筋，其余的人谁敢走漏半点风声？"

王如山边听边点头，他当然知道胡一刀，那可是个连妈老汉都不认的夯货！粤人敢拿他下手，难怪自己先前得不到一丝一毫的消息了。

罗二哥见王大爷闷起不说话，继续轻言细语地说道："像大爷你这样寻找，我可以告诉你，十天半月也找不到丁点线索。王大爷若真有兴趣，何不夜里去柳溪边游玩游玩？"

王如山听罗二哥话里有话，心里明白了七八分，拱手相谢后，独自向自家的庄园走去。

罗二哥傻乎乎地目送着王如山远去，摇着头笑了笑，像收到了雇主的赏钱一样高兴。嘴里胡乱哼着黄色小调《十八摸》，将补锅工具收捡到挑子里，闪悠悠挑上，向一条狭窄的小巷走去。

王如山回到家中，感觉有些累了，喝了两碗凉粥后，便上床静静地养神。他一动不动地躺在床上，直到太阳西沉玉兔东升，才翻身起了床，换了一身下人们穿的衣衫，连个仆人也没带，独自偷偷地溜出庄园，沿着黄葛树旁的石梯斜道，一直走到了柳溪边。

远远看见宽阔的河滩上，比肩搭建着数十座敞棚，每座棚里悬挂一盏西洋汽灯，将一河柳溪照得如同白昼。

王如山顺次挨棚走去，见每棚内设有赌局或二台或三台不等，台主无一例外操着南粤口音，围台相博的赌徒约有千众。

王如山混迹其间，并没有人认出他来。顺着柳溪往上游走去，王如山择一偏僻的赌棚入内坐定。里面有三五个并不认识的赌徒，正大呼小叫地下着注，见有新人加入，全都停止了动作，示意他要博戏就赶快摸银子下注。

王如山装作不知道怎么玩，问了问庄家的赌法后，便掏出若干的银钱搁在桌上，学着别人的样子下注，十分认真地赌起来。

庄家见他出手阔绰，又气度不凡，便对他十分客气，专门为他泡了一壶碧螺春。

王如山赌了几个回合，输掉了二十两银子，便不再赌了。

庄家也不强行留他，笑容可掬地将他送出了赌棚。

王如山沿着河边继续往前走去，他发现所有护台的人和坐庄的庄主，无不举止文雅，彬彬有礼，俨然正人君子的模样。他知道这些人都受过十分严格的训练，难怪乡亲们着了道还蒙在鼓里不知实情。

翌日深夜戌时前后，顺庆府结集千余名官兵，在总兵郑永铭带领下，突然杀气腾腾地直扑太平镇柳溪河畔，明晃晃的火把将一河柳溪照得通明。谁知沿河滩狭长的里许之地上，只剩下赌棚数十座，棚内并无一人一物，赌台、赌具、打手及庄主皆杳无音信。

官兵扑了个空，只得将柳溪河畔数十座赌棚付之一炬。

王如山在自家庄园里听到这个消息后，大为惊讶。他不知道什么地方出了纰漏，以致走漏风声，让那些南方"蛮子"隐形遁迹，逃脱了官兵的围捕。

当天傍晚时分，王如山早早吃了晚饭，换了一身粗布衣服，决定再到柳溪河畔看个究竟，刚走到十字街的黄葛树旁，已然听到河谷中人声鼎沸，似有千百人嘈杂其间。

王如山万分惊讶，快步来到河滩上，但见柳溪沿岸赌棚依旧，棚内赌声汹汹，好像昨夜顺庆府官兵根本没有来过一般。王如山暗暗佩服这些粤人的办事效率，仅仅一天的时间里，数十座赌棚居然搭建如初！

王如山不敢再有丝毫怠慢，遂亲自策马飞报顺庆府衙。总兵郑永铭再次结集上千官兵，火速跟随王如山前往太平镇围捕。

酉时三刻，千余名官兵蜂拥而至，当场擒获台主、打手及赌徒七百四十六人。其余人等一哄而散，乘乱四处奔逃，落水淹死之人不计其数。

王如山见官兵捣毁了赌棚，又擒得了歹人，心里甚是欢喜，回到庄园里，独自饮酒自乐。

四更天时，天已微亮，巡夜的家丁突然来报，说有粤人纠集党徒数十人，持械围攻庄园。

王如山并不惊慌，披衣起床，吩咐众位家丁只需守住庄园四门即可安然无恙。果然，那些南方"蛮子"虽然强悍，无奈青石垒成的院墙高达丈余，四门又坚不可摧，任由贼众鼓噪呐喊，并无一人能够真正攻入庄内。眼见天色大亮，贼众无计可施，只得灰溜溜地撤离而去。

王如山坐在碉楼上，看到粤人们一个个垂头丧气地离去，脸上并没有露出一丝喜色。他真是没有想到，这些南方"蛮子"竟胆敢纠众来犯自己的庄园！

王如山有了戒心，他一面报官求助，一面加强庄园的自我防护。

自从那日无功而返后，粤人没有再来侵犯王家的庄园，镇上也不见了南方"蛮子"的踪影。太平镇又恢复了往日的宁静，人们也不再聚在一起议论赌博的事了。

七月十五，鬼节。

补锅匠罗二哥来到王家庄园拜访，说是受街坊邻居之托，前来感谢王老爷为民除害的义举。

王如山大喜过望，嘱咐家人设宴款待罗二哥。

席间，罗二哥数次提及当初指明赌博场所一事，希望王如山不要外泄，如果粤人知道自己"点水"，肯定会遭到报复。当他听说王家庄园曾遭"南蛮"围攻时，大惊失色地说道："王大爷，实怪当初罗某人多嘴，以致埋下祸根，叫补锅匠从此惶恐不安。"

王如山见罗二哥言辞闪烁，只道他真的内心恐惧，便十分仗义地说道："罗二哥尽管放心，我王家的庄园坚如铜壁，岂可怕了那些猪狗之辈？你若真的害怕，尽可搬到庄上来住，看他怎奈何于你？"

罗二哥听了王如山一番肺腑之言，深受感动，一连敬了王如山六大杯酒，以示谢意。

王如山豪气干云，倾壶连飞十二大杯，依然谈笑风生。

罗二哥终不胜酒力，烂醉如泥。

173

王如山吩咐下人，将他扶到后院的宾客室里休息。

当天夜里，月黑风高，数十粤人悄悄潜往王家庄园。不知道是何缘故，庄园四门门门洞开，护院家丁全都昏睡如猪。

亥时时分，潜伏庄园外的南方"蛮子"蜂拥而入，王如山及其家人、杂役数十口，尽遭杀戮。

翌日天明，顺庆府衙得报，郑永铭率官兵火速赶赴太平镇，王家庄园大火熊熊。

郑大人速令灭火抢险，搜索有无幸存者。午时三刻，刨出王家上下三十七口尸首，唯独不见了醉酒的客人补锅匠罗二哥。

越十年，有乡人在广州城内，见一锦衣富商，神情举止极类罗二哥。

官秘

桂妓

清道光三十年，十二月初十。洪杨聚众起兵，八桂大乱。

越明年，成都府望江楼，有妓自桂林来。妓年约十六七，色艺双绝，一时名动西川。

清明节将至，黄田坝大绅粮邓洪川，呼朋唤友泛游锦江。船至望江楼，天色将暮。忽闻琵琶声，从茂林修竹间传来："万里桥边女校书，枇杷花里闭门居。扫眉才子知多少，管领春风总不如。"

琵琶声清脆悦耳，如珠落玉盘。

邓洪川乃嘉庆举人，颇识音律，知此阕为唐人王建所作，名为《寄蜀中薛涛校书》。心中不由暗忖，此为烟花红尘地，何来这般高古雅洁之音？遂起了好奇心，嘱众人不必等他，独自上得岸来，寻琵琶声而去。

初及园内，轻风徐徐吹来，竹枝疏疏漏月影。修竹夹一条狭窄花径，曲折蜿蜒，甚清幽。

邓洪川沿小径行约百步，觅音至一小轩处。小轩窗明阶净，甚欢喜。隔花窗向里一望，室内坐一妙龄女子，葱指纤纤，正抱着一柄琵琶，倾情而歌。

琵琶女子年约二八，黑纱披肩触地。轩外，溶溶月色盈阶。临窗处,一株白玉兰开得正艳。

邓洪川惊为天人,坊间言之"桂妓"乎?果如是,当昵之。

老鸨会意,连连摆手,直把脑袋摇成了巴浪鼓。告知曰,此女虽沦落为妓,然非一般俗物,等闲之辈休想得识其颜。

邓洪川闻言,嗤之以鼻,意老鸨嫌他没银子。抖抖地掏出一个金元宝,许之愿:"但得一亲芳泽,此物便归妈妈。"

老鸨不为所动,正色曰:"此女果真不比他人,官人之金老身哪敢要?官人请自便。"

邓洪川讨个没趣,向老鸨另索"小春桃"陪自己,饮饮花酒,调调情。

酒为剑南春,乃蜀中佳酿。然邓洪川无意酒之佳否,饮之寡味。

小春桃见客人心不在焉,半开玩笑半认真地说道:"大官人果真要那位桂妓,为何不早来几日?"

邓洪川不知小春桃何故有此一说,听她话中有话,假意搂之入怀,柔声说道:"乖乖,将你所知告我,待会儿定有你的好处!"

小春桃忸怩不肯说,直要邓洪川兑了现才肯告诉他。

邓洪川摸出一个银元宝,放在小春桃手里,顺便摸了摸她扭来扭去的屁股。

小春桃媚眼如花,告之曰:"上月初,郫县大绅粮梁松游玩望江楼,偶遇桂妓,一见倾心。二人一个风流偶傥一个温柔多情,连日出双人对,吟诗作画琴瑟相和,现早已两情相悦了。听妈妈说,只等桂妓赎了身,便可洞房花烛,百年好合。"

邓洪川闻之,心甚怅惜。刹那间,连喝花酒那一点点兴趣也没有了。然其并不完全相信小春桃所说,决意留宿望江楼,一探就里。

翌日午后,梁松果真前来相会。

邓洪川从门缝里向外张望，见梁松年约二十许，身着一袭府绸长衫，果然风流倜傥。

桂妓一眼看见梁松，快乐得像只小喜鹊，蹦蹦跳跳地开了门。二人相拥入内，紧闭房门不出。

邓洪川若有所失，心底陡然升起一股莫名恼怒。呆立良久，百般无聊地离去。

五月初十，麦初黄。

午后，郫县知县李中桥纳凉后庭中。

忽接川督刘大谟密函一封，忙开启观看。

信函措辞甚急，所叙之事骇人听闻："贵县绅粮梁松等五人，勾结长毛逆党，阴谋作乱蜀中，业已侦获，证据确凿。令速捕归案，秘密正法无误！"

李中桥见信函言之凿凿，大为惊异。五士俱为郫邑人，内有秀才二人贡生三人，皆清白之辈。至于勾结粤匪谋逆事，何曾听说过？

事关重大，李中桥哪敢怠慢？反复甄别密函，确信印鉴乃川督刘大谟官印无疑。当遣管家莫仁德至巡捕房，传黄捕头火速来府上，说有要事相商。

申时，黄捕头奉命前来报到。

李中桥示意管家和下人们全部出去，独留黄捕头于密室。亲自将门关上后，满脸沉重地将密件示之。

黄捕头接过密函，仔细地看起来。突拍案道："大人，函件有诈！"

李中桥闻言吃了一惊，不解地问："怎知函件有诈？难道川督刘大人印鉴假的不成？"

黄捕头抖抖信函说："大人看仔细了，此函怎么会只有总督印鉴

179

而无监印官衔名?"

李中桥闻言，忙将信函拿来看个仔细。果如黄捕头所言，信函上只有总督一枚印章，监印官衔名签押全都没有!

李大人吃了一惊，若非黄捕头仔细，几误杀好人矣!

然二人终不明白，信函上所盖总督印鉴千真万确。

川督刘大谟为何送此密函呢?

黄捕头见知县大人疑惑，知其为总督印鉴所累。便道:"大人不必劳神费思，只需到省城走一遭，拜见总督大人即知详情。"

李中桥所虑非他，实感案情重大，涉在职二品封疆大吏。正不知该如何处置，听黄捕头说得在理，遂备了快马，径奔省城而去。

申时，李中桥到了总督府。递了名帖，护院兵弁让入前厅，奉茶等候。

川督刘大谟刚用过晚餐，正在天井散步。听说郫县李中桥有急事求见，丝毫没有在意，趿拉着一双木拖鞋，呱嗒呱嗒来到前厅。

李中桥见总督大人来到，忙放下手中茶杯。跪礼毕，双手抖抖地将密函递了过去。

刘大谟接函在手，顿时汗如雨下。颤声问之曰:"不知李大人何处得来此函?"

李中桥见总督大人发问，不敢诳言，一五一十禀报道:"今日午后，下官正午眠，突有三名总督府官差，持函来到寒舍。若非县衙黄捕头仔细，下官几误办此案矣。"

刘大谟越听，心里越惶恐。自言自语道:"印为真总督印一点不假，然则本官何曾为之?"

李中桥闻之，大惊失色地问道:"刘大人也不知情乎?"

刘大谟略一镇静，轻声唠叨道:"真是奇哉怪也。"见众人面面相视于己，复厉声曰，"事关重大，尔等不得泄露半点风声，待查个究竟后，再作他议。否则，休怪本官不讲情面！"

李中桥见刘大人言辞严厉，心甚恐怖。偌大一厅十数人，唯自己外人耳。当下两股战战，伏地诺诺而言："下官省得，下官省得。"

刘大谟并不理会李中桥，密招一府之人到内室。黑起一张脸，逐一询之。轻则怒叱喝骂，重则拷挟殴打。

内有夫人小婢梅儿者，轻言轻语告诉老爷："端午节夫人身体不适，曾请小南街唐巫婆作法避邪。那日，唐巫婆在夫人卧室里走了一圈后，胡乱画了一道符，乞夫人用大人印鉴盖符上，言可镇邪，符迄今犹挂在夫人卧室里。"

刘大谟闻之怒不可遏，大声叱责荒唐，老巫婆之言也能信乎?!旋即传令，逮唐巫婆到府上，拷询盖印真正用途。

初时，唐巫婆百般抵赖，待要用刑时，才小声哭诉道："大人休要怪我，此事实乃黄田坝大绅粮邓洪川，以重金诱我所为。"

复又传令逮邓洪川到府上，重刑之下，罪孽尽招。

原来邓洪川迷恋桂妓致痴，先后多次前往望江楼搅缠。然桂妓已心有所属，终不为所动。邓洪川恨声言于妓曰："设若世无梁松，汝当如何待我?"

桂妓恶其死缠烂"嗅"，假意诓骗说："果真世无梁松，妾自当倾情奉君。"

邓洪川不知桂妓所言乃气话，犹信以为真。然让一个大活人凭空从世上消失，无异于痴人说梦。其绞尽脑汁想出一条毒计：先用重金买通唐巫婆，以驱邪为名，盗盖总督印鉴于空白纸上。再临摹官府文本，拟就信函，复花钱雇三个大胆之徒，假扮总督府差，将信函堂而皇之送到李中桥手上。欲假官府之手，神不知鬼不觉除掉梁松。

然事与愿违，邓洪川不谙官方文本格式及官场潜规则，终被黄捕头识破，落得个身陷牢狱的下场。

　　望江楼桂妓，闻听此案后，连夜潜逃，人不知所终。

李家祠堂

遂州蓬邑城北嘉禾桥的李家祠堂，是湖北人入川后修的会馆，乃道光年间蓬邑内第一大宅。据阴阳先生说，祠堂占据了一龙脉的下庭穴，可富及五代。老百姓不懂风水，但也知道李家祠堂的宅基是选对了地方，要不这李家的财富怎么就像肥猪身上的膘，一天天见长呢。

祠堂内有偌大一个荷花池，水面辽阔。每当夏日来临，莲池内荷叶连连，花香四溢。

大清同治元年七月二十六日申时，庄主李涪山正躺在池畔的凉椅上纳凉，两位十三四岁的丫鬟各执一扇，左右为老爷摇风。莲池里已有尖尖小荷绽放，不时送来缕缕清香。

夜里酉时，蓬溪县令朱永前率领兵丁百十人，将李家祠堂团团围住，大呼："擒拿叛党，重重有赏！"

邻人不知道发生了什么事情，偷偷从门缝里往外张望，只见李家祠堂四周骤然火起，身穿"兵"字服装的上百兵丁，手执明晃晃的钢刀，见人就杀，见物就抢。一时间里，李家祠堂火光冲天，哭号之声不绝于耳。

熊熊火光中，邻人突然看见一道袍老者，腋下擒一小儿冲天而起，越过官兵的重重包围，瞬间没入院后的山林里。

数日后，县府在域内城乡广贴安民告示，以抚民情。邻人始知李家祠堂上下三十一口，因抗拒官府缉拿悉数被歼，李家偌大的家产全部充公拍卖。告示上写得明白，县太爷朱永前之兄朱大秀才，以万两白银拍买成功，成了李家祠堂新的主人。

逾十五年，川中梓、遂二州间，出一巨盗，能飞檐走壁，专与官宦人家作对，经年之间，屡屡犯下滔天血案。贼曾三次潜入李家祠堂作案，皆因朱秀才得县府兵丁护卫，终未能得手。

一时间内，蓬邑城乡谣言四起，茶肆酒楼议论纷纷。据老辈人口口相传，此盗身长六尺，浑身毫毛遮体，望之如天神一般。

五黄六月间，川陕二省相邻的大山里，遭遇百年不遇的大旱，良田龟裂，民不聊生，无数流民拥入川中。

小满节，潼川府来了一个操北方口音的陕人。此人身健貌雄，脸上长着星星点点的麻子。

陕人一点也不怯生，他对衙里的差人说自己从小是个孤儿，跟着族叔长大，有一身使不完的力气，角力三五人不在话下。实因陕南久旱无雨粮食歉收，被族叔赶出家门，流落蜀中已近半年，尚未找到立足之地。今日欲到此谋求杂役苦力之活，借以混口饭吃。

衙内有好事者听说陕人能敌三五人，自恃力大欲与之较劲。陕人顺手将自己挑物用的扁担递过去，两人各持一端，甫一发力，衙役即扑倒在地。

众人见他力勇，以三人敌之。陕人依旧气定神闲地与之较，三人仍不能敌。

适逢府尹梁先知大人从旁经过，爱其勇武，遂留府衙内，使以挑水劈柴的粗活，月给薪数金而已。

衙役们见陕人满脸的麻子点点，又不知他的真实姓名，就以大麻子相称于他，偶尔也称老陕。

大麻子并不感到难堪，和大伙儿相处得甚是融洽。每日里洒扫庭除，十分勤快。加之其性情谦和，衙内诸人没有不喜欢他的。

梁先知见大麻子忠厚诚恳，大加赞赏。年余，破格提升他当了潼川府牢狱的班头。

老陕本是一介流民，得梁大人抬爱，工作越发勤谨，公时绝不外出衙门一步。闲暇之余，大麻子总爱到南街旧货市场转转，偶尔购些旧皮箱回来，数年间积有百十具之多。

同事见老陕将旧皮箱密密麻麻地码在自家的卧室里，纷纷取笑他成了"破烂王"。

大麻子并不在意伙伴们调侃他，很不好意思地解释说："蜀中皮货质优价廉，俺家乡人很喜欢，待空闲时携带回乡抛售，获利必丰。"

众人闻言，皆掩嘴笑他憨憨。

大暑节的晌午，大麻子私下里对梁大人叩首道："大人，小的离开家乡已经五六年时间了，想返回老家去给父母祭扫灵堂，事情完毕后即刻回到潼川来，恳望大人恩准。"

梁先知念大麻子既孝又忠，便同意了他的请求，嘱咐其速去速回。

大麻子得了假期，高高兴兴地雇了五辆大车，将数年来收集到的旧皮箱悉数装在车上。狱吏们平时得了大麻子不少关照，纷纷赶来送行，看到他将一只只旧皮箱加锁密封，都笑他是个憨包，皮箱里空无一物，有必要加锁密封吗？

大麻子挠挠头，嘿嘿地憨笑着，一副大梦初醒的样子。

在众人的祝福声中，大麻子上了车。车把式甩一个响鞭，车队起程向北而去。

涪江左岸的驿道，是蜀中北进陕南汉中的官道。大麻子坐在头车上，叫驾车的师傅慢慢地赶路，自己要好好地欣赏沿途山水的绝佳景致。

车把式头一回遇到不急着赶路的雇主，心里虽有些奇怪嘴上却不便问，遂放松缰绳信马慢步。车队慢腾腾地走了三四个时辰，傍晚时分才来到梓州地界的芦溪镇。

大麻子抬头看了看天，见暮色降临，突然命令车把式将车队急速地往回赶。

驾头车的师傅愣了一愣，以为自己听错了。当他看见大麻子瞪着一对牛眼示意掉头时，才连甩三个响鞭，车队飞速地折返向潼川城奔去。

车队飞奔到碑亭子三岔路口时，大麻子的决定再次让头车师傅吃惊，他居然不让车队直行潼川，而是择左道飞速地直奔蓬溪县城而去。

戌时时分，车队到达蓬邑李家祠堂。此刻，天色已经完全黑尽。

大麻子手持梁先知的手谕拜谒朱秀才，说是受梁大人之命回乡扫墓祭祖，由于未时才起程，天黑后慌不择路居然到了贵府，请求留宿一夜。

朱秀才见了梁先知手谕，怎敢怠慢？二话不说，连忙将大麻子一行车马迎入祠堂中。

大麻子阔步跩入祠堂，他仿佛对院内的布局十分熟悉，不用他人引路，径直来到客厅站定。朱秀才晃着一身肥肉，在后面气喘吁吁地跟着。

大麻子屏退所有的人，独留朱秀才在厅中，他神色凝重地附在朱秀才耳边密语。

朱秀才一边听，一边连连点头。

乘着大麻子一行用膳的空隙，朱秀才专门吩咐下人，马上腾出一间密室为大麻子藏匿皮箱用。他特别强调，须准备若干皮纸、一桶面糊和一个浴盆，一应置放密室中。

二更时分，大麻子把皮纸摊开，一张一张抹上面糊，又一张一张贴在窗户上。严严实实的密室里，连一丝灯光也透不出来，里面悄无声息。

蜀中七月末八月初，正值炎炎苦夏，一般的水阁凉亭尚且酷热难熬，何况如此密不透风的暗室？

大麻子在里面干什么呢？

朱秀才好生奇怪，悄悄眯眯地来到窗户下偷看。

密室之中，大麻子正赤身裸体地坐于浴盆中洗澡！

朱秀才偷偷地暗自好笑，一个五大三粗的莽汉，难道还怕别人看见卵子不成？朱秀才不可理喻地摇摇头，正要离去。

大麻子突然恨恨地作声道："都是你这个狗东西作怪，让别人都认识我，害得老子无立足之地，只好屈身与狱吏为伍！"他一边自言自语地说，一边不停地拔腿上的毫毛。

朱秀才见了大惊失色，猛然想起数年前，川中一带那个累犯要案的大盗。他依稀记得官府曾经悬赏缉拿，告示上明言此贼浑身长满毫毛，神情威猛，状若天神。

这个大麻子不是那贼是谁？

朱秀才大喜过望，自忖不但可以领到官府丰厚的奖赏，还可白白贪得他百十箱珠宝。当下蹑手蹑脚地退回到自己的卧室，急急忙忙修书一封，派得力家丁迅速报与朱永前知晓。

朱永前半夜里被人吵醒，正要发火，见是兄长府上的家丁前来送信，知道必有要事。遂翻身下床，匆匆阅过兄长的密函后，心中也是狂喜不已。自己在蓬溪为令近三十年，一直没有晋升的机会，倘若抓到了朝廷要犯，何愁不能升官晋爵？

朱永前来不及更换衣服，上身只穿了一件汗衫，就急急忙忙调集兵丁前往李家祠堂，强行将大麻子捆了，一路吆喝着押到县衙中。

朱永前端坐在大堂上，喝令差狗们对大麻子严刑拷打，要他快快从实招来。

大麻子似乎早已知道朱永前兄弟二人的图谋一般，始终不肯承认自己是匪。并反复声称自己乃是潼川府牢狱的班头，口口声声要见遂州的长官大人。

县衙诸人谁没见过当初州府悬赏的榜文？榜上所画之像与此人十分相似，但任由差人们百般拷打，大麻子咬紧牙关不再吐一言一语。

朱氏兄弟本想独占缉盗功劳，不愿他人分羹，谁知大麻子弄死不肯承认，看来要想吃"独食"已不可能。兄弟俩商量后，决定将大麻子解押到遂州，交由上司处置。

大麻子来到州府衙门，十分痛快地承认，自己确是数年前那个累累作案的大盗，声言有赃物百十箱存放在朱秀才的庄院内。

州牧段鸿飞深感案情重大，需人赃俱获方可结具上奏，他连忙亲自率人前往李家祠堂起赃。谁知百十个旧皮箱里，装的全是残破的衣物，哪里有一分一厘的银钱?！

大麻子却一口咬定，自己多年来盗窃的金银珠宝，全部都装在皮箱里，计有百万之巨。现在箱内空无一物，必是朱秀才贪恋钱财，暗中使了调包计！

段鸿飞当然知道大麻子所言并非诳语，此贼之能，州府衙门里早备有文档可考，何用怀疑？当下虎起一张脸，要朱秀才如实招来。

朱秀才连皮箱的边边都没有摸过，哪里肯招？连天价地叫起屈来。

段大人并不听朱秀才的解释，喝令手下的人对他严加拷打。

朱秀才痛哭流涕，说自己是起过贪财之心，但他还没来得及摸一下皮箱就匆匆报了案，设若没有他，官府抓得到大麻子吗？他感到委屈，没有功劳吗也有苦劳嘛。

段鸿飞为了邀功请赏，哪管朱秀才所言是真是假？他定要查个水落石出，以致将朱秀才活活打死狱中。不得已，只好将大麻子暂收监关押，立呈八百里加急文书，飞报京师，那价值百万的金银珠宝遂成悬案。

当朝皇上得报，龙颜大怒，连罢州府衙门及以下各级官员达百人之众。蓬溪县令朱永前涉嫌转移窝藏赃银，涉案金额数量巨大，斩立决！大麻子所犯罪孽深重，下至遂州死牢关押，待提解京师交由刑部会审。

三日后的夜晚，当值狱吏皆昏睡如猪，至天明犹酣。死牢里的大麻子不见了踪影，唯牢壁上题着如下文字："吾本谪仙子，居住秦岭巅，为报血海仇，巧计惩凶顽！"落款处用鲜血写着三个大字：李小郎。

遂州城乡一时哄传，大麻子者，实乃当年李家祠堂火灾中，被道袍老者救走之李家遗孤是也。

189

贾秀才

清光绪七年，春夏之交。遂州大旱，百日无雨。

端午节，天空难得有了几朵乌云。然依旧无一丝风，天气十分闷热。

卯时，安岳县令王紫阳依例去乡下察访旱情。去城十里，来到黄葛树大垭口，浑身上下早淌满了汗水，直热得喉咙冒烟。

随行二差搀扶着王大人，沿青石铺成的官道，快步来到黄葛树下，各自寻一块石头坐定。

三人不停地摇着蒲扇。

一差解开行囊，拿出裹在里面的"馍"，递给王大人充饥。

王紫阳接过馍，掐一块放进嘴里，就着牛皮囊中凉白开水，慢慢地咀嚼起来。其一边嚼着馍，一边唉声叹气。

唉，老天爷硬是不让人活了，自惊蛰始，百日里连一滴雨也没下过。安岳全境二十一乡，乡乡沟河断流，塘池干涸，人畜饮水皆困难。

王紫阳忧心忡忡，数月来，忧虑和烦躁已使他心力交瘁。

二差见王大人嘴里含着馍，人却倚在黄葛树上，不知不觉睡着了。便静静地分坐两旁，为其打扇，希望他多眯一会儿。大人真是

190

太辛苦了，几乎天天在乡下转，为乡亲们打井找水，放赈灾粮，忙得整个人都瘦了一大圈。

山脚下吹来一阵凉风，夹杂着一丝让人惊喜的湿气。

"王大人，下雨了，下雨了!"

差人欢天喜地的叫声，惊醒了酣睡中的王紫阳。

王大人抬头望了望天空，果见满天乌云密布，雷电轰鸣。远望山里山外，迷迷茫茫，一片雨网。

王紫阳喜极而泣，嘴里直念阿弥陀佛。这一场豪雨，算是救了一方百姓的命哟。

三人满心欢喜，冒着瓢泼大雨，一步一步走下岗来。刚到官道旁，王紫阳远远看见家仆曾二牛，快马飞奔而至。

曾二牛见到王大人，立即翻身落马，急匆匆地说道："哎呀呀不好了，适才贾秀才遭雷击身亡了!"

王紫阳闻言吃了一惊，连忙喝问道："此话当真?"

曾二牛擦着脸上雨水，结结巴巴地言道："千真万确，千真万确!"

王大人呆了呆，不再搭话。纵身跨上曾二牛骑来之马，直奔贾家而去。

贾秀才明为衙里文书，实为王紫阳师爷，写得一手好字，为人和善，大人细娃都喜欢他。唉，这么一个好人也会遭雷打? 老天爷真是没长眼睛!

当王紫阳赶到贾家时，已有十几位街坊邻居聚集在这里了。秀才娘子正抚尸大恸，旁边几个老太婆陪着悄悄地掉眼泪。

王紫阳走过去，将其扶起，轻声安慰她节哀顺变。

哪知秀才娘子脸上，既无一丝悲色，也没有看到一滴眼泪。

王紫阳心甚诧异，一时无言以对。

妇人乃贾秀才前年续的二房，两人年龄相差很大，典型的老夫少妻，料想没啥感情可言。可常言说得好，一日夫妻百日恩呢。为什么贾秀才刚刚去世，这个妇人一点也不悲伤呢？

王紫阳想想确实不妥，却又说不出有何不妥来。只得吩咐差人将围观者疏散，欲私下问一问妇人，贾秀才如何遭雷击致死。

贾妇原本跪在地上"干号丧"，见王大人刨根问底追询事故根由，突号啕大哭起来。眼里硬是挤出几滴泪水，直哭得撕心裂肺，哀怨动人。

妇人一边失声痛哭，一边断断续续述说："大人啦，刚才那阵暴雨下得真是可怕啊……夫君与姜家正立于屋檐下观雨，谁知一声震天霹雳，盆大一个火球从天而降，直奔夫君而来……姜家顿时吓得昏了过去……醒来时，见夫君浑身上下乌黑一片，早已气绝身亡了……"

诉罢，妇人又号啕大哭不止。

王紫阳并未理会妇人一番表演，踱步来到贾秀才尸体旁。

仵作正在勘验，见了王大人，一边用铁钎撩起贾秀才身上破裂成绺绺的衣裳，一边指着乌黑的尸体说："确系雷火所燎。"

王紫阳拍拍仵作肩膀，示意其让一让，他要亲自动手检视一下尸体。

适才仵作一番讲解，不无道理。然细察雷击现场，又有许多可疑处。

贾妇曾言一火球自天而降，击中了贾秀才，其来势必为自上而下。然王大人则发现，院坝里雷击坑四周，屋顶木架无一例外皆向外掀开，其力当是由下而上所致。

何也?

王紫阳曾于遂州较场坝，亲眼见过火雷爆炸现场，与此情形一般无二。

王大人心里虽存疑虑，却没有十足把握。事关人命，岂敢妄下结论? 便一边请仵作按雷击说了结现场勘查，一边嘱咐衙里与贾秀才交好者，相互凑些银两，厚葬之。

王紫阳闷闷不乐地回到府上，心里老是想着贾秀才之死因。常言说得好，日有所思夜必有所梦，旬日之间，王大人竟然数次梦见贾秀才! 直觉告诉他，贾秀才之死必定另有隐情。

晃眼到了夏至节。

夏至乃公休日，一大清早，王紫阳换了便服，自个儿上街随意溜达。

街上行人不多，商铺也大多关着门。唯南街火药铺里，李老栓正挥汗如雨，配制火药。

王紫阳饶有兴趣地上前搭白:"老栓，大清早制药，生意肯定不错哈?"

李老栓见是王大人，忙停了手里活儿，笑呵呵地答道:"回大人话，小老儿能混口饭吃就不错了，哪里还什么生意不生意的。"

"看你说到哪里去了，大老早地就在忙活，不是生意好是什么呢?"王紫阳索性蹲下身子，用手摸摸黑乎乎的火药末，很随便地问道，"威力如何?"

"不瞒王大人，李家祖传制药法，一硝二硫三木炭，外加霹雳珠，制鞭炮赛火炮，制地雷胜炸雷。小老儿的火药不仅供应遂州军备处，还多售与城乡猎户们。"

王紫阳听李老栓说得口滑，一下子来了十二分精神，嚷嚷地说道："嘿，告诉我，都售与了哪些猎户？本令也好打猎，下来与之相约，一同进山猎狩。"

李老栓见王大人兴趣盎然，自然更加地来劲："远的不说，这南街的张猎户，大人可曾识得？"

"识得，当然识得。那不是贾秀才的好朋友张苞么？听说是个不错的猎手。"

"吓，此人可是一等一的猎手！"李老栓越发精神起来，"这张苞倒是一条仗义汉子，听说贾秀才的葬礼，他没少出力气。眼下还时常送些野兔山鸡，给秀才娘子呢。"

"啊？"王紫阳似乎十分钦佩此人，"听说他的枪法奇准，经常进山打猎，怕是要用不少火药吧？"

"那是当然，上个月才在小老儿铺子里买了三十斤火药，这个月初又买了二十斤。"

王紫阳听到李老栓这么一说，心里怦地动了一下。一个猎手正常用药量，月不过两斤左右。张苞却在五十天内，购了五十斤火药！莫非……

想到这里，王紫阳突然激动起来，旋即从地上直起身子，声称有事，快步奔回县衙。

李老栓见王大人一言不发地走了，豁着一张嘴，莫明其妙地摇了摇头。

王紫阳大步流星赶到县衙里，遍寻不见一个人影花花，心里暗自着急。一眼瞥见捕头常五手提一篮菜蔬，正慢悠悠地从菜市场向这边走来。不由分说将其拽住，附耳嘀咕好一阵子。

常五摔下手中菜篮子，拔腿往外飞奔。片刻，领四个差人，来到县衙。

王紫阳早已签发好逮捕公文，急令常五火速前往南街，将猎户张苞缉拿至县衙候审。

张苞年约二十五六岁，仪表堂堂。

常五一行将其捆绑至衙门，居然没有一点惧色，昂然立于大堂之上。

王紫阳端坐堂上，猛然一拍惊堂木："跪下！"

张苞傲然不跪："小民未犯王法，哪有下跪之理？"

"大胆刁民，不用大刑，谅你不招！"王紫阳喝令左右，棍棒侍候。

众差得令，手里乱棍齐下。

张苞甚为顽固，不屈地抗争道："小民身犯何事？竟遭此棍棒毒打？真是天大的冤枉啊！"

王紫阳叫众差停止用刑，冷冷地反诘道："冤枉？难道贾秀才之死，与你无关？"

张苞闻言，越发叫起屈来："贾秀才乃小民生死兄弟，半月前遭雷击而亡，众邻皆知。大人当日不是亲自验过尸吗？怎言小民相害于他！"

王紫阳见张苞不肯就范，急传火药铺李老栓到庭。

"大胆张苞，可识得此人？"

张苞斜视一眼，原本毅色的脸上，稍微有了些许不自在，嘴里却说道："小民自然识得老栓。"

王紫阳嘴里"哼"了一声："上月中旬和本月初，你可在他铺子里买了五十斤火药？如此数量巨大，药今安在？"

张苞听到王大人如此一说，突然没了语言，直把牛卵子似的一对大眼瞪得溜圆，恶狠狠地盯着李老栓。

李老栓被他双眼一瞪，顿时吓得身子矮了半截，战战兢兢地直往后退。

王紫阳见状，心中已然明了。询话间多了些许调侃："本令念你是一条汉子，如据实招了，赏一杯鹤顶红，保尔一个全尸入土！"

张苞知事情已经败露，虽性情刚烈，却也害怕断头之苦，只好把实情一一招供。

猎户张苞生性豪爽，为人仗义又好助弱锄强。贾秀才一介文弱书生，免不了受街市混混欺负，其路见不平，多次拔刀相助，一来二往，两人成了莫逆之交。

秀才之妻贾王氏，正值妙龄，春情浓烈似火。偏偏贾秀才年事已高，行不了那房中之事，妇人夜夜寂寞难熬。自打见了张苞后，贾王氏整日里心猿意马，多次乘无人之时，用语言撩拨于他。

张苞初时不肯，终经不住妇人百般搅缠，遂勾搭成奸。

谁知去年腊月，奸情被贾秀才无意撞破。张苞羞愧难当，又是妇人怂恿于他，谓不如将贾秀才除去，既可保全面子，又可长期厮守。

人说红颜祸水，此话一点不假。张苞天生一个豪爽之人，却受此妇人之累，迷失了心窍。二人经过长期合谋，先于地下埋了大量火药，只等雷雨一到，便可动手行动。

端午节一场大雨，火闪雷鸣。

二人大喜过望，将贾秀才活活捂死后，抛于火药堆上。又在尸体四周撒了厚厚一层火药，然后将其点燃，"轰"的一声巨响，声如炸雷。

待到四邻奔来相救时，又有谁不相信，贾秀才是遭雷击身亡的呢？

一衙众人，听了张苞招供，皆叹人心不古，竟有如此险恶者也。

然天网恢恢，疏而不漏。若非老天有眼，王大人明察秋毫，奸夫淫妇必定逍遥法外。

七月初九，午时三刻。

斩张苞与妇人于安岳县城东水桥，观者如潮。

神卜

阳春三月，桐子花开，天气正一天天暖和起来。

康年勋站在自家门前的阶沿上，远望青山如黛，心情却像苍茫的暮色一般迷惘。今天是他到射洪为令十周年的日子，同僚们设宴为他庆贺。席间，衙里的大小官员，纷纷给他敬酒，无不夸赞他十年来政绩卓著，深得百姓拥戴，祝愿他早日青云直上。

唉，就是这最后一句祝词，触痛了康年勋的神经。

国朝以来，康大人在射洪县历任县太爷中，论品德能力无出其右者。但不知道是何缘故，他却始终得不到上司的赏识，一直"窝"在这个小小的县令位置上，胡子都熬白了，也没有得到升迁。每每看到他人晋升后的春风得意，康年勋的心里就像打翻了五味瓶，酸甜苦辣咸样样俱全。最近一段时间，听人说遂州知州一职很快就要补缺了，他的心里又开始活泛起来。

谷雨节。

平常的公休日，康年勋总爱一个人到处走走，今天也不例外。一大清早，他便身穿粗布麻衣，独自一人来到遂州广德寺进香。听同僚说广德寺许愿灵得很，求官得官，求财得财，子时头香已卖到五十万金，仍一炷难求。

康年勋慢腾腾地向山门走去，老远看到那棵百年黄葛树下，端坐着一位算卜瞽叟，白布招子上大书着三个字——"神卜张"。

但凡心里有事又无力化解的人，无一例外地十分迷信，神神鬼鬼颇多禁忌，康年勋也不例外。他刚踱步来到算卜者的摊子面前，瞽叟突然说道："来人龙行虎步，必将军也。"

康年勋吃了一惊，表面上不动声色，装出一副苦力之人的口吻，漫不经心地叱道："你一个瞎子，何故在此打胡乱说？"

算卜瞽叟一本正经地说道："我虽是一个瞎子，心里却比邋遢之辈明亮得多！公步履沉稳，非大勇者不可为也。"

康年勋将信将疑，请求卜一卦试试。

瞽叟叫他附身向前，伸手抚其头，摸其身，捉其脚。凝神良久才对康年勋轻声密语道："您凤头龙身虎步，贵不可言，不知为何流落此间为民？"

康年勋见瞽叟满脸凝重地问，不再诳他，据实告诉自己乃射洪县令，到广德寺进香，想求得晋升之道。今被大仙"慧眼"识破，恳请点拨一二，本令可否争取遂州州牧一职？

占卜瞽叟再做凝神状，沉吟再三后，授计曰："潼川府台李大人求贤若渴，您何不前去一试？"

康年勋接过话茬说道："府台确视晚生为国家栋梁材，然李大人刚正不阿，决不会为了本令徇情枉法。"

瞽叟耳听四下无人，便在康年勋耳朵边密语授计。

康年勋直听得连连点头，他一边掏出一个二两重的翘宝银子塞给占卜人，一边欢天喜地而去。

占卜瞽叟掂一掂手上的银锭，脸上露出一丝意味深长的笑。

康年勋急急忙忙赶回射洪县城，着人传话将心腹捕头田鹤飞叫到卧室里密谈，命其携万金赴潼川为府台大人祝寿，亲书密函数笺，一并转呈李大人。

田鹤飞领命后，当下率领十名捕快护车前行。

射洪至潼川一线路径，沿途皆浅丘平坝，当天夜里酉时，一行人来到云台观古刹。此去离潼川府尚有六十里路，田鹤飞决定留宿道观中。

道长松明子见有官兵入驻，连忙准备晚膳供奉。田鹤飞与手下兄弟挑拣吃了些菜蔬米饭，滴酒未沾。

晚饭后，一行人早早上床安息。

不知是鞍马劳顿，还是观中清静，众人头一挨枕便一场好睡，直睡到翌日红日东升，犹睡意醺然。

天既明，田鹤飞懒洋洋地起了床。他站在厢房阶沿上仰头打着呵欠，心里却有些奇怪，昨晚的瞌睡怎地如此醺甜？

众捕快已醒，纷纷穿衣起床。邻近金箧的兄弟突然叫道："寿金怎么不见了？"

田捕头闻言，顿时骇出一身冷汗。他快步来到内室，果见案头金箧空空如也，所置之金已悉数不见了踪影！

众人甚感奇怪，十余人共眠一室，谁也没有觉察到异样，团团围住之金咋就不见了呢？细察寝室内外门窗，又无撬动痕迹，难道金子还会长翅膀自行飞走不成？

想起夜里一场醺睡，田鹤飞认定必是观中之人作怪。遂喝令手下兄弟，速将寺内杂毛道士，悉数擒来审讯。

松明子一干道士面面相觑，不知何故遭到兵爷传询。

田捕头闷哼一声，拔刀砍案厉声喝道："箧中之金尽失，非尔等所为乎？如不据实招来，定斩不饶！"

一观道众闻言，皆长长地舒了一口气，纷纷拿性命担保，失金之事与己无关。

田鹤飞急火攻心，直气得双脚乱跺。反复拷询，众道皆言毫不知情。见审不出个名堂来，一时又别无他法，田捕头只得快马加鞭奔回射洪县城，将实情原原本本告与康大人知晓。

康年勋听了田捕头的陈述，也急得团团转。他本是一位清正廉洁的官员，万金之数乃是其一生的积蓄，焉有不心痛之理？

康大人情急之下，便要出具告示，通晓县境军民，悬赏缉拿盗金贼。

田鹤飞急忙阻止，轻声说道："此事怎可公告于众？望大人准假一月，待小人私下寻访，或可有所收获。"

康年勋用右手拍拍额头，仔细想了想，甚感田鹤飞的话有理。便以田父生病为由，准其所请。

田鹤飞回到家中，改装换束后扮成农夫模样，悄悄潜入云台观一带秘密暗访。他的手里提着一把粪铲，肩上挑着一对竹篾筐，见了野地里的人畜粪便，就一一铲进竹篾筐里，闪悠悠地挑着行走在田间地头。

一日，听茶棚子说书的"周眼镜"讲，距此不远的安居古镇，新近来了一位算命先生，能掐会算，啥疑难事都能化解。

田捕头一直吃着六扇门的公家饭，三教九流之事皆有所涉猎，当然知道算命先生见多识广且消息灵通，说不定人家就有关于失金的消息呢。想到这里，他撂下肩上的粪挑子，只身来到安居骡马市，远远看见街口悬挂着一块布招，上书"神卜张"。布招下的小条案前，正襟危坐着一位瞽叟。

田鹤飞装作若无其事的样子，上前相卜。

201

瞽叟不待田捕头发话,仰着头张口就说:"可是前来相卜失金之事?"

田鹤飞闻言吃了一惊,同时也暗自高兴,果然有些板眼!他见左右无人,并不转弯抹角,直言将实情相告于卜者。

瞽叟又轻描淡写地说道:"瞎子略知一些线索,你去雇一辆敞篷马车,然后载我一同北去剑州,或可找到你失去的东西。"

田鹤飞听占卜者说得肯定,于是花钱雇一辆敞篷马车载之同往。初一日,尚可见村落田舍,农人们三三两两在地里劳作。次日再行,渐入茫茫大山中,道路崎岖不知远近。三日黄昏,抵一山中小镇,石碑阴刻"青杀口"。

车停在镇南门入口处,卜者对田鹤飞说道:"已达目的地,你只管往镇中走去,当有消息。"

田鹤飞闻言莫名其妙,只道占卜人引来此地必有所获,哪知瞽叟儿戏一般捉弄自己,心里甚为恼怒。

卜者听田鹏飞呼吸粗如吹鼓,知他不信于己,便讥诮道:"当真是蛮牛一般蠢汉,怎识得山人神通?!"

田鹤飞望了望暮色四合的天,哪有心思听瞎子胡诌?唉,一时苦无他策,只得徒步走进镇中。令他没有想到的是,这么偏远的一座山中小镇,居然万瓦鳞次,人流如织,异常繁荣。

田捕头来到镇中十字街口,正在东张西望间,忽然有人在他的肩上拍了一下,轻声说道:"君非此间人,可自遂州来?"

田鹤飞闻言吃了一惊,难道这座偏远的川边小镇里,还有熟人不成?心想既然有人识得自己,告诉他又有何妨?

来人精精瘦瘦的像只山猴,听了田鹤飞的话,不再多言,嘱咐其随己前行即可。

二人曲折婉转，绕行数条街道后，终至一座大宅前，望之皇皇如帝殿。

田鹤飞随"瘦猴"步入宅内，大宅庭院深深，两厢及前厅皆寂寥无人。

两人一前一后来到二进的中堂，"瘦猴"嘱咐田鹤飞稍待片刻，自己推门进入厅内。俄尔复出，"瘦猴"上前挽了田鹤飞的手，一同进入中堂。

堂内摆放着偌大一张紫檀巨榻，上踞一位相貌雄奇的伟男子，赤足盘坐木榻上。巨榻两旁，各有二名俊美男童，侍立左右。

田鹤飞上前毕恭毕敬地打躬施礼，伟男子抬头睖了他一眼，瓮声瓮气地问他到这里来干什么。

田鹤飞拘谨地立榻前，小心翼翼地据实告之。

伟男子端坐紫檀巨榻上，不再言语，左手指一锦衣童子，点了点头。

那童子一阵小跑出了中堂，赓即有二位少年抬着一叠金条，来到堂中。

田鹤飞定眼细看，见金条上的封识毫发无损，果然是自己在云台观丢失的寿金无疑。

伟男子抬起头来，对田鹤飞说道："康年勋自诩一生清廉，他怎么会有如此众多的金条呢？"

田鹤飞听到伟男子这么一问，当下哑然无语。他自认为与康大人私交甚密，却真的从未想过，康年勋何以会有如此巨额的财产？

伟男子见田鹤飞默不作答，也不再相问，嘱咐锦衣童子带田鹤飞前去用膳。

锦衣男童躬身交手于腹前，轻快地在前面引路，田鹤飞亦步亦趋地跟在后面。转过数道曲廊，至一小院旁，二人从侧门而入。

小院的东厢房内置一餐桌，食物丰盛而精美。

田鹤飞的肚皮早已饿得咕咕叫了，当下坐在桌前，毫不客气地大快朵颐。食毕，锦衣童子又引到小院的西厢房中，侍候田鹤飞洗漱住下后，才轻足轻手地离去。

是夜，明月高悬，把一座小院明晃晃地照得如同白昼。

田鹤飞满腹心事地躺在床上，一时无法入睡。他不知道占卜瞽叟凭什么判定失金已到了青杀口？更不知道这座豪宅的主人是谁？那个气度不凡的伟男子又是什么来头？一连串的问题，搅得田鹤飞头昏脑涨，越发地不能入睡。

到了二更天，田鹤飞翻身起床，打开后窗向里张望，粉壁上累累挂满腌腊制品。细看之下，田捕头顿时魂飞魄散，那些腌腊制品居然是用人的耳朵鼻子和舌头制成的！

田鹤飞大惊失色，欲偷偷地逃出去。但遍寻四壁，居然没有任何窗户门洞可用！

田鹤飞一下子瘫坐在地上，战战兢兢地一夜不敢入眠。

翌日天明，锦衣童子前来传唤，呼其东厢用膳。

田鹤飞起身来到门前，特意摸了摸门枋，他感到如梦一般不可思议，昨夜遍寻不着的门窗，今日又真切地呈现在眼前。

锦衣童子领田鹤飞复又来到中堂。

伟男子在紫檀巨榻上盘坐如初，瓮声瓮气地对他说道："失金已不可再得矣，我自当修书给康年勋。"

伟男子一边说，一边在榻上铺了纸张，匆匆一挥而就，折叠装入信封中，顺手将信封掷出。

信封在空中疾如飞矢，"呼呼"有声，到了田鹤飞面前，突然下坠落于地上。

田鹤飞惊得两股战战，连忙将信封拾起，诚惶诚恐地收入怀中藏好。锦衣童子遵主人所嘱，把他带到镇南门外，晃眼不见了踪影。

田捕头站在镇门牌坊下，回忆昨夜经历，依然犹如梦中。他哪敢在此久留？寻得一匹快马，飞一般奔回射洪城里。

当天夜里，田捕头不顾旅途困顿，悄悄潜往拜谒康年勋，绘声绘色地讲述了自己近日的所见所闻。

康年勋听得心惊肉跳，脸色一会儿红一会儿白，嘴上却大声叱责田鹤飞胡言乱语，分明是在搪塞本令。

田鹤飞见康大人责怪自己，急忙从怀中掏出书信，双手呈献给康年勋。

康年勋接信在手，启视内笺。初及目，脸色突大变，匆匆退入内室，点火将书信烧掉。

田鹤飞呆呆地站在书房里，他不知道康大人何故大惊失色，也终不知伟男子所书的具体内容。

翌年七月，义军举事川北，首领为一瞽叟，号"暗无青天白日大将军"！

师爷

钱家花园位于古遂州顺南街，左傍州衙，右邻镇江古寺，占地百亩之阔，气势恢宏，列州城中三大花园之首。

清乾隆三十二年，钱家花园主人钱江月一时心血来潮，花钱去州衙内谋了一个小小的文案职员，别看他职务卑微，却是州衙里红得发紫的厉害角色，但凡公事私事，一路"孔方兄"开道，无往不利。其人生性狡诈，善于讨好迎合他人，由是深得上司赏识。

钱江月时年三十有二，仪容丰美，经常穿着绫罗绸缎在衙门里四处招摇，风流自赏，同僚私下讥曰"顾影翩翩钱太守"。

钱氏一族，祖上贩盐为业，乃遂州城里数一数二的大盐商，创下的"钱记盐行"招牌百年不倒，至今仍高高飘扬在盐市街上。

钱江月继承祖上基业，富甲州里，自然会引起同行或他人的妒忌和眼红，时常弄出些龌龊事来，让人好生心烦。钱记盐行到了他这一代人手上，弟兄几个已不再是只顾挣钱而不与官府往来的"纯商"了。如今这个世道，不论你多么有钱，也只能算个富民，官家要你破产，那是分分秒秒的事。

有鉴于此，钱江月接掌钱记盐行后，便上下使钱，终于在州衙里谋得了这个闲职。其实，谁都知道，钱江月来州衙里公干，并不是想要谋个一官半职，而是在寻求一种保护，正是他这种半官半商的身份，反倒让同僚们十分看好他的仕途。

钱江月呢，根本没有那分要求上进的心思，他到衙门里办公，历来是三天打鱼两天晒网，每每到了关键时刻，就大把大把地给上司送银子，以期业绩考核时能够顺利过关。

上司不知是会错了意还是另有他图，总之不遗余力举荐他做了遂宁县令。

遂宁令一职历来是个肥缺，县境内盛产井盐、蔗糖，唐宋之际以此"赋甲两川"。到了国朝初年，仅盐厘一项的税额就大得吓人，漏洞也大得吓人。钱江月经营盐业多年，当然知道里面的名堂繁多。别人没有想到，他肯定也没有想到，上司会将这把交椅给自己坐。

嘿嘿，谁说钱不是好东西？只要有了钱，什么人间奇迹都可以创造出来。这么一想，钱江月就美得好几个晚上没睡着觉。

四月初八，钱江月乘坐四抬蓝呢大轿到县衙走马上任。

一行人沿着盐市街前呼后拥地走来，所到之处，市井小民纷纷避让。钱江月感到从未有过的威风，让衙役把开道的大锣敲得格外地响亮，他希望有更多羡慕和敬畏的目光看着自己。

途经天上宫时，知县大人从轿帘内看见街对面的人群里，楚楚动人地站着一位身着红衣绿裙的二八女子，顿时一双眼睛就直了。目不转睛地注视良久，直到袅娜倩影从视线里消失，才魂不守舍地叹了口气，恍恍惚惚来到衙内，接受他人恭维。

钱江月新官上任，县丞及以下官员无不竭力讨好。然任由僚属们说尽奉承话，他都始终未做一句酬答。

众僚见新任县令如此倨傲无礼，心里很是气愤，却没有人敢表露出来。大伙只道他的后台硬，眼高于顶看不起自己，便不屑和他一般见识。也有人视钱江月一个盐贩子，不是当官的料，哪知道官场上的礼数？

钱江月甫任新职，理当兴奋几天，但他却没有一丝新鲜感，整日里眯起一对小眼睛想事。身边的人怕触了霉头，纷纷躲着他。

钱家花园有位师爷，姓汪名洋，浙江绍兴人，前年春上流落遂州，被钱江月收留府上。近日，汪洋见主人愁眉不展，私下里多次相询，欲为其排忧解难。

钱江月素来对汪师爷信任有加，忸怩一番后，将心里所想一一告诉了他。

汪洋知道了主人的心思，松了一口气。一个小女子也值得魂不守舍么？他抽空到天上宫一带溜达，访得红衣少女乃全泰堂大药房掌柜赵顺成的女儿，小名珠珠，年方十七。惜与他人早有媒约，断没有到钱家为妾的道理。

汪师爷据实相告。

钱江月苦叹良久，和衣侧卧凉床上，蒙头大睡。

汪洋看在眼里，知道主人心有不甘，便请钱江月不要着急，让他好生想想，或有他法可行。

钱江月闻言后，复又翻身坐起，郑重地许诺道："以三个月为期限如何？若事成，当课以重金为酬！"

汪师爷见主人志不可移，偏又苦无良策，心里难免焦急万分。夜里，躺在床上反复思谋，仍然无果。待到天明时，竟不辞而别。

多日后，钱家花园的人发现，汪洋竟然在全泰堂附近，租了一套带门面的房子，做起了倒卖中药材的生意。

钱江月听了下人们的报告，心里暗自高兴欢喜。

钱家花园的汪师爷开店倒卖药材的事，多少让人有些意外，不知底细的人，互相打探着消息。

汪洋眼泪汪汪地告诉街坊邻居，自己被钱家人炒了鱿鱼，不得已才下水倒买倒卖药材，以期赚点薄利糊口。

只有钱江月知道，汪师爷这么做的目的全是为自己。

汪洋于药市之道一窍不通，哪会做什么生意。就让钱江月大把大把地赔银子，只要全泰堂有事，不论轻重缓急，必定鼎力相助。至于所贩药材，更是赔本赚吆喝，让赵顺成赚个盆满钵满。

月余，汪师爷和赵顺成已为莫逆交。

赵顺成有了汪洋这个好兄弟，心存感激，隔三岔五请到家里，你兄弟我哥子地大醉一台。每每醉酒后，汪洋又心急如焚，眼见三月期限已到，主人所托之事却毫无进展。

钱江月倒不着急，他相信汪师爷的智慧。

一夕，主仆二人闲聊。钱江月谈及近日县里捕获一盗，将于三日后问斩。

汪洋听到这个消息，心里猛地一动，一条计谋迅速涌入脑海。他连忙挪过身子，俯身对主人轻轻耳语数言。

钱江月闻听后十分欢喜，连连点头称是。

当天夜里，汪洋携酒肉独自来到县狱，挥手屏退左右，坐在牢房的地上与盗倾壶长饮。

盗屡犯血案，自知必死，没想到遂宁这个地方，居然还有人来为他送终。知其必有所求，心底依然大为感动。他一边喝酒吃肉，一边询问汪洋有何事相求。

汪洋乘了酒兴，泣声伪语道："实不瞒好汉，在下本是遂州世家子弟，因遭全泰堂赵顺成迫害，父母双亲均死于非命。吾生为七尺男儿，自幼师孔孟之道，又熟读诸子百家，深知百事孝为先。奈何手无缚鸡之力，不知此仇如何得报？"

言毕，泪珠儿滚滚而下。

盗闻言勃然大怒，将手上的铁链抖得哗哗直响，慷慨激昂地怒吼道："赵顺成这个老匹夫，吾恨不能一刀结果了他！"言罢，又摇头连连叹息，"惜吾将死之人，已难为恩人报此大仇了！"

汪洋听到他这么一说，连忙双手捧了酒碗，单膝跪在地上，声泪俱下地说："英雄若真心帮我报仇，请在官前言赵顺成乃壮士赃物窝主，老贼必遭戮矣。此事成与不成，英雄都请受在下一拜！"随即将酒碗递与盗，着着实实在地上叩了三个响头，又假惺惺地说道，"在下无能，只得出此下策，还望恩公明鉴！"

盗见汪洋至孝，心里十分敬重他，将碗中之酒一饮而尽，朗声说道："今生能够结交兄台，未枉来世上一遭矣！"

三日后，赵顺成因窝赃之罪与盗同斩于犀牛堤。

汪师爷踉踉跄跄来到全泰堂，见了珠珠母女，抚面而泣。他一边命人运回赵顺成的尸体，一边忙里忙外团团张罗，并拿出银两帮助赵家筹办丧事。

全泰堂遭此祸事，让珠珠母女俩痛不欲生，更令她们没有想到的是，"守七"之期未过，许多不明身份的索债人纷纷前来讨债。讨债人手里无不握有赵顺成签押的字据凭条，计有债务三十万两之巨！

珠珠母女不知有诈，直吓得相拥而泣，二人哪里去找这么多的银子来还债？

汪洋痛心疾首，他一边骂赵顺成糊涂，一边慷慨解囊，当着珠珠母女的面，一一为她们还清债务。

珠珠母女俩对汪洋心存感激，恨不得变牛变马来报答他的恩情。

汪洋一计方出，一计又生。他阴使市井恶少登门调戏珠珠，并四下散布流言，胡说珠珠早与泼皮恶少有染，是不贞不洁的女子。

珠珠婿家之人闻听流言蜚语后，信以为真，居然敲锣打鼓地到全泰堂悔了婚约，并索要先前下的万两聘金。

事情发展到这一步，珠珠母女俩已陷入山穷水尽之境，只好求助于大恩人汪洋。

汪师爷装模作样地沉吟片刻后，情深意长地说道："汪某前主人钱江月大人，乃仁义之士，新近迁升遂宁县令，有心纳一妾贺喜。吾见珠珠品貌端庄，如果能够得到钱大人的首肯，你二人不但可以摆脱眼下困境，还可一辈子享受荣华富贵！"

珠珠的母亲怕女儿到钱家为妾当受气包，心里本不情愿，但苦于没有他法，只好答应了他。

珠珠见汪叔满脸诚恳，也点头默许。

汪洋得了二人准信，连夜赶回钱家花园报喜。

钱江月得报大喜，暗地里送了汪师爷一千两银子，反复叮嘱不可走漏丝毫风声。

汪师爷找南街算命的王瞎子算了一卦，婚期定在八月十六。

谁承想，三日后正做着美梦的钱江月，好端端得一怪病，颈患恶疮不治，旬日断项而亡。患疮断项处，有如刀斧斩过一般齐整，俗称断头疮。老百姓说，钱江月作孽太过，被恶鬼砍了脑壳。

说来日怪，不出三月，汪洋也得此怪病，但他没有即刻死去，而是挣扎七个月后才断项落头，死时已状如厉鬼。

邻人十分不解，汪师爷素有善名，怎么死得比钱江月还惨呢？

黑虎

柳园坐落在老鸹嘴上，是顺庆府数一数二的大庄园，无聊文人称之为"嘉陵江畔最美的记忆"。

唐隆庆在柳园做护院已经两年了。

两年来，他一直埋名隐姓，全府上下只有庄主柳明阳知道他的真实姓名和身份。六年前，湘军攻破天京城时，唐隆庆已身受重伤，但他仍以惊人的毅力，在乱军中乘机逃脱，先后辗转数千里路，于前年腊月回到了蜀中。可是，他的家人早已死的死逃的逃，偌大的家园也被清廷的鹰犬一把大火烧了个精光。

这位昔日天王府的带刀侍卫，痛感沧桑，泪流满面地站在滚滚东流的嘉陵江畔，望着天京方向拜了又拜，准备跃入江中了此残生。

柳园的庄主柳明阳收留了他。

柳明阳是一介文士，却喜欢和江湖上的朋友往来，蜀中道上的朋友说到他时，都会翘起大拇指，称赞他是当代的"孟尝君"。

唐隆庆来到柳园后，处处谨小慎微，从不和人过度交往。他待人接物和颜悦色，丝毫没有天王府带刀侍卫的霸气。时至今日，柳园上下仍然没有一个人知道，他就是昔时蜀中大名鼎鼎的"追魂刀"曹天宝。

柳明阳爱其武功既高，人品又好，经常设宴邀请他一同小酌。

唐隆庆感谢庄主的恩德，处处维护着柳明阳。久而久之，二人渐成莫逆交。

偌大的柳园里，只有唐隆庆是一个人吃饱了全家人不饿的单身汉。闲暇时，难免孤独寂寞。奶娘黄妈见他整日里愁眉不展，就把一只小猫咪送给他做伴。

唐隆庆感谢黄妈妈一番好意，便悉心地喂养这只小猫咪。自从有了这只猫咪后，唐隆庆像变了一个人，脸上也有了难得的笑容，只是依旧不和人交往。他把小猫当成了自己最好的朋友，有好吃的好喝的首先让给它，小猫咪也巴心巴肝地依恋着他。

初时，小猫并无奇特之处，唯顽皮罢了，时常叼些鳝鱼青蛇回来，吓得一园丫鬟奶妈子惊叫唤。大管家曾祥志就叫唐隆庆将猫送给别人，唐隆庆不许，将猫关在卧室里，对它讲些少惹是非的话。说来也怪，那猫好像真能听懂主人的话一般，从此不再抓那些吓人的长虫回来，变得十分地乖巧懂事。每当唐隆庆巡夜归来，它都会温顺地躺在唐隆庆怀里，用柔软的舌头去舔他的脸，父子一般亲密无间。

渐渐地小猫咪长成了大公猫，黑黑一身皮毛绸缎般漂亮。大黑猫雄壮如虎，他猫见了唯恐避让不及。唐隆庆亲昵地唤它"黑虎"，昼夜相随相伴，同榻共眠于柳园的桐油库房里。

同治九年春，朝廷颁布公告，在全国范围内拉网式清剿长毛余孽。告示上写得明白，有窝藏不报者，以通匪论处，杀无赦。

一时间内，身穿"勇"字号衣的兵卒，持刀荷枪四处奔突。普天之下，人人自危。

惊蛰节刚过，唐隆庆偶尔会看到一两个官兵模样的人，进进出出柳园。

每当这个时候，黑虎就用前爪抓住唐隆庆的衣服下摆，大声地鸣号。尤其是晚上，尖厉的声音让人心里发瘆。

唐隆庆并不在意黑虎的反常举动，只道它思春而嚎。

一日午时，天气烦闷燥热。

柳明阳照例携了酒肉来到桐油库，他看见唐隆庆倦卧在库房外的竹林下，也不吱声，独自启了罐盖，一股浓烈的酒香便弥漫开来。

唐隆庆闻香而起，像往常一样，毫不客气地又吃又喝。

二人席地而坐，不多时就将满满一罐美酒痛饮而尽。说来甚是奇怪，往日酒量甚豪的唐隆庆，今日里竟然醉得一塌糊涂。

柳明阳连连呼唤数声，唐隆庆都没有应答。他十分不解地摇了摇头，只好叫来下人，将烂醉如泥的唐护院抬进桐油库，平放在木架子床上，任由他呼呼大睡。

柳明阳原本想和唐隆庆酒后聊些江湖事，他喜欢听那些太平天国里发生的秘闻逸事，谁知道龟儿子竟然烂醉如泥?!

柳明阳顿感无趣，一时没了耍处，便携夫人和小姐到顺庆城，找好友王晓冬打牌去了。临行前，柳老爷再三叮嘱下人，要他们仔细照看好唐隆庆，谨防他酒后出现意外。

当日夜里，柳明阳赌兴颇高，虽然输了不少银两，却始终没有收手之意。其余赌徒乐得奉陪，一直玩到鸡鸣方止。

半夜亥时，突然有兵丁数十人冲进柳园，明晃晃地举着火把，将桐油库团团围住。

黑虎惊觉后，急忙用爪子抓扯主人的衣衫。

唐隆庆从酣睡中醒来，看见官兵已逼近身前，连忙提刀在手。谁知刚一动作，脑袋却爆痛欲裂，浑身上下力道尽失！步履蹒跚中，交手只数回合，便遭砍翻在地，被人用绳索绑了，推推搡搡出了柳园，径往顺庆府而去。

翌日寅时，柳明阳得到消息后，慌忙奔回柳园。下人们哭哭啼啼告知，唐隆庆已被官兵押解去了顺庆府。他听后双眼一翻，口中大叫一声"兄弟"，顿时昏厥过去。

三日后，唐隆庆被斩于顺庆府西山脚下的较场口，万民争睹。

黑虎寻至刑场，见主人已殁，凄惨地哀号数日后，悄然遁去。

寒食节，微雨初晴。

柳明阳午后憩于凉亭中，他看见莲池旁的柳枝上雨珠欲滴，嫩绿得实在可爱，不觉有些痴迷。猛可里觉得面如刀割，晃眼见到一只黑猫纵身没入窗外。

又十日，夜深至子时，柳园无故火起，顷刻间火光冲天。燎原大火中，柳园上下二十一口人全部葬身火海，无一幸免。

官府得报，百般盘查侦缉，始终无法确定纵火真凶。

据邻人张幺爷说，那夜火起之时，他正在户外小解，亲眼看见一只黑猫，浑身燃着熊熊大火，在楼阁亭台间，飞奔纵跳。众人细寻之下，果然在莲池旁找到一只烧死的黑猫，猫尸桐油味尤烈。

官府据此断言，猫不知何故掉进了桐油池，又不慎引火上身，负痛满院奔突，致使偌大的柳园毁于一旦，遂酿成如此人间惨案。

古画

残月如钩，晓星滴露。

晚膳时，张永康独自小酌了几杯射洪春酒，夜里一时半刻无法入眠。他本是个心境平和之人，近来却有些心烦。说实在的，同僚们的恭维，一半是真，一半是假。射洪为令已经七年有余，按理说，职务早该晋升了，可不知道为什么，每每到了关键时候，好事都化成了泡影。

唉，年近六旬了，可怜一介"老名士"还是个小小的芝麻县令。

今年春上，遂州知州唐潜莫名其妙死后，所有的同僚都认为张永康是知州的不二人选，他也这么想过。一来自己是正宗的进士及第入仕，当朝乾隆帝看过他的《香山诗钞》后，被其才情折服，赞誉他为"遂州老名士，蜀中第一人"。二来张永康当县令也有些年头了，其任内政绩卓著，在当地老百姓嘴里，口碑甚佳。

师爷曾三却不这样认为，他总说张大人虽然廉洁奉公，却不懂为官之道，更不知晓官场的潜规则。尤其是第二条意见，简直就是为官者的致命硬伤。曾三说的是大实话，张永康虽然满腹经纶，心气却很高，平时里自然看这看那都不顺眼，难免不遭同僚忌恨，上司更不会喜欢他这样耿直的下属。拿曾三的话说，谁见过不收礼的

216

上司？谁又见过不送礼的下属？

"上下关系狗连裆，不外乎搭伙求财！"曾三的话说得难听，却很在理。张永康要想得到知州一职，就得多准备钱物，到潼川府知府大人梁中舒家里走动走动，此事或可有些希望。

月行中天，张永康仍然倚窗未眠，望着一庭清辉，心里有说不出的苦衷。

他是一个不折不扣的读书人，从小饱读经史，深谙孔孟之道，骨子里透露出的莫不是读书人的高傲和耿直，哪里做得出拿钱买官的事呢？面对官场上的种种潜规则，他无能为力，也异常痛苦。不去活动走门路吧，任你有通天之才，也不会有人主动提携你；去联络感情上下打点吧，又深感有辱读书人的清誉。

张永康性情淡漠雅洁，平素里忙于公务，闲暇之余，喜欢读书作文，尤好古玩。今年春节，其到遂州南街古玩市场溜达，顺手淘得一画，经方家鉴定为吴道子手笔，得此重宝，欢喜得月余没睡好觉，匿于家中从不示人。梁中舒多次欲求一观，他都没让其看一眼。

张永康就是这样一个实在人，你说他啥好呢？

官场那些鬼蜮事，自古皆然。谁不知道上司的嘴巴两张皮，说话办事有走移？他说东有理说西也有理，就看你如何奉承了。

月隐西天，张永康依然难以入眠。思前想后，决定随曾三去一趟潼川府。

翌日天明，二人乔装打扮一番后，快马加鞭向北飞驰疾进。晚上申时，到了潼川城，张永康将曾三留在驿馆里，自己只身一人前去拜见知府大人。

梁中舒的府第在潼川城内屈指一数，坐落在府城中最繁华的顺城大街上，张永康没费多大劲就找到了。

护院的家丁见张永康一身布衣打扮，好说歹说不让他进去。

领头的瞥了他一眼，嘴里直嘀咕，县令？咋不懂规矩呢？梁大人早休息了，岂是你想见就能见的？

张永康听了领头护院的话，哪有不明白的道理？曾三不是说过宰相府里人人都是七品官吗？便笑眯眯地塞一个银元宝给他，说拿去请兄弟们喝酒哈。

领头的护院接过银元宝，哼都没哼一声，顺手揣进怀里，拿着张永康的名帖进了大门。

要搁在平时，张永康早发火了，但他今天是来求别人办事的"矮人"，只好耐着性子控制住自己的情绪，老老实实地站在大门前的石狮子旁静候。

门前另外三个护院，没捞到丝毫油水，见张永康一个糟老头像个乡巴佬，都围过来讥笑他。三人的话说得很难听，如果他是梁大人的老爹就请他马上进去，如果是梁大人的远房亲戚趁早滚远点！

张永康憋了一肚子的火气终于给点着了，他正要张口怒斥三个护院"狗眼看人低"，梁中舒已笑容可掬地跨出了大门。

张永康急忙上前，拱手拜曰："下官参见知府大人！"

梁中舒弯下腰，双手扶住张永康，笑呵呵地说道："张大人快快请起，深夜造访鄙舍，定有要事。"

张永康见梁大人如此热情，心里高兴，暗自赞叹师爷曾三果然高明！他随着梁中舒来到会客室里，顺手将门带上，双手毕恭毕敬地将万两银票呈上，嘴里喃喃自语地说，请梁大人多多关照。

谁知道刚才还满脸笑容的梁中舒，突然间脸色变得冷冷地毫无表情。他斜眼睨视着张永康，不冷不热地说："张大人近年来虽然勤勉有加，业绩却毫无长进，你叫老夫如何关照于你？"虽然毫不客气地收了银两，却没有半点赞许之色。

张永康热脸碰到了冷屁股，站也不是，坐也不是，只好仓皇地逃出梁府大宅。

回到客舍，张永康久久不能入睡，心乱如麻地胡乱想些不着边际的问题。想梁中舒本是一个打铁匠，却仗着姐夫高拱是当朝首辅，就坐上了潼川府的头把交椅。想自己一生克己奉公，政绩能力皆优于同僚，实不知这个猪狗不如的知府大人何故有此一说，"业绩毫无长进"?!

看来，晋升之事这辈子是彻底无望了。

窗外残月斜挂，清辉无言地照进房间。张永康披衣坐窗前，唤师爷曾三过来夜谈。

曾三跟了他三十年，从未有过二心。他也从不把曾三当外人，心里有啥不明之事，总爱向其求教，有什么烦恼之事，也总爱向他诉说。

曾三听了张大人的疑惑之语，忍不住哈哈大笑起来。

张永康不知道曾三何故发笑，责诘道："尔敢耻笑本官乎?"

曾三正色曰："小的怎敢取笑大人? 实则是大人憨厚可笑。您平时里只知埋头做事，一点不谙官场之道，此乃权术也。梁中舒所言非指大人业绩无长进，实则是说大人所呈银两没有长进罢了。"

张永康闻听此言，良久不语，似略有所悟。

潼川府所属州县的大小官员们，谁不知道梁中舒这个人? 虽然粗俗不堪，却喜欢附庸风雅，尤好收藏古今名人字画，凡有持字画奉送者，不论真伪一律赏识有加，为此还闹出过不少的笑话。

张永康想到家里收藏的吴道子《孔雀开屏图》，那可是绝世珍品啊! 唉，现在而今眼目下，只好忍痛割爱了。

梁中舒三言两语打发张永康走后，很得意地坐在书房里品茗把

219

玩古董。今年春上闹元宵，梁中舒去遂州赏灯，听人说起张永康收有唐人字画，当时就垂涎三尺，恨不得马上据为己有。原本以为今天他会带来献给自己，结果却只给了区区一万两散碎银子。"呸！遂州那个肥缺给你张永康，门都没有！"

曾三虽然做通了张永康的思想工作，张永康却再不肯去见梁中舒了。曾三无奈，只得托人转弯抹角呈告知府大人，张永康有意将吴道子画作呈献给他。

在梁中舒眼里，张永康就是茅厕里的一坨石头，又臭又硬。现在不同了哈，听说他有意将吴道子的手迹送给自己，欢喜得不得了，托人传话给张永康："遂州一职，非君莫属。"

清明，有富商从南方来射洪县城，执帖拜访张府。张永康不知南人所图，迎入客厅议事。

甫一坐定，南人就迫不及待地问道："听说大人有吴道子所作《孔雀开屏图》，不知可否让在下见识见识？"

张永康前日得了梁中舒允诺的准信，正高兴着呢。心想此画早晚归了那个粗人，让客人看看又有何妨？遂吩咐管家将画悬挂在厅壁上，任由南人观赏。

南人见之，始而惊，继而喜，终狂呼乱号，愿出百万之金购买。

张永康将信将疑，认为南人相戏于己。

南人正色曰："此画乃吴道子真迹无疑，传世仅此一幅，价值何止百万？"

张永康见南人说得真切，不像诳言，心思起了变化。暗自揣度到，自己已年近六旬，就算争得遂州一职，也不过数年任期而已，何苦将一幅绝世名画糟蹋了？更何况是送给一个自己毫不喜欢的粗俗之徒！

张永康心里这么想，嘴上却说："此画已有买主，岂可失信再转卖于你？"

南人闻言，立即脸红筋胀，一副情急拼命的样子。他知张永康所言已有买主是假，实则嫌他出价太低，遂狠心出价一百二十万金，势必要买下此画。

张永康假意推脱不得，二人击掌相贺，当场出具文书，签字画押成交。

南人说他的家乡远在南海，需回府上取款前来购画，再三叮嘱张永康等他三月。粤商交了五万定金后，欢天喜地而去。

张永康一夜暴富，按捺不住内心的激动，整日里喜气洋洋。

同僚们见了，私下里疯传他与知府大人沾亲带故，早已得了遂州一职。

张永康闻言后笑而不语，如此高深莫测的神态，更是让人确信所猜不差。同僚们便有人前去他的府上走动，欲为日后方便埋个伏笔。

知府梁中舒久不见张永康前往送画，不免有些着急。他派心腹之人三番五次前去暗示，均不见任何动静，不由得勃然大怒，恨其言而无信，遂密函飞呈姐夫高拱，委蓬溪令李涪山做了遂州牧。

委任状送达之日，同僚皆惊。唯张永康不为所动，依旧笑容灿烂如花，在家里掰着指头算日子，耐心等候南人的佳音。

转眼过了中秋，却始终不见南人的踪影，张永康暗自焦虑，心里不由得敲起鼓来。一日，偕夫人到潼川府云台观游玩，遇见知州李涪山及其随从十余人观中进香。内有一人，甚为眼熟，张永康藏在暗处仔细观察，确信乃南人无疑。

有识之者曰："此人乃李涪山师爷谢忌是也。"

张永康闻言，跌坐于地，良久不起。

野云渡

秋风渐起，纷纷扬扬的芦花，雪片一般弥漫江岸。涪水正渐渐消瘦，裸露出嶙峋的怪礁乱石，不时有野鸭从江畔飞过，"呀呀"地落入江心的沙洲上。

野云渡口，青石垒成的码头围着三棵硕大的黄葛树，树下的礁石上，蹲着一位手执钓竿的渔人，一动不动地像一尊雕像。头上的竹笠遮去了他大半个脸，让人看不清他的面容和真实年龄来。唯有那一只紧握钓竿的右手，十分地稳健，整整一个下午，都没有见到有过丝毫的晃动。

天色向晚，两岸的青山剪影一般渐渐隐去。

暮色苍茫中，两骑快马沿着江岸的驿道"嘚嘚"地飞驰而去。看骑手的穿着打扮，二人当是遂州衙门公差无疑。但不知有何急事，这么晚了，他们还在驿道上匆匆地赶路。

十天前，知州王明甫大人得京师友人飞鸽传书，说有朝廷要员即日莅遂。可是一直等到今日，谁也没有见到这位京官的影子。遂州城内一时传得沸沸扬扬，说这位京师大员神秘得很，放着遂州城里繁华的客馆不住，偏偏选择野云渡边的清风驿作为下榻之所，遂州官场恐怕要出大事。

222

王明甫无法证实这些消息是否可靠，但他还是做了相应的准备工作。除密令巡捕房的人将清风驿彻底清理一遍外，还在往来驿馆的大小道路上，设置明卡暗哨。他有理由相信，不论谁进入清风驿，第一时间里得到消息一定是他。王明甫这么做，明里是保护京师要员的安全，暗地里却在防同僚们捣乱，怕他们在京官面前说自己的坏话。

王明甫猫在清风驿馆已经两天了，可是他连京城里来人的影子也没有见到，心里好生纳闷儿。

难道京城朋友传递的信息有误？

打烊时分，王明甫一个人站在驿馆的阶沿上，望着不远处的涪江静静东流，一道残阳铺在一荡一荡的水波上，染得江水殷红如血。王大人正看得出神，那两骑快马已飞一般来到面前。

来人翻身下马，为首一人急急递上一份公文。

王明甫接在手里，打开信函一看，顿时满面惊讶。忙将公函胡乱揣进怀里，带了贴身小厮，径奔江边而去。

江畔夕阳返照，芦花片片飞红。大礁石上，垂钓者正在收竿。

王明甫急匆匆来到渡口的黄葛树下，江畔怪石嶙峋，脚蹬官靴的他走起来十分吃力。倒是跟在身后的小厮，像泼猴一般三跳两跳就到了渔人身边，压低声音说道："王大人请唐先生早些到驿馆歇息。"

渔人一点反应也没有，把头上的竹笠压得更低了些，不慌不忙地收了钓具，兀自往清风驿走去。

王明甫慌忙跟在渔人后面，屁颠屁颠直乐。

清风驿外，戒备森严，官兵们里三层外三层地持械把守。头戴竹笠的渔人手里持着渔竿，目不斜视地朝驿馆大门走去。

守门的兵丁正要喝问，冷不丁看见王大人点头哈腰地跟在后面，无不惊讶万分，赶紧低下头去，吓得大气都不敢出，哪里还敢盘问？

缓步跟在王明甫身后的那位小厮，一脸的稚气。他看见平时里霸气凌人的知州大人，竟然对一位渔翁如此毕恭毕敬，感到十分不解和好笑。等到渔人进入内室后，他把王明甫悄悄叫到一旁，轻声说道："大人，小的认为此人不像是京师来的官员，倒很像江湖豪客毒肠剑……"

王明甫瞪了他一眼，厉声叱道："鬼刀，不可胡说！兵部文牒我已亲见，怎可有错？好好保护唐大人，出了差错，拿你是问！"

鬼刀？这个满脸稚气的孩子，竟然是知州大人身边一等一的卫士鬼刀？！

"是！"鬼刀虽然将信将疑，在遭到王大人严厉训斥后，仍十分坚决地回答道。

清风驿内红烛高照，管弦齐鸣。厨子们将一道道精美的菜肴，流水一般送到上房里，又无声无息地倒退着出来。

鬼刀静静地守护在门外。

突然，室内传出一声惊呼："唐大人！"

王明甫大声叫道："鬼刀！"

鬼刀一闪而入，旋即手提一沉甸甸的包裹出来。到了驿馆的大门处，对守护的兵丁说道："快去馆内，京师来的唐大人出事了。"

众人手执明晃晃的刀枪，蜂拥而入。

王明甫将渔人平稳地放在地上，见他背心处中了一刀，伤口深达数寸！眼见没有救了，王大人脸上露出一丝不易觉察的微笑。

恰好一位胖厨子送菜上来，脱口称赞道："王大人，端的好计谋！"

王明甫慌忙跪在地上，对着胖厨子纳头便拜："唐大人，计谋倒是不错，可惜损失了下官两员得力干将。"

众人见王明甫跪在地上，这才知道渔人不是京师来的唐大人，眼前这位胖厨子才是那位神秘的朝廷大员。遂齐刷刷地跪在地上，不敢稍动。

唐大人见了，摆摆手叫大伙儿全都起来。他拍着王明甫的肩膀说道："一个毒肠剑算得了什么？待擒住了张孝天，十个毒肠剑也还给你。倒是那个鬼刀甚是可惜，好端端一个人才，怎么就成了张孝天的爪牙了呢？"

原来，朝廷早知潼川张孝天有谋逆之心，多次派员入川调查，然而奇怪的是，不论京师来人行踪多么隐秘，都无一例外遭到歹人暗杀。

皇上龙颜震怒，责令刑部务必于中秋节前侦破结案。

刑部尚书唐永年慑于天威，只得亲入蜀中彻查。鉴于前几任大员刚入蜀即遭人杀害的教训，唐大人事先派心腹潜往遂州，假王明甫卫士毒肠剑巧扮自己，又故意走漏住宿清风驿的风声，让潼川之贼不辨真伪。那毒肠剑身材相貌与唐永年相仿，加之武功高绝，平时又很少在遂州抛头露面，自然没有人看出破绽。

唐尚书有了这样一个替身，便放心大胆去做自己想做的事。他知道张孝天蓄谋叛逆已久，若前几次谋杀为其所为，此次必定还会如法炮制。果然，张孝天接到京师卧底的密报后，心中甚为恐慌，偏偏久寻不见来人踪迹，只好动用潜伏在王明甫身边的鬼刀，命其一旦侦知唐永年下落，须不惜一切代价予以刺杀。

鬼刀得了张孝天的指令，多方侦察无果，直到今日傍晚，才知江边钓鱼人是"唐尚书"。但他哪里知道，适才酒楼上却误杀了毒肠剑！

当天晚上，张孝天在潼川府得到鬼刀送来的"礼物"，喜得哈哈大笑。其在潼川经营多年，早有雄霸蜀中、窥视天下之心。鬼刀作为他最重要的棋子，一直安插在王明甫身边，目的是监控遂州局势，一俟举事，立即杀掉王明甫，以遂州之兵策应潼川，进而形成掎角之势。

有道是天网恢恢，疏而不漏。王大人无意中得知云台观主松明子乃鬼刀的师傅，遂指派毒肠剑悄悄去过潼川，探得松明子是张孝天府上的常客，二人交情非同一般，即对鬼刀起了戒心，但凡重大事项皆托付毒肠剑办理。

鬼刀真是了不起，一点不动声色，更没有一句怨言，依旧对王明甫言听计从，忠心耿耿。设若不是此次刺杀"唐永年"，王明甫几疑自己判断有误！

当鬼刀将毒肠剑的头颅呈献给张孝天时，唐永年从京师带来的四大内卫高手，正潜伏在张府客厅的大梁间。

大明洪武十六年白露节，明大军攻破潼川城，张孝天畏罪自杀。

鬼刀斩百人后拒不投降，被乱箭射死。王明甫怜其忠勇，收尸葬于云台观，坟茔至今犹存。

名厨

大清一朝到了光绪年间，早已气息奄奄无可救药了，全国各地的大小官员们，除了"贪贪贪"外，便是挖空心思往上爬。据《遂州志》载，连"一禾生九穗"这种乡下农田里十分常见的事物，都作为祥瑞呈报到了紫禁城。爱新觉罗·载湉这个小老儿，更不是什么好鸟，居然为此赐了一座"嘉禾堂"，大张旗鼓地修筑在遂州的顺南街上。

嘉禾堂是敕建建筑，在遂州衙门官员的眼里，就得像祖宗一样供着。那二年，嘉禾堂在偌大的遂州城里，可是一等一的神圣之所。后来川督骆秉章过遂，看中了嘉禾堂的雅致，州府衙门迎合其好，改作驿馆作接待之用。又重金从成都府聘来川菜名厨"十里飘香"掌勺，嘉禾堂遂成了好吃嘴的天堂，连三岁娃儿都知道这么一句歌谣："一日不到嘉禾堂，就吃龙肉也不香。"

既然是好吃好喝的地方，一定会有一些让人意想不到的古怪事儿发生。

四年春，嘉禾堂所处的顺南街上，果然就接连发生了两件怪事儿。

惊蛰节，嘉禾堂掌厨十里飘香莫名其妙失踪，一夜之间下落不明。谷雨节，邻近嘉禾堂的天上宫旁，如春笋拱地一般冒出一家店名"玉春堂"的餐馆，生意火爆得要死，每日里人满为患，但谁也不知道餐馆的主人是谁。

听老辈人说，名厨十里飘香失踪得很蹊跷，生不见人死不见尸。玉春堂更是日怪，好似天外飞仙一般，凭空就竖起了一面响当当的招牌。

日怪归日怪，玉春堂的后台老板究竟是何方神圣，谁也搞不清楚。有人说是潼川府上的政要，也有人讲可能是蓬南场水匪头子韩鹏山在暗中操作。总之，这个玉春堂的名气大得吓人，往来川内的客商名流，在这里随时可以品尝到全川各地不同风格的川菜精品。更令人惊奇的是，每隔十日，玉春堂必定能够推出一道创新川菜，菜品精美而风格迥异。

人靠名显、树靠皮存，短短数月时间里，遂州玉春堂的名头就盖过了成都府的蓉生园和锦官驿，声震两川，名扬巴蜀。

光绪八年春三月，当朝二品巡抚郭应甲由江宁回乡省亲。地方长官钟永定乃郭大人同窗好友，为表同袍情谊，钟永定专门在玉春堂设宴，为郭大人洗尘接风。

郭应甲在此闲居三日，每日里大快朵颐。他万万没有想到，遂州城居然有此等场所，人不挪窝即可尝遍家乡的佳肴美味。以至于巡抚大人返回江宁后，仍念念不忘玉春堂的好处。

护院张保见郭大人故乡情浓，便献计道："何不派人将玉春堂的首厨重金聘来江宁，终生侍候您老?!"

郭大人听了，默不作声，想想玉春堂红亮亮的辣子油，舌尖上已跳起舞来。犹豫片刻后，点头默许。

张保立即收拾行囊，携重金赶往四川。

郭应甲自从张保离开后，就掰着指头算日子，巴不得早一点吃上正儿八经的家乡菜。

二十日后，张保灰溜溜地回到府上。他十分不解地向郭大人诉说道："那些川人日怪得很，不仅首厨不肯来宁，连玉春堂跑堂的都不愿意离开四川，推说不习江南水土！"

郭应甲听罢，无可奈何地摇摇头，心里却痒痒地难受，整日里干吞口水解馋。从此以后，郭大人便闷闷不乐，一日三餐，食之再无味道。

有跟随郭应甲二十年的家厨郭忠，眼见主人食不甘味，念及大人平时里关照自己的恩德，决定返川偷师学艺。

"多则半年，少则三月，郭忠必回府上！"郭忠说。

郭应甲闻言大喜，决定派护院与之同行。

郭忠不允，执意只身一人潜往，以便相机行事。

自从郭忠走后，郭大人时常把自己关在书房里，一待就是两三个时辰，见谁都懒得搭理。一日三餐，更加的味同嚼蜡。

一晃月余，丝毫没有郭忠的消息。郭府上下，望眼欲穿。

转眼到了中秋节，江宁的天气已逐渐转凉，早晚还能见到房前屋后的地面上，铺着一层白白的薄霜。护院的老李头说，郭忠已经走了一百五十八天了。唉，怎么还不回来呢？

郭应甲坐卧不安，遂派张保率护院七人，前往遂州打探消息。

张保奉了主人之命，哪敢怠慢？立即带着一行人昼夜兼程，风尘仆仆地赶到遂州玉春堂。

当他们走进玉春堂的大门时，却被戴瓜皮帽儿的大堂主管告知，从来没有什么人到此学艺。并摇头晃脑地说怪话："肯定是那龟儿厨师迫于你家主人压力，借故逃往他乡去了。"

张保等人见堂倌贼眉鼠眼的样子，甚表怀疑。但别人说得滴水不泄，岂奈何他？

夜里，八个人悄悄潜往玉春堂，遍巡不见郭忠踪影。张保不敢怠慢，只得留下七人继续监视，自己则马不停蹄地赶回江宁，据实报告郭应甲知晓。

郭大人表面称善，心中却疑团顿生，觉得此事十分蹊跷。郭忠是他的亲侄子，跟随自己二十余年，忠心不二，断无他逃的道理。

莫非玉春堂内有啥名堂？

郭应甲当即密书一函，派张保火速送往遂州钟永定处，请其务必协查郭忠下落。

钟永定接此密函，深感事态严重。倘若玉春堂真有什么不法之举，自己作为地方长官，怎脱得了干系?! 遂连夜发兵，将玉春堂团团围住。

玉春堂大堂主管见钟大人亲自出面搜查，哪敢阻拦？摘下头上的瓜皮帽，点头哈腰地跟在钟永定身后，寸步不离。

钟永定带着亲信十余人冲进大堂，火把明晃晃地将厅内照得如同白昼。

玉春堂的名头在江湖上大得斗牛，不知底细的人，一定以为重楼叠阁相连，曲径走廊曼回，哪知道只是一座普通的木结构二层楼房？三百平方的大堂一目了然。

钟永定一行人四下打量，无不感到莫名的诧异。平时来这里宴会宾朋，多在二楼的雅间内用餐，偶尔也会在后花园里摆上一桌。谁也没有注意到，偌大的玉春堂里，居然连厨房都没得，更见不到一个厨师！

钟永定心里疑惑更甚，这个玉春堂肯定有古怪！他吩咐手下人仔细搜索，切莫放过任何可疑之处。

众人用手中的器械东敲敲西打打，终于在收银的柜台下，发现一条暗道直通地下。钟永定命人强行打开暗道口，顿时，一股浓烈的油烟扑鼻而出。

"瓜皮帽"见事情败露，双脚一软，瘫在地上。

众人定睛一看，偌大的地下室里，几十个厨师正挥汗如雨，各自埋头烹调着菜肴。

春上钟永定宴请郭应甲时，郭忠就陪在末座，钟大人自然识得他。没想到郭忠见了钟永定，立即号啕大哭起来："钟大人啦，你们再不来救我，郭忠必死于此矣！"

钟永定闻听此言，心中大为惊骇，他表面上不动声色，用手拍了拍郭忠的肩膀，安慰道："你不用害怕，把知道的全部告诉我。"

郭忠止住了眼泪，遂将自己的遭遇一一说了出来。

钟永定一听，胆边恶气陡生！他实在想不出来，这玉春堂的主人究竟是谁，何以如此聪明又怎的如此残忍？！

原来，玉春堂的主人花重金从嘉禾堂把名厨十里飘香挖过来，旬日内创下玉春堂这块金字招牌，不仅食客络绎不绝，慕名前来学艺或偷师的人更是多如春日过江之鲫。

眼见玉春堂生意日渐火爆，这个恶魔心生一条更加骇人听闻的毒计：他强行留下学艺者中的佼佼者，为其烧制各自的拿手好菜，使玉春堂的菜品不断翻新，借以吸引食客。而那些不屈从的偷师者，必惨遭灭口之祸，即便是留下的厨师干满一年后，这个恶魔也要将他们秘密杀掉，让厨师队伍始终保持在二十人左右。

川内外慕名前来的食客，吃的菜肴都是偷师学艺者各自的拿手好菜，哪有不啧啧称奇的？可是，谁也想不到自己吃的荤菜，十之八九乃被杀厨师之肉烧制的。据说连一代川菜宗师十里飘香，都未能幸免！

遂州府衙一干官员，听了郭忠的哭诉，尽皆骇然。

钟永定临江而望，果见厨房左侧，有坑大如粮仓，里面全是森森白骨！遂喝令兵勇，将玉春堂上下百十人，全部逮至衙内，严刑拷打。

审查月余，终无一人知道玉春堂主人是谁，遂成悬案。

据城防兵丁报，案发当晚，有一沉重马车出城。赶车人持有潼川府官印文牒，相貌极类名厨十里飘香。

西湄

遂州西湄，前朝"禁溪"旧地，琼江绕镇而流。

《舆地纪胜》记载，琼水源出德阳郡伍城口飞乌山，一路奔腾至西湄，将溪水白马河纳入怀中，双流既汇，水势渐大，浩浩阔阔东入涪江。

西湄古镇位于双流环抱的一块小平原上，横横竖竖十几条青石小巷，像一枚巨大的篆刻图章。阴阳先生说此地双流合抱九曲环绕，必出达官显贵，诱得川内富户豪绅纷纷迁居西湄。一时间内，小小的西湄县城，房地产价格直线飙升，与遂州城内无几差别。

大清道光三年春天，四川布政使柳春阳告老还乡，在朋友们的怂恿下，悄悄来到西湄镇，隐居临近琼江的长庆街上，筑园自宁。

故乡耆老传言，柳家祠堂占地十亩之阔，巍峨壮丽。全府上下计有主仆杂役四十八人，为大清年间遂州第一大庄院。

翌年中秋，柳春阳应邀赴遂州犀牛堤赏月，陪同前往州城的有西湄县令张永康和县丞王喜君。谁知三人同去，却只有两人返回。

县令张永康说，柳老爷酒后坠于涪江遭淹死了。

县丞王喜君也如是说。

县衙照例拨了一千两银子，为柳大人举办丧事。

秋九月十八日夜，刚遭变故的柳家祠堂，突然又遭到强人歹徒的残酷杀戮，全府上下竟然没有留下一个活口。时常跟随张县令身边的阴阳先生说，柳家的人擅自动了祠堂前的照壁，触动了煞气，故有此一劫。

　　邑内出了如此的惊天大案，张永康被弄得寝食不安。他一边据实上奏州府衙门，一边尽遭巡捕四下侦缉。硬是日怪得很，如此巨大的一个惨案现场，居然找不到任何有价值的线索！莫非真的像阴阳先生所说的那样，是柳家人撞了"煞"，遭鬼神索命不成？

　　张大人十分烦躁，口腔里生满了火疗疮。也难怪人家哈，从资州雁江县调任西湄还不到四个月时间，就摊上了这码子烦心事，任谁也心头不爽啊。

　　张永康人生地不熟，家小尚无居住之所，拖儿带母七个人，全挤在县衙一间杂货房里，生活十分不便。张大人心一横，鼓动家人搬进柳家祠堂临时过渡一下，这样既解除了后顾之忧，还可以就近找一找破案的线索。

　　听顺南街铁匠铺的胡么爷说，自从张永康一家老小搬进柳家祠堂后，每天晚上都会听到"鬼"幽怨的哭声，偶尔还会看到一个身穿白衣白裙的人，似真似幻地游荡在祠堂的后花园里。张氏一家老小骇得要命，刚住进去没几天时间，就匆匆忙忙地搬了出来，依旧住在县衙的杂物房里。

　　张永康感到很奇怪，这个世界上哪有什么鬼神？为了弄个水落石出，夜里曾带人潜入柳家祠堂蹲守。说来硬是奇怪，一连蹲了七八个晚上，祠堂里既没有听到古怪的哭泣声，也没有见到白裙飘飘的鬼影子。

　　案发一年有余，州县两级衙门竭尽全力，始终无法破案。张永康心里沉甸甸地压着一块石头，长期不能释怀。他曾在酒后私下对身边的人说起过，柳家祠堂的灭门惨案，必定另有隐情……

县丞王喜君见张永康说得玄玄乎乎，笑他没能耐破案，怕上司追究责任，编些"玄龙门阵"来搪塞。独自逞强进入柳家祠堂，欲探个究竟，结果莫名其妙地吊死在后花园的门枋上。

从此以后，就再也没有人敢到柳家祠堂里去了。遂州西湄凶宅之名，州境内尽人皆知。

时间不知不觉过去了十三年，陕西人包月录调任遂州。包大人乃武举出身，武艺高强，胆量也大，办事果断干练，人称胆大"包青天"。

包月录是个亲民的好官，到任不满一月，就经常深入辖内各地访贫问苦。他听西湄当地的老年人摆起柳家祠堂的"龙门阵"，好奇之心顿起，决定亲自到凶宅去看一看。

跟随包大人体察民情的随从，无一不是州县的主要官员，他们害怕知州大人出甚差错，皆极力阻其到凶宅去，"宁可信其有，不可信其无"。

包月录向来以胆大著称，众人越是劝阻，他越是要去凶宅探个究竟。为炫耀自己的过人胆识，知州大人特意嘱咐大家，任何人不得跟随前往，他要独自一人去柳家祠堂小住一宿。

当天夜里，清风明月。晚饭后，包月录只身前往长庆街。

柳家祠堂已有些破败，荒芜的庭院里杂草丛生。包大人手执一册卷，端端地坐在书房中。说实话，他一点也没有把乡人说的"龙门阵"当一回事，只希望真有奇迹出现。

包月录很有耐心地坐在书房里，一直等到二更天，但令他十分失望，除了偶尔听到几声老鼠撕咬朽木的声音外，既没有听到鬼泣也没有看到鬼影，唯一庭月华如水。

包大人颇觉无趣，侧身靠在圈椅上，闭目养起神来。

假寐中，包月录似乎觉得有人飘然来到了书房，正睁着一对大眼默默地注视着自己。猛然睁开眼睛四下扫视，书房里却空无一人，唯一股清风正从窗户空隙里徐徐吹入，撩得窗纸哗哗作响。

包大人乃长年习武之人，警觉异于常人，他确信刚才有人到过书房，为什么偏偏没有见到人呢？莫非真如村夫俗妇所说的有鬼不成?!

包月录摇了摇头，直觉告诉他此"鬼"是人无疑，只是轻功十分了得罢了。他站起身，在书房里踱来踱去，决心要查个水落石出。但任由包大人转遍柳家祠堂的每一个角落，却始终一无所获。

翌日天明，众人见知州大人平安归来，纷纷上前称赞其英勇了得，有乃祖包拯之遗风。

包月录则默默无语，闷闷不乐地回到住所，辞了众位随从，单独留下捕头陈豫川，两个人在一起叽叽咕咕地密谈了很久。

申时时分，包大人又只身来到柳家祠堂的书房里。他装模作样地读了一会儿《春秋》，然后像昨夜一样侧靠在圈椅上假寐。

约莫二更天，书房内的月色突然一暗，包月录知道有情况，躺在圈椅上并不起身，装作什么也不知道一般，微微睁开眯着的双眼。他终于看到了书房的窗户下，有一个体态轻盈的人，如灵猫一般启窗而入。那人来到书案前，目不转睛地盯着自己。

包月录依旧斜靠在圈椅上，嘴里发出细小而均匀的鼾声。借着明亮亮的月光，他看见此人的眉宇间满是忧戚之色，行为举止也没有丝毫的恶意，遂放松了警惕，暗中静观其变。

来人一身素白，端立在书案前纹丝不动，渐渐地两只眼里有泪水溢出，哭泣之声随之幽幽而来，其声悲切怨恨。

包月录的耳朵里，隐隐听到来人在小声地倾诉："久闻包大人刚正不阿，有祖上包拯遗风，西湄大仇必可报矣！"

包大人闻听此言，心里怦然一动，正欲起身问个究竟。

突然间，书房内外灯火通明，四下伏兵骤起。陈豫川领二十名巡捕，手举火把，齐刷刷地拥入书房中。

白衣人正在悲痛欲绝之时，突然生此变故，情急之下，慌忙夺窗而逃。

包月录一见那人要逃，急得从圈椅上一跃而起，用自己高大的身躯堵住了洞开的窗户。嘿嘿，好不容易见到了"鬼"，他怎么可能让白衣人跑掉呢？

白衣人见断了去路，毫不犹豫地挥掌直劈包月录的面门。

包大人并不反击，只是见招拆招地格挡，瞬息间，两人交手十数回合。包月录见此人掌法轻盈飘忽，柔弱无刚强之风，已判定白衣人必为女儿身。便主动停了手，叫陈豫川将白衣女子拿下。

众捕快发声喊，齐齐用棍棒将白衣人压在地上。

白衣人破口大骂："狗官，原来与张贼一丘之貉！"那人虽在盛怒之下高声叫骂，声音依旧如黄鹂一般婉转，果然是个女子不假。

包大人叫陈豫川将她的面罩摘下来，就着淡淡的月光，见她容貌十分姣好，年纪约莫三十余。遂大声喝问道："汝为何人？潜入本牧读书处，可是要刺杀本官么？"

白衣女子昂着头，怒叱一声道："果如是，一刀宰杀了狗官，倒也干净。"

包月录并不以为忤，继续问道："汝不刺杀本官，如此夜深人静之时，擅自冲撞本牧，却是为了何事？"

白衣女子鄙夷地哼了一声，讥笑道："一丘之貉，说之何益？"

众人见白衣女子说话句句带刺，一副桀骜不驯的样子，便把棍棒敲得山响，齐声大吼起杀威号子来。

包月录并不想刑讯逼供，他止住了众人的吆喝，依旧对白衣人和颜悦色地说道："汝果有冤情，自可说来，本官与你做主便是！"

白衣女子连看也没有看他一眼，只照地上啐了一口："呸！"

陈豫川见包大人虽然武功不错，但却不谙拷询问话之道，遂上前大声喝骂白衣女子，欲以激将之法诱其开口。

他右手扶着腰刀的刀柄，左手指着白衣女子的鼻子，噼里啪啦一阵臭骂。痛痛快快地骂完后，才装起一副正神的样子，爱理不理地说道："好心当成了驴肝肺，真是一个不知好歹的恶妇！包大人如果不是为了你，只有瓜娃子才会半夜三更时分，来到如此荒芜破败的宅子里找罪受！"

包月录见陈豫川满嘴污言秽语，不知是何用意，连忙阻止他不可鲁莽。见白衣女子被陈捕头骂得面红耳赤，轻声吩咐众人将她带回衙门，再作理会。

白衣女子见包大人一直和和气气，不像是作恶之人，遂恨恨地说道："吾既被你拿住，却也并不惧怕，告知你又有何妨？柳春阳乃是家父，十三年前的中秋节，应邀到遂州赏月，谁想张贼设计将家父陷害……"

白衣女子一边轻声诉说，一边幽幽而泣。

包月录始知白衣女子乃柳春阳大人的千金小姐西湄，可怜十三年前，柳家满门遭殃时，小女子才十六七岁，因到普州走亲戚而免遭于难。十三年来，为了护住柳家产业，更为了报血海深仇，她一个弱女子且人且鬼地生活在暗无天日的祠堂里，白天躲着不敢现身，夜里则装神弄鬼吓唬那些企图霸占柳家祠堂的人。

包大人听了西湄姑娘一席哭诉，心里十分感叹，大声询问道："姑娘所言张永康谋害柳大人并企图霸占柳家祠堂一事，可有人证物证？"

西湄见包月录问及张贼作恶的证据，马上跪哭于地："大人如若不信，可派人到县衙后庭，去那棵百年桂花树下，挖掘便知。"

包大人听西湄姑娘言之凿凿，速令陈豫川火速带人前去挖起证物。

陈捕头哪敢迟误？率众飞驰而去。

谯楼四更鼓响时，陈豫川带着一包物什，匆匆返回柳家祠堂。

包月录接过包裹，打开观看，内有白骨骷髅一具，另有官符令牌一块、玉扳指及玉佩诸物若干。

西湄姑娘一见，痛哭欲绝地叫道："爹爹……！"

包大人拾起官符令牌察看，自然识得此牌乃布政使官符无疑。当下不敢迟疑，点齐现场捕快二十余人，火速赶往西湄县衙，生生将张永康擒获。

天既明，包月录就地升堂会审，尚未动刑，张贼已据实招供。

原来张永康自资州雁江调任西湄不久，即听说柳家祠堂的风水绝佳，私下里给了县丞王喜君百两黄金，谎称自己曾在晋升雁江令时遭柳春阳打压，没想到老贼居然隐居在西湄镇上，欲借机报仇。王喜君得了人家的好处，便极力为张永康出谋划策，以八月十五到遂州赏月为名，将柳春阳诓骗到县衙里残忍杀掉。张永康一边拨款抚恤张氏一门，一边背着王喜君，偷偷勾结蓬南场水匪血洗柳家祠堂，原以为大功告成，谁知祠堂里又闹起"鬼"来。王喜君不知道柳家祠堂遭血洗的内幕，逞强前往探视，正好被张永康身边的阴阳先生，假"鬼"手之名杀人灭口。

大清道光十六年，圣谕凌迟处死张永康。为旌表西湄姑娘，谕示将"禁溪"更名"西湄"，以志其节。

239

柳公泉

大明嘉靖丁卯初夏，柳公权告老还乡，居遂州柳家花园，赋闲家里颐养天年。

坐落在小南街上的柳家花园，已有上百年的历史了，是柳家老祖宗留下的一份家产。老宅子虽然不能同德胜庄、玉春堂这些豪宅大院相比，但在遂州城内，也是数得着的名邸大宅了。高高的院墙内，围着一块弘阔的空地，这块空地曾经做过遂州驻军的较场，柳家花园的规模，由此可见一斑。

柳公权辞官之时，夫人本想留在京城里和儿孙们共同生活，快快乐乐地安度晚年。他却想到儿时嬉戏的柳家花园内，日夜魂牵梦绕的荷塘美景，花圃良辰。于是乎，不顾夫人的强烈反对，十分坚决地回到了故乡遂州。

柳夫人久居京师，回到潮湿多雨的蜀地后，很不习惯南方夏日里的闷热天气。尤其是今年夏天，川中大旱，已经百日没有下过一滴雨了，天气十分地闷热难熬。夫人苦不堪言，从早到晚都在柳公权耳边唠唠叨叨，让他心烦气躁。

唉，自从京师返回故乡以来，柳公权就没有真正清静过一天。

端午之夜，新月如钩。

柳公权斜倚在荷池旁的竹椅上，月白色的夏布汗衫，早已被汗水湿透。一个十四五岁的丫鬟，无精打采地给他打着扇，一副昏昏欲睡的模样。

水池里没有一丝风，只有蝈蝈干涩的鸣叫声催人烦躁。柳公权望了望满天的星星，叹了一口气。听乡下的亲戚们说，江河早已断流干涸，当下时节，甚至连人畜的饮水都十分困难了。

作为一方名宿，柳公权比谁都着急。人一焦急火气就大，柳老爷子的口腔里，便生满了丁丁点点的热毒疮疮。

丫鬟杏儿乖巧地奉上青花瓷茶缸，声音低低地说道："老爷，茶已经凉了。"

柳公权正在火头上，顺手将茶缸拂落在地，"砰"的一声脆响，好端端一件宣德官瓷，碎成了数十片。他闷声闷气地叱责道："邻里乡亲饮水都莫得一滴，咱哪来的心思品茶？"

杏儿吓得浑身直抖，她知道这只茶缸是老爷的最爱，但却不知道主人为何要将它打碎。

杏儿一个小丫头，哪里知道老爷的心情呢？乡亲们都说柳大人曾经在京师当过大官，肯定不会见死不救。今天下午，城郊仁里场的乡党派代表来找过他，让其去州里反映反映旱灾的实情。但他知道，州衙里的官吏们，不会再把他一个卸任了的老朽放在眼里，就算自己厚着老脸去了，也起不到什么作用。

思前想后，柳公权决定自己想办法为乡亲们排忧解难。

杏儿见老爷并没有真正生气，悄悄地拿来扫帚，将瓷片一一清扫干净。

柳公权看到杏儿小心翼翼的样子，有些过意不去。想到自己一时性急，恐吓坏了丫鬟们，便挥了挥手，让她们全部退下。自己一个人静静地躺在竹椅上，默不作声。

夜里雾气渐浓，气温也降了下来。荷塘里有了一丝凉意，不时传来一声两声悠扬的蛙鸣，偶尔还能听到蛐蛐低吟浅唱的声音。

柳公权躺在竹椅上假寐，心情渐渐平静下来。

东方欲晓，晨曦从木格花窗的缝隙中透进来，斑斑驳驳，如影似幻。

打更的曹六提着灯笼，急匆匆来到后花园里，俯身连连呼唤道："老爷，老爷，河阳镇的张幺师来了。"

柳公权正要迷迷糊糊睡去，让曹六这么一嚷，便没了睡意。他听说张幺师来了，连忙吩咐客厅奉茶相见。

张幺师是谁？柳公权一大早请他来干什么？老夫人一点都不知情。她虽然埋怨老头子没有听她的话，但看见自己的丈夫满脸憔悴的样子，还是巴心巴肝地痛。她每天安排杏儿早起，将掺有薄荷的水放在茶炉上烧开，用阔口径尺的大碗凉好，以便老爷起床后饮用。

张幺师原本是个舞锤弄錾的石匠，略识得几个文字，常年出入山中甄别石材，慢慢地对山川地理有了认识，邻人们修房造屋就请他选个屋基，偶尔也给人家看看墓地。时间久了，渐渐成了这一带有名的风水先生，人称张幺师。

柳公权请他到府上来，就是想让他找一眼井，以解邻里百姓饮水的燃眉之急。

张幺师对风水一学不甚了解，但若是让他找一眼井，还是有相当大的把握。昨天夜里，他听说了这件事后，十分敬佩柳公权大人，六七十岁的人了，还呕心沥血地为乡亲们操心。自己有这门手艺，理当助老爷子一臂之力。

柳公权见了张幺师，稍作客套，便简明扼要地将所托之事叙述了一遍。

张幺师连连点头："大人为邻里乡亲劳心费神，小的自当竭尽全力相助，请大人尽管放心。"

杏儿送来了早点，柳公权陪张幺师匆匆吃过，又吩咐下人们准备了干粮饮水，满眼殷切地送张幺师早早上了路。

张幺师带着一干脚力，乘着早晨微凉的天气，进入后山中。

柳公权待张幺师走后，踱步来到荷塘边的凉亭坐定。他手里摇着蒲扇，口里喝着清凉的薄荷水，心情比昨日好了许多。

傍晚时分，张幺师带着一干人回到柳家花园。

柳公权热情迎入后庭，设宴相待。

席间，张幺师几次欲言又止，似有难言之隐。

柳公权不知张幺师何故扭怩，不解地问道："幺师有何疑虑？但说无妨。"

张幺师见柳老爷和颜相询，低着头吞吞吐吐地说："遂州一境，涪水为大。州城柳家坝汇涪江众水于此，实乃龙渊所在地。观老爷府上荷塘之凉亭，又为涪水流域最低处。设若此处无水，他处必无水矣。"

柳公权闻言一惊，五十年前，曾有术士对其父说，凉亭之所乃柳家福泽地，需严加保护，若遭损坏，恐祸患无穷。

张幺师见柳大人沉吟不语，只道他心痛家业，便端坐一旁，不再作声。

柳公权神情稍定，低声问道："此凉亭处果真有水？"

张幺师十分认真地说："涪江自梓州界而来，过了青螺嘴，突然绕了一个大弯，江水急促回旋于遂州城，形成六十里柳家坝子。大人可曾闻'大江湾湾，龙眼其间'？龙眼者泉之穴也。此处无水，则乡里无他处可寻矣。"

柳公权听了张幺师一番理论，颔首相许。

张幺师继续说道："德胜、玉春二宅，规模虽冠遂州，然其未出一官一吏，何也？实乃柳园得龙泉福泽是也。"

柳公权装作没有听见张幺师的话，散了酒席后，独自一个人回到堂屋里。他紧紧地关闭了堂屋的大门，在列祖列宗的牌位前，静静地跪了一个时辰。

夜里亥时，按照张幺师的指点，柳公权吩咐家里的人，重新置办了酒席。他将一对红烛明晃晃地点燃，率领府上四十余人，先祭了天地祖宗，又敬了龙王老爷。礼毕，命令下人们连夜拆了凉亭，以备明日凿井之用。

翌日天明，邻里乡亲听到柳大人要为民凿井，都自告奋勇前来帮忙，成百上千的乡党将偌大的柳家花园，挤得水泄不通。

柳公权从中选择了二十名精壮青年，开一坛涪江春老酒，倾坛同饮后，恳请诸丁昼夜不停地轮流施工，盼早日凿井成功，以解乡人断水之苦。复又嘱咐家里的厨子，大鱼大肉备着，以犒劳日夜作业的工人。

说来有些蹊跷，自拆亭开工凿井后，柳家花园里时常发生一些让人意想不到的怪事情。先是丫鬟杏儿跌断了手臂，后又有曹六扭伤了腰身。

一园人相互嘀咕，摇摇头表示不解。老爷好端端享着清福，倒腾啥呢？

闲言碎语传进柳公权耳里，他想起先前父亲的告诫，心里不免捣鼓起来。可当他看见乡亲们一双双渴望的眼睛时，心里又像刀绞一般难受。每日里，除了到工地转一转外，常常一个人静坐在堂屋里，望着香盒上祖宗的牌位发愣。

工人们感念柳大人一片苦心，无不竭尽全力。短短三日，井深已凿至三丈。然井壁四周一直干干爽爽，连点湿气也没有，更不要说有滴水的痕迹了。

柳公权心里犯了嘀咕，莫非张幺师看走了眼？他见工人们日夜挥汗如雨，暂把疑惑压在心里。每日照常前往工地慰问，给匠人们递递茶，点点烟，和他们拉拉家常。

又过数日，井深已达七丈。时，石坚如铁，日进不足二尺，工人们疲态尽显。

柳公权愈发焦虑，叫家厨准备了一桌丰盛的酒席，亲自犒劳作业者，为其加油鼓劲。

正饮酒间，柳公权五岁的小孙孙爬到井口处玩耍，家人未及提防，跌进井中身亡。

老夫人惊悉噩耗，捶胸顿足大哭不止，当众责怪柳公权不守祖宗遗训，毁业败家，以致酿成此等惨祸。她不顾家人劝阻，连夜雇了一挂大车，投奔京师而去。

众位工匠诺诺不敢言，酒也不愿再喝了，三三两两散去。

柳公权两眼布满血丝，见夫人负气出走，顿感身心皆惫，双脚一软，瘫坐在地上。

乡亲们见了，纷纷围过来，"老爷""老爷"地叫个不停，人人眼里都充满了关切的神色。

柳公权心口一痛，老泪流了出来。小孙子走了，老夫人又负气离他而去，他有苦说不出口哇！可是，凿井岂能半途而废？乡亲们都在盼着救命水啊！

柳公权忍着丧孙之痛，不顾家人的极力反对，叫工人们继续凿石打井。

井深八丈处，遭遇火包石（铁坚石）。钎凿其上，火星四溅，日无进展。

众人面露难色，柳公权也暗自叫苦不迭。

曹六见老爷二目迟滞无神，早已瘦得不成人形了，心痛得泪流涟涟。他比谁都清楚，如果水井开凿不成功，老爷势必像一盏耗尽了油的灯，随时都会熄灭。遂声嘶力竭地对工人们哭诉道："大家千万不能松劲哈，切莫辜负了老爷的一片苦心！"

众工匠听得热血沸腾，更加卖力地开凿。一日之内，折断铁钎数十根，虎口震裂者十之八九。

柳公权见此情景，痛责张幺师妖言误事。他万般无奈，跪在井旁大哭一场，痛切地让家厨准备丰盛晚餐，准备吃完散伙饭后，让乡亲们各自回家。

席间，柳公权又数次痛哭陈说。其言多愧疚之词，深表对不起邻里的乡亲父老。

工匠们见柳大人痛哭不已，心里十分难受。大伙儿端着酒碗始终不肯喝下去，在明白了柳大人放弃凿井的想法后，纷纷劝言道："大人不必自责，只怨老天无情，要绝人生路。您一心为民，其恩其德，必将永铭乡里！"

柳公权咽声如泣："众位师傅日夜辛苦，然天不与我，奈之何？"说罢，又放声痛哭。

众人一听，胸中血气又生："柳大人恩如再生父母，令我等大为感动，今夜再凿一宵，如无结果，便万事皆休！"

柳公权正要阻止，众工匠已径自去了井场。

二更天，柳公权正在榻上和衣而眠。突然听到后园中，有人高声喧哗:"老爷,出水了! 柳大人,出水了!"

柳公权几疑梦中,匆匆赶到后园井场,果见井中一股清泉冲天而出。皎洁的月光下,玉光闪闪,势如奔马。

据《遂州志》记载,大明嘉靖丁卯年,境内大旱,人畜相亡者十之六七。唯仁里场柳家坝,凿得龙泉一口,全乡独活。乡人感念柳公权恩德,井名柳公泉,至今犹在。

又闻野老言,柳公权父子权倾朝野,有仇家买通张幺师,密谋毁其家龙脉福地,致使柳公权之子柳相如暴毙任上。此饭后茶余闲言,不足信矣!

唐青天

唐兴元，湖北麻城人，三十八岁知任潼川，乃潼川府历任府帅最年轻者。

《潼川志》载：唐兴元任职期间，领辖内三州十八县军民，兴利除弊，减赋免税，赢得百姓高度赞扬，颂其为"青天大老爷"！

大明洪武十八年的夏天，两湖间洪水泛滥，瘟疫流行，荆楚大地饿殍遍野。唐父为生活所迫，只好带着劫后余生的小儿子唐兴章千里入川，投奔唐兴元而来。谁想旅途劳顿，又偶感风寒，唐父尚未到达潼川，就殁于川北的阆州城。

唐兴元闻讯后独自悲切，急忙遣人将父亲的尸体和弟弟唐兴章迎入府中。

兄弟二人相见，唐兴章没有丝毫的欢喜。他责怪兄长只管自己在外逍遥快活，全然不顾一家人的生死存亡。

唐兴元知道弟弟心里有气，低头作声不得。他吩咐家人，每天好酒好菜款待，让其慢慢地消火顺气。

如此三日，唐兴章得到了兄长无微不至的关怀。到了第四日，唐兴元遣家人将其弟转移到驿馆居住，只留下一个小厮侍候左右，连饭菜也换成了素食薄酒。

唐兴元自己也不再去探视，每日照常到衙里公干。暗地里却嘱咐心腹之人，去棺材铺买了一口柏木做的寿材，将老父亲的尸体焚香沐浴后，放进寿棺内装殓完毕。等到"守七"孝满，便派兵丁随同其弟唐兴章，护送灵柩返回楚地。

唐兴章此次入川，原本指望兄长在衙内给自己谋个差事，后半生衣食无忧矣。谁知唐兴元却对他淡淡地说道："弟胸无点墨，怎做得了国家大事？返乡勤劳耕作才是你的本分。"

唐兴章闻言，一时痛哭流涕。他恨唐兴元绝情寡义，当众戟指责骂不已。

唐兴元不为所动，依旧淡然地说："兴元身受圣恩，自当忠心体国，岂能枉法而徇私情乎？"

唐兴章无可奈何，只得扶柩痛哭而去。

沿途百姓听说后，自发地跪迎道旁，纷纷点香烛化冥纸，念经超度亡灵。连一向和唐兴元有隙的同僚们，都暗自赞扬他的清正廉洁。

又十年，唐兴元因减免赋税事得罪上司，遭弹劾后被朝廷贬为平民。

唐兴元一身傲骨，不悲不愤，身着一袭布衣，独自返楚。他除了随身携有一担书外，发誓不带走潼川的一粒尘土。

府城内的百姓提壶捧浆前来相送，唐兴元数次下马鞠躬致谢。当其来到潼川与重庆交界的凉风垭时，唐大人下马伏地向西北而拜，望着潼川的山山水水，忽然号啕大哭不止。

夹道相送的父老乡亲见之，无不失声痛哭。

十六日后，唐兴元疲惫不堪地回到老屋前。唐兴章站在破败的屋檐下，两眼冷冰冰地看着他。

夜里，兄弟二人灯下窃窃私语。

三更时分，二人携镐外出，悄悄来到老父的坟墓前，急急忙忙挖掘起来。

月光下，柏木棺材已经朽烂，只剩下白森森的一副骨架。骨架的四周，金银珠宝不计其数。

唐兴章一见之下，狂喜不已，拥兄而泣曰："哥果然不愧为青天大老爷，智谋胜包黑子多矣！"

唐兴元却不以为喜，只淡淡说道："那日不当众责你，这些上百万的金银珠宝，如何能够运回故里？还恨兄乎？"

从此以后，唐兴元埋名隐姓，躲在荆楚的乡下潜心治学。但他终难忘蜀中的山山水水，遂于大明永乐二年春，举家迁往蜀中遂州，筑园东禅镇，庄园取名"潼府"。

数百年间，潼府一直为蜀中第一大庄园。

女风

烈女

大清朝乾隆爷当政，天下承平，士民安居乐业。

四十八年夏，川中发大水，郪江暴涨，奔腾月余不息。凤山书院主讲杨顺章夜渡郪口，船翻人亡。

秋九月，遂州名士张问陶船山先生，受聘凤山书院。

张问陶自幼家境贫寒，三岁丧父，五岁丧母，大姊英姑与之相依为命，含辛茹苦二十年，终抚育其长大成人。

船山感念大姊恩德，不肯离家远游，终日在凤山书院传道授业解惑。粗茶淡饭，伴姊左右。

翌年春，英姑不幸坠井身亡。

船山痛哭流涕，得书院师生资助，草草将姊葬于凤山南麓。回到住处，又大哭一场，遵姊姊生前所嘱，向书院递了辞书，只身前往潼川，欲一试秋闱（乡试）。

乾隆壬申恩科，张问陶得中乡试头名解元，轰动潼川府。府城里各界头面人物，纷纷设宴相邀，以图他日攀占高枝。

船山百般应酬，整日里忙得晕头转向，盘桓月余，方才得以脱身。

府衙特遣两公差随解元郎返乡，三人乘船顺涪水东下遂州。

船老大张浪，自称蜀汉桓侯张飞之后，遂州磨溪人氏。说起家乡风情，小老儿脸上笑得稀烂，嘴里也鼓吹得格外展劲。言谈中得知张问陶亦遂州人，语气里自然多了几分亲近。

摇橹者乃船老大掌上明珠，名叫宛儿，年约十六七岁，自幼跟随父亲奔波在千里涪江上。水里可踏浪，船上能掌舵，英姿飒爽，秀丽端庄。

张船山行年二十有三，自是青春年少，风流倜傥，见宛儿朝气蓬勃，免不了多看她几眼。

宛儿瞧在眼里，心跳急如兔蹦。

申时，船行至金华古镇，暮色四合。天空中不知不觉下起了淅沥春雨，气温陡然降了下来。

船老大奋力撑篙，欲将船停靠到古镇东码头上。

宛儿扭着优美的身段，娴熟地将缆绳抛向岸边的缆桩。

江岸渔火点点，照得一河朦胧。

时，临近码头的小巷里，传来一阵紧一阵的犬吠声。四个身披蓑衣的壮汉，行色匆匆地来到码头上，大声嚷嚷着上了船。

为首者甚雄健，双手叉腰立船头，口称家有要事，天亮前必须赶到遂州，直叫船家快快开船。

闻听此言，一船客人皆惊。如此月黑风高，怎么可能行船夜航呢？

船老大长年行走江湖，见四人面目不善，蓑衣里半掩半遮地现出乌黑刀鞘，心知遇上了水匪。不由暗忖道，设若是柳如烟手下，打发几个银子就行了，倘若是何麻子身边的人，今晚必定凶多吉少。

好在船老大见多识广，一点也不慌张。放下竹篙，满脸笑容地迎了上去，同时伸开左手五指，又竖起右手拇指，大声说道："东家尹善明，遂州六阿哥，四海皆兄弟，仁义贯江河！"

为首那条汉子见船老大报了家门，竟然哈哈大笑道："尹善明什么东西？清明会没有烧死他（拙作《义仆》叙其事），算他龟儿子命大。可惜何麻子，白白搭上一个柳如烟！"

其余三条汉子齐声说道："大哥说得对极了！各位朋友，兄弟们这两天手头紧，望诸位施舍几个小钱用用。如有不肯者，捅死丢进江里喂鳖！"

船老大听到这么一番言语，心里直发毛。他们一不亮招子，二不讲道义，直戆戆地喊人拿钱，哪里是道上朋友嘛？分明是大街上"打浪锤"的小毛贼！

张问陶见一船数十人，个个胆战如惊弓之鸟，有心出来伸张正义，给船老大一份支持。怎奈身边两公差将他死死拽住，悄悄叮嘱不可暴露身份，免得惹火烧身。

四襄衣人手持钢刀，逐一将船上客人钱财洗劫一空。

贼劫了众人银钱，丝毫没有离去之意，哗哗抖着钱袋子，对船老大高声呵斥道："快快夜发遂州，还磨磨蹭蹭干什么？"

船老大望着黑沉沉的天，心里来了气："各位爷，非是小老儿不发船，如此险恶天气，船怕是过不了青螺嘴！"说完，一屁股坐在船头上，索性摸出精铜长烟杆，敲打火镰，取火吸起烟来。

襄衣人见状，恶狠狠地威胁道："老东西，把大爷们的话当成耳边风了？当真不想活啦？！"

船老大一口一口吸着烟，并不理会他们，看样子真把襄衣人的威胁当成了耳边风。

四贼皆诧异，船老大居然敢不甩视自己！不由得勃然大怒，团团围了上来。

宛儿见之，忙从后舱奔出，张开双臂护住父亲。

贼首倚前舱左门枋，陡见灯下奔来一人，动作干净利索，微微吃了一惊。待要侧身反击，却见宛儿娇喘连连，面呈桃花，一时淫心顿起。遂笑嘻嘻地收了钢刀，直将一双毛茸茸大手，往宛儿脸上摸了过去。

宛儿见襄衣人如此无礼，不由得杏眼圆睁，当下双掌翻飞，"砰砰"数响，襄衣人胸前如遭锤击！

襄衣人"噫"一声，揉了揉隐隐发痛的胸口，大声喝喊道："老六，给我拿下！"

船头右侧处，一精瘦汉子闻声而出。手里的钢刀在宛儿面前晃了晃，旋即将其擒住。

一直静坐船头吸烟的船老大，马上有了动作。其左手在船舷上一按，身子凌空飞起丈余，右手中那根长烟杆，灵蛇般点向精瘦汉子胸口。

"当"的一声脆响，贼首左手里已多了一柄柳叶形钢刀，薄如蝉翼、细如柳叶。其轻轻架住船老大凌空下击的长烟杆，右手鬼头大刀一挥，说时迟，那时快，船老大一颗人头便落进了江中。

眼见父亲被襄衣人所杀，宛儿悲愤难当，口里猛地喷出一股鲜血来，眼泪汪汪地团团哭求众人相助。

满船之人无一应者。

宛儿心如刀绞，又将哀婉的目光投向张问陶。她已知道，与之形影不离者，乃潼川府衙二公差。

张船山见宛儿相求，壮了胆子，吼一声冲上前去。谁知刚一挪步，一柄钢刀已架上了脖子："知你是今科解元，念你读书不易且知书识礼，勿乱动，否则一刀宰了！"

张船山两脚一软，恨自己手无缚鸡之力，遂将头扭向一旁，不忍相看宛儿泪容。

褰衣人将宛儿强行拖入后舱。

时，风急浪高。凄厉的哭喊声从后舱传出，盖过"哗哗"拍岸的江涛。

……

精瘦汉子心满意足地走出后舱，恶狠狠地喝令宛儿，启船夜航。

宛儿凄然地瞥了一眼前舱，默默地往船头走去，脸上似乎带有一丝莫名的笑意。

来到张船山面前时，宛儿突然指着他对褰衣人说道："我既答应夜航，定当连夜送尔等到遂州，但此人是我寻找多年的仇人，必须将其赶下船去！"

张船山骇绝，不知宛儿为何如此这般言语。

褰衣人齐声说道："何不一刀斩了痛快！"

宛儿凄凉一笑："船家夜航，禁忌多多，船上再不能沾染血腥之气了，否则……"

听此一说，张船山连忙哀求宛儿，不要将他赶下船去："你不念适才小生相助之情谊乎？"

宛儿绝情一笑："你助了我吗？哈哈，你助了我吗?!"

船山羞愧难当，连连辩解道："我是有心相助，但实无缚鸡之力啊！"

不论其怎么哀求，无奈宛儿始终不允。张船山只得在众人窃窃私语中，灰溜溜地下了船，兀自站在春雨寒风里，瑟瑟发抖。

两公差一直低着头，自始至终装作没有看见一般。

宛儿将了捋凌乱的头发，侧身来到船头，坐在船老大领航的位置上，解缆起航。

大木船在黑沉沉的夜色里，直奔青螺嘴而去。

四个蓑衣人铺酒食而席，且饮且歌。

青螺嘴越来越近，宛儿始终端坐船头不动，脸上却早已泪流满面。

蓑衣人见之，顿觉不妙，连忙奔上船头。

宛儿凄惨一笑："爹，女儿已为您报仇了！"说完，纵身跳入滔滔涪江中。

满船之人如热锅上的蚂蚁，惶惶不知所措。顷刻间，轰然一声巨响，船触岩而沉。

翌日，坊间遍传青螺嘴沉船溺毙数十人，一时轰动两川。

唯船山闻之，悲痛欲绝。阴造宛儿衣冠冢于凤山南麓，与英姑并坟一处。从此埋名隐姓，苦读于凤山，终日与二女为伴。

乾隆五十五年春，张问陶进京应试，高中二甲第七名，榜发之日，将此事表奏朝廷。

清皇恩浩荡，亲赐牌坊，颁旨诏告天下。

牌坊曰"烈女宛儿"，船山亲书。

牌坊通高二丈余，筑于凤山南麓。往来梓遂二州官道者，遥远可睹。

阿春

成都少城，居者多旗人。

沿小南街南行百十米，有一座叫"瑞园"的府第，十分弘阔，当年端秀修建它时，据说花了十万两银子，是少城中数一数二的豪门。

端秀，字午君，满族正白旗人，世居关外长白山，原本是个默默无闻的下等旗人，后来不知怎么就走了运，五任遂州蓬莱县丞。

外地人只知有山东蓬莱，少有人知道蜀中亦有蓬莱一说。土著人却知道，那时的蓬莱仅仅是个镇，朝廷偏偏在此设分县任命县丞，就因为蓬莱是川盐最重要的产地，大宋朝时，还被赐以国姓命名为赵井镇。

从古至今，盐和茶叶都是国家专控商品，但凡产盐区的行政长官，莫不是皇亲国戚。端秀能五任蓬莱县丞，不是走了狗屎运是什么？

光绪六年春，端秀以蓬莱一个小小县丞，直接越级就任成都府倅（副职）一职，成为轰动两川的政坛新闻。民间盛传，端秀在蓬莱十多年间，靠盐税之利整成了四川首富，肥得屁股流油，要不他怎么可能连升四级到了成都呢？

端秀甫到成都，即在小南街上购地筑园，娶汉女阿春为妻。他的父母亲很早就病逝了，家里有一个旗人后母叫那拉氏，年龄不满二十岁，是个颇不安分守己的妇人，在少城中素有艳名。自打阿春来到家里，那拉氏便无事生非，千方百计挤对她，常常闹得一街风雨，四邻不安。

阿春出身名门，乃成都望族子，貌美而性烈。初入瑞园，服侍后母甚孝，不敢稍有怠慢。但苦于满汉习俗格格不入，加之那拉氏刻薄似蝎，不论阿春如何谨小慎微，仍然得不到妇人点滴欢心。

端秀在外威风八面，在家里却畏母如虎，虽然知道阿春受了不少委屈，但他始终像个闷葫芦，不敢随便多言。

瑞园毗邻金河，著名的鹤鸣茶庄就坐落在金河畔。那拉氏终日无事可做，时常一个人到茶庄喝茶听川剧。久而久之，便与街上一帮泼皮无赖搞到了一起。

初时，仅为旗人奕川一人而已，事情做得很隐蔽，外人并不知情。坏就坏在奕川是个领俸禄的人，手里闲钱不多，哪经得起那拉氏今天买首饰明日下馆子的开销？

奕川没得办法，悄悄把将军衙门外吉祥金店老板胡汉文拉下水，三人同床共欢，好不快活。到了后来，闻到腥味的骚狗骚猫越来越多，以至于瑞园门前如花街柳巷一般热闹。

响动整大了，弄出的骚味便掩盖不住。邻人见了那拉氏，莫不如避瘟神。

端秀每日早出晚归，哪知详情？偶有交好的同僚私下暗示，他也不肯相信。端秀曾经问过内人，阿春慑于那拉氏淫威，吞吞吐吐不敢说破。端秀自个儿留心观察月余，确信那拉氏丑行属实后，便放出狠话要让那些偷腥者，"猫儿抓糍粑，脱不了爪爪"！

奕川和胡汉文都是平头老百姓，听说端秀放出了狠话，心里甚是恐惧。自古道民不与官斗，他们哪有不惧怕府倅大人之理？两个人商量后决定不再与那拉氏往来，以避其祸。

那拉氏一个大骚包，正和二人翻云覆雨搞得兴起，怎舍得两条"骚牯棒"就此离去？她见二人害怕，打气地对他们说："尔等尽管放心前来，看端秀小儿敢奈我何？"

二人虽然得了那拉氏的口头"包票"，但终究胆小怕事，不敢再入瑞园一步。

那拉氏由此对端秀恨入之骨，巴不得他出门遭马车撞死，遭歹人杀死！

临近瑞园，青羊正街上有一泼皮冉二，人称"冉土匪"。

"冉土匪"垂涎那拉氏美貌日久，却一直苦于奕川和胡汉文相随左右，始终得不了手。现在二人怕事离开后，遂乘机死皮赖脸地来"嗅"她。

那拉氏知道冉二是恶人，不愿招惹他，但经不住"嗅汉"的软磨硬缠，思之其或可制端秀，遂与之通。

端阳节，那拉氏设生日宴于南台轩。妇人诡称冉二为小叔，从重庆府过来为其祝寿。

端秀不知是计，依约前往。

席间，妇人与新欢大献殷勤。端秀高兴，饮剑南春酒一壶，醉瘫在座椅上，人事不省。

那拉氏见端秀烂醉如泥，便将其置于衣帽架上的黑色大氅收入包裹中，雇黄包车先行。冉二踉踉跄跄搀扶着端秀，随后回到瑞园。

是夜无月，星光也不甚明了。

刚至家，端秀正欲推门入室，醉眼蒙眬见一男子，身披黑氅从阿春房间内翩然而出，晃眼不见了踪影。当下疑团顿生，以为内人

261

受那拉氏影响，也在家里偷奸养汉，遂折身来到阿春下榻处，厉声责骂。

阿春见有客人新至，不便和他争论。忍气吞声打来热水，帮夫君洗漱干净后，扶其到床上休息。

端秀见阿春不言不语，只道她做贼心虚，嘴里不停地骂些不干不净的话，直到迷迷糊糊睡去。

那拉氏住侧室，听到了端秀的呼噜声，知其已熟睡，便把阿春叫过去，好言好语劝她。说端秀虽然无端责骂，终究是自己的丈夫，所骂之言全是酒后的胡言乱语，不要记恨于他。

阿春很诧异婆婆的言行，但听她说得合情合理，虽然心里有些纳闷儿，嘴上却说我怎么会计较于他呢？

婆媳二人相谈良久，直到亥时，阿春才从婆婆房中离开。她径直走到丈夫的卧室里，本待与他同眠，但又恐其酒后性烈如火，让自己白白吃些苦头，便依旧回自己住的耳房就寝。

翌日晨，天色尚未明亮。

阿春早早起了床，径直来到丈夫卧室外，听室内寂静无声，意其酒酣正浓睡，便没有打扰他。随即顺着阶沿准备去东池如厕，刚到那拉氏卧室木窗下，隐约听见二人喃喃靡语，虽然细如蚊音，仍让阿春脸红心跳。她知客人必夜宿于婆婆处，自道家丑不可外扬，待会儿丈夫醒来后，再请他婉言相劝为宜。

阿春如厕后匆匆返回，快步来到丈夫卧榻的房间里，准备为他更衣。谁知推开房门，猛然看见丈夫僵卧血泊中，颈上刀痕累累，不知何时被歹人杀死在地上。

阿春慌忙跑到庭院里，大呼有贼。

那拉氏急忙从卧室里走出来，急切地问贼人何在？

阿春情急之下，一时无言以对。

那拉氏冲入内室，见了端秀的惨状，伤心地大哭道："逆妇谋杀亲夫，必是记恨昨夜吾儿痛责之仇也！"遂来到园外大呼小叫，恳求街坊邻居帮忙，缚了阿春送官。

邻人皆面露不屑之色，无一人助她。

冉二恰到好处地来到跟前，二人合力将阿春绑了，一路大声辱骂着押往将军衙门。

夫婿无辜被害，自己又无故被绑，阿春顿时心如刀绞。她见那拉氏与冉二眉来眼去，情知此事必是奸夫淫妇所为，但苦无证据，有口莫能辩也。想到夫婿已死，自己苟活世上又有何益？遂任由差人吼堂如雷，始终闭目不言。

那拉氏鼓巧簧之舌，在将军桂八爷面前历述昨夜阿春夫妻反目之事，且多次言及端秀责骂阿春，是其见有黑黢男子从她卧室奔出的缘故。以此咬定端秀必为奸夫淫妇所害，望将军大人依法严惩，为儿报仇。

桂八爷初时还认为那拉氏"疯牝狗"龇牙咧齿地乱咬人，后见阿春一言不发，认定其也不是个"好货"。加之死者又是朝廷命官，便不问青红皂白地将阿春枷了，着令严刑拷询。

阿春的心已死，任差人们百般拷挟，终不发一言。

桂八爷是当朝有名的"巴图鲁"（满语勇士之意），向来佩服硬性的人，认为硬汉子多忠勇之士，绝不会干偷鸡摸狗之事。他见阿春一个弱女子身受拷挟之刑，居然面不改色，疑端秀之死或另有他情。遂吩咐差狗将阿春押入大牢，择日再审。

桂八爷换了便服，只身来到小南街暗访。

一街邻居皆愤恚，纷纷向桂将军诉说那拉氏荒淫无度，必是凶案主谋无疑。

桂八爷听了邻人诉说，心愈疑。夜里，亲入大牢，反复以言劝导阿春，想让其开口说话。

阿春初时一言不发，后见桂大人态度诚恳，思之再三，或可为夫婿报得此仇？但她所言既不责怪那拉氏，也不承认杀害了端秀，更坚决否认与他人通奸。

桂八爷听了半天，得不到任何有价值的线索，心头火起，骂她一个傻女子，有必要为一个恶婆婆背黑锅吗？

阿春听了桂大人责骂，心里好受了一些，泣涕曰："妾家命薄，嫁得如此人家，想是上辈子造了孽这辈子来还孽债的。然婆婆虽恶，是否涉嫌杀人，吾未亲见，岂可胡言？至于责其短扬其丑，晚辈后生又怎敢污言秽语乱说？"

"那拉氏所言黑髭男子事，作何解释？"

阿春急言："何有此事？夫君回府前，只婆婆携丈夫黑髭到妾家寝室小坐过一会儿。"

桂八爷听了阿春之言，坚信其不是杀害端秀的凶手，然苦于找不到为她开脱的证据，只得收监待判。那拉氏与"冉土匪"，二人嫌疑重大，终因无凭无据，得以逍遥法外。

桂将军在成都任上十五年，始终未找到刺杀端秀的真凶，致使案件一直悬疑。

三年后，阿春病逝狱中。

杏儿

一江春雨，两岸杏花。

咸丰季年春，朝廷开设恩科，乡试在即。川中各州县学子水陆并进，汇聚潼川府。

江阳学子李雪笠，沿涪江溯水西行，一路游山玩水，好不逍遥快活。三日后的黄昏，孑孑行至遂州张家花园，看看天色已经黑尽，心头一急，慌不择路来到庄前，叩门借宿。

庄园内传来一阵犬吠，继而又寂静无声。

良久，出来一位绿衣女孩，年约十六七岁，容貌娇艳，清丽如画中人。女孩儿见了李雪笠，嫣然一笑。

李雪笠见姑娘右手执着灯笼，左手拈一枝杏花，美艳逼人，忙过来行了礼，道明因急于赶路错过了驿馆，欲借宿庄上。他一边卸下肩上的夹背，一边彬彬有礼地说道："烦劳姐姐通报！"

绿衣女孩闻言，将李雪笠上上下下打量一番，并未开口说话。复转身入宅内，不一会儿，出来一位老者，清癯儒雅，一眼便知乃饱读经史之士。问及姓名，始知老者姓张名昌泽，遂州名士船山先生张问陶之后，乃此间花园主人。

李雪笠连忙上前施礼，拱手道明来意，请求老者容其暂住一宿以待天明。

老人没有多问，点头请李雪笠入内。

绿衣女孩执灯笼在前导路，李雪笠随老者一前一后进入园中。初入宅，青砖照壁巍峨矗立，照壁右侧蜿蜒曲折一条花径，夹道修竹婆娑，桃杏吐艳。

李雪笠心里甚是欢喜，安顿妥善后，独自挑灯夜读。窗外春雨淅淅沥沥，经夜不息。

翌日晨起，李雪笠信步踱于庭外菜园中。远望涪水一线如练，两岸柳丝闲垂，不觉诗兴大发，随口吟哦道："两岸晓烟杨柳绿。"正低头思联句，身后有声如黄鹂婉转响起："一园春雨杏花红。"

李雪笠闻言，不觉痴迷发呆，如此妙联，如此美声，必绝色佳人也。他一边品味，一边轻轻拊掌，慢慢侧过身来，看见一蓬碧玉般翠绿的芭蕉林下，站着一个仙人儿，清纯如初春畦地里带露的菜蔬。

女孩儿绿裙飘飘，正是昨夜开门迎纳的执灯者。

李雪笠恍如梦里，看见女孩去菜地里折了一枝带雨的杏花，拿在手里独自把玩，便有心卖弄学问，装模作样地吟诵道："小楼昨夜听春雨。"

绿衣女孩想也没想，笑盈盈地随口和道："深巷明朝卖杏花。"

两个人正唱和间，张老爷笑呵呵地来到菜园里，他客气地对李雪笠说道："李公子切勿见怪，杏儿乃老夫所收义女，尚不知其父母双亲是谁。此女一直在寒舍长大，也是老朽闲来无事，自幼就教她一些诗词歌赋，天长日久后，聪明伶俐的她竟能联句成章，今日见了公子的风流文才，怕是有心讨教了。"

言毕，老丈招女孩至身旁，爱怜地吩咐道："杏儿快快见过公子。"

266

李雪笠始知绿衣女孩叫杏儿。

杏儿羞红了脸，浅笑着款款地道了万福。

李雪笠连忙还礼，看了看杏儿，心里甚是喜欢。

张老爷见了，拈着胡须点了点头。他知二人两情相悦，当场不便说破，私下里对李雪笠说道："公子如若不嫌弃寒舍鄙陋，可安心就读于此，一来此处离潼川不远，二来公子也可少了府城里诸多繁杂的应酬，不知公子意下如何？"

李雪笠听了老先生的肺腑之言，满心欢喜地谢道："承蒙老先生抬爱，晚生在此诚挚地谢过。"

杏儿听说李生要留在府上攻书，欢喜得像只叫破天的云雀，擅自做主将西厢房的会客室腾出来，供李公子习文课读之用。

李雪笠受张老爷父女的厚爱，从此住在张家花园里，日夜攻读诸子百家，偶尔也与杏儿对对句，或诗词唱和一番。大多数时间，他会拿出银子来，让杏儿置办一些酒水菜肴，与张老爷同饮，并乘机向他请教学问上过筋过脉的地方，剩余的银两就叫杏儿妥善保管，用作自己在府上的生活开销。

盘桓半月有余，李雪笠与杏儿暗生情恋，时常在花前月下卿卿我我，酽糯得像陶罐里的蜂蜜，化都化不开。

张老先生见李雪笠文才灿然，又喜他性情忠厚耿直，自然为义女高兴，便任由他二人才子佳人相悦相爱。

谁想蜀中三月，天气乍暖还寒。李雪笠一门心思系于科考，夜读之时没有料到气温骤降，竟然感染风寒，苦不堪言地病卧张家花园内。

杏儿心急如焚，眼见李公子有进气没了出气，一时急得大哭。她双膝跪在地上，恳请义父施援手相助。

张老先生向来视杏儿如同己出，见义女悲痛欲绝，心甚怜之。派人专程到遂州城里，请来名医柳浪仙为李公子问诊把脉。

柳浪仙与王君堂齐名，乃咸同间名震两川的岐黄圣手。他奉命来到李雪笠榻前，闻其味，观其色，视其苔，切其脉，如此哆哆嗦嗦地拿捏一番后，叹气地说道："李公子得了重瘟症，浓痰瘀堵气门里，其势甚危。"

杏儿听罢柳浪仙之言，立即泪如泉涌。她见李公子面红耳赤，呼吸已十分困难，便一言不发地跪在柳先生面前，任由泪水簌簌地往下掉。

柳浪仙乃声名遐迩的一代名医，从来不打诳语骗人，更不会给病人家属轻易承诺。此时见杏儿可怜巴巴地哀求自己，复又郑重其事地重新把脉，他反复查看了李公子的苔色后，捋着嘴用手轻轻拈着三绺长须，沉思良久，才开口缓缓说道："此病看似凶险，要治愈却也不难，只需取胡桃肉五枚，长葱白五枚，生姜五牙，共水煎服，蒙被发汗可痊。但难在病发多时，痰堵气门不畅，需净痰方可处此方。"

杏儿听到柳先生口气有所松动，急切地问道："先生，可有净痰之法？"

柳浪仙的眉头皱了皱，轻轻地干咳了两声，讪讪地说："方法倒是有，只是太过恶心，恐无人愿意为之。"

杏儿毅然答曰："若能救得李公子性命，小女子愿为！"

柳浪仙看了看杏儿，见她满脸毅色，就不再多说一语。嘱人端来一盆热水搁在床前，又从药箱内取出一截乳白色的透明软管，将管放在热水里洗净，再置于李公子的口中，径入咽喉处。

柳先生不慌不忙地做完这一切，面无表情地对杏儿说道："请猛力吸之，痰出净方止。"

众人听他这么一说，顿觉恶心至极，腹中翻涌欲吐。

杏儿望了一眼李公子，毫不迟疑地单膝跪在床前，用嘴含住软管便吸。

张老先生及府上一干人，纷纷扭头不相看。柳浪仙见惯不惊，依旧面无表情地观察着病人。

杏儿初时未敢用力，觉得管中阻力甚大，稍微使劲一吸，猛觉口中秽物难忍，连忙将其吐在草纸上。

柳浪仙细辨纸上秽物，但见恶痰浓黄，腥臭难闻。他一边用细铁钎拨弄，一边微微点着头。

随着浓痰被杏儿一口一口吸出，李雪笠的呼吸渐渐舒畅起来。

杏儿无暇他顾，不停地重复着吸吐的动作，每一次俯身吸痰，皆与李公子面面相对，亲似肌肤相亲。一张小脸便羞得通红，心里如小鹿乱踹，"怦怦"跳个不停。

如此反复不下数十次，李雪笠气门处的浓痰方得以清理干净。

柳浪仙久居杏林，一生阅人无数，哪见过如此痴情的傻妹儿？不由得赞道："真至情至性之女子也。"悉心处了药方后，感叹而去。

杏儿亲自去城里全泰堂拣了药，回家精心煎制凉好后，又一勺一勺侍候李公子服下，才甜蜜地微笑着倚榻小盹。

李雪笠得杏儿精心护理，病情日渐好转，逾七日后康复如初。他听人言及杏儿的所作所为，内心十分感动，哭拜在张老先生面前长久不起，定要娶杏儿为妻，以谢大恩。

张老先生为二人的真情所感动，哪有不同意的道理？他亲自为两人操办婚事，择日张灯结彩大宴宾朋，锣鼓喧天地送入洞房。

新婚宴尔，两情相悦，杏儿竟不让李雪笠同床共眠！她正色地对李公子说道："汝当以学业为重，岂可误于女色乎？"

李雪笠听杏儿如此一说，如五雷轰顶。他深深理解杏儿的一片苦心，遂潜下心来发愤攻读，乡试一举得中解元。

待发榜完毕，李雪笠雇轩车大马，兴高采烈地携杏儿锦衣返乡。

李氏一族乃江阳豪门，李雪笠早有媒约，今日中举返乡，亲家自然高兴，合家前来道贺。谁知刚到李府，得知李家公子竟然从遂州带回一位美娇娘，遂聚众大闹不止，定要李家给个说法。

李雪笠哭诉于爹娘面前，历数杏儿的诸多好处，誓言此生非杏儿不娶。

李父见子意甚坚，又念杏儿有活子之恩，遂花大价钱退了儿子原媒之约。

杏儿自从来到婆家后，端庄有节，一言一行极有分寸，上敬公婆下相夫婿，贤孝之声誉满四邻。然不知何故，小夫妻日夜恩爱却始终不见杏儿的肚皮鼓起来。

李母渐次不快，她见杏儿俊俏如妖，就常在儿子面前嘀咕："此必妖也，何不早弃，另择良偶？"

李雪笠知道母亲抱孙心切，又不敢责怪母亲言语荒唐，只是答非所问地小声分辩道："母亲何出此言？直如在儿心上插了一刀。"

李母从此不再多言多语，家里倒也相安无事。

又过了一年，李雪笠外放叙府江安为令。

李母眼见儿子外任江安，抱孙子的事不知要等到猴年马月？突然心生一计，在儿子行前的头天傍晚，私下里将一条红线系在庭中的芭蕉叶上，然后神秘兮兮地对儿子说："汝妇果真是妖，如若不信，夜里可在她的衣领处系上红线，明晨便知。"

李雪笠当然不会相信母亲的话，但觉得好玩，果用针将一截红线系在杏儿的领上。

翌日晨，杏儿早早起床，赶紧为全家人准备早膳和丈夫途中所用食物。

李母悄悄尾随其后，将她领上的红线拆下来匿于怀中，急匆匆返回西厢房，将儿子从床上叫起来。二人鬼鬼祟祟来到庭院里，俄尔喊声大起。

杏儿不知道发生了什么事情，刚从厨房里出来准备看个究竟，即遭当头一棒，顿时昏厥在地。

李母执棒大声怒叱道："此乃芭蕉精也，害儿不浅，当除之！"复又"砰砰"数次杖击其头和腹部。

杏儿当场气绝身亡，可怜其两腿间血流如注，竟小产一男婴，四肢已全。

李雪笠一见之下，号啕大哭，当场昏了过去。醒来后，李公子两眼痴痴呆呆，竟不识身边的任何人了！疯了一般在府上乱窜，嘴里整日不停地呼唤着杏儿之名，昼夜凄婉哀号。

五年癫病始愈，人却呆如傻子，二目迟滞无光。

每岁清明，李公子必身着当年中举时所穿白袍，踉跄至杏儿墓前哭诉。每每坐坟头，又复如常人，口里反复吟诵着一句诗："一园春雨杏花红。"

十年间，杏儿坟周，不知不觉长成杏林一片，计有百十株。每到春暖花开时节，红艳灿烂如霞，邻人必见一疯汉来到花丛中，不论雨晴，皆卧其间……

月儿

暮春时节，偌大一座遂州城，闲散中带有几分没落的伤感。

城里的公子姐儿们大都到乡下踏青去了，戏楼里依旧响着川剧的锣鼓声，茶肆也常常坐满无所事事的懒人，但多数是上了年岁的大爷太婆们。城郊的柳枝已荡成了慵懒的丝线儿，连护城河里的水，也忧郁得没有了一丝生气。

月儿来到遂州城，已经整整七天了。

人们不知道这位美丽的姑娘从哪里来，也不知道她来遂州城干什么。时常见她一个人，寂寞地走在铺满青石板的小巷里，脸上没有忧伤也没有喜悦。只有在她打听尹家花园的时候，才会见到她的愁眉紧锁，越发地增添了几分楚楚动人的美丽。

尹家花园是一座荒芜了几十年的老宅子，早已没有人居住了。宅子坐落在城西的护城河畔，竹木掩映下，隐约能见到庄园内的建筑雕梁画栋，似神仙的居所一般巍峨。

半个月之后，月儿住进了这座园子。

自从月儿住进了尹家花园后，邻近的人家，每每在月明之夜，就会听到花园里笙箫丝弦，袅袅缭绕其间。

三月三，月儿素装布裙，飘然来到涪江边的远鹤楼踏青观景。

随从姊妹七八人，个个婀娜多姿，宛如大家闺秀。

众位姊妹一路嬉笑打闹，刚过南津渡口，遇见一位眉清目秀的盛装少年，驾着高马轩车风驰电掣而来。

众姐妹立旁边，指少年相视掩嘴而笑。

少年亦大笑，策马飞驰而过。谁料马蹄触一卵石前倾，马尾突上扬，径拂月儿秀容。

盛装少年见状，翻身疾落车下，连连作揖道歉。

月儿虽满脸惊恐，犹不减倾国倾城之容。她的脸上也始终不带一丝愠色，依然淡淡地浅笑着。

少年和月儿四目相触，顿时惊为天人。他语无伦次地想解释一下原因，张开嘴后又不知道该说些什么好。一时面红耳赤，呆若木鸡地站在那里，不停地搓着两只白白净净的手。

月儿随从皆佳丽，见少年如此窘迫，遂假意指责道："我家小姐被尔马尾所伤，难道连个不是也说不出口吗？"

盛装少年遭众姐姐一顿抢白，立即醒豁过来，忙躬身赔礼道："在下实在无心，还望众位姐姐原谅。敢问小姐家住何处，待某送姐姐们回去歇息，可好？"

众姐妹闻言，皆掩嘴窃笑，好一个呆子！复又齐声调笑道："小哥儿有此诚意，众姊姊十分感激。"

少年请众位姐姐一一坐进车厢后，小心地驾着马车，向城西缓缓而去。一路上，众位姐妹兴趣甚高，呀呀地唱些南朝宫体，偶尔也妖妖冶冶地唱两句野野的山调儿。

只有月儿坐在驾车少年身边，静静地想着心事。她看见少年彬彬有礼，忍不住多看了几眼。盛装少年得美人相伴，更是心花怒放，免不了语言相询，婉转试探。待到马车停在尹家花园的大门口时，二人已窃窃私语，互道姓名了。

盛装少年姓常名庆，乃遂州总兵常六爷的大公子。他见月儿神仙一般的人物，心里疼爱有加，喜欢得像喝了一罐蜂蜜。

常庆有个十五岁的妹妹，名叫珠儿，花骨朵一般待字闺中。月儿经常和常公子往来，得以与之相识。

珠儿喜爱月儿知书识礼，暗地里和她相交，形同姐妹。

月儿也爱极珠儿的天真烂漫，时常邀她到尹家花园吟诗作赋。每有邀约，珠儿必欣然前往。

更多的时候珠儿不邀自来，设若月儿不在花园里，她就和其他的姐妹们玩捉迷藏或打牌取乐。月儿见了，多次以言相劝，告诉她花园里的人不可交，语意间似有所指。

珠儿哪知月儿的真实意图？她仔细观察过众姐姐的一言一行，个个和蔼可亲，全无小家俗气。月儿这么说，反让珠儿心生疑虑，意其挑拨离间。

终一日，珠儿惶惶来到月儿闺房，说有首饰及银票数千两，被众位姐妹借了去。

月儿闻言大惊，小声责怪道："劝你不信，今之奈何？我本不愿和她众人交往，然你我情同姐妹，免不了代你去走一遭。"

片刻间，月儿满含羞愤而返。一脸戚戚地对珠儿说道："此事难办，她们相互做证，钱物皆你打牌所输。并言说其中还有一个手镯系青铜伪造，将以欺诈之名告你见官。"

珠儿闻听此言，惊怒万分。她心里暗忖道，平时在府上偶尔和家人玩玩纸牌，取取乐倒是常有的事，如若诸人真的以此告到官衙，张扬开去，却又如何是好？

珠儿虽然知道众人在讹诈她，但众口铄金，又奈之何？思前想后别无良策，不禁泪流满脸。

月儿见珠儿眼泪涟涟，心里好生爱怜，便温言安慰道："此等事也不全怪妹妹，但需抓紧想法搪塞铜镯之事为宜，切切不可见官，羞死人哟。"

珠儿束手无策，只得哭求道："好姐姐，请以言稳住众人。"言毕，离座匆匆而去。

次日晌午，珠儿又来到月儿闺房里。未待落座，众位姐妹气势汹汹地冲了过来，她们一改往日大家闺秀的模样，硬说珠儿输了大量的财物给她们，至今赖账不还。

珠儿听了众人一通胡言乱语，心里叫苦不迭。真是大白天撞见了无头鬼，何来的这等事？

月儿明知众人在欺诈珠儿，但也苦无良策，只能呆坐一旁，陪着她伤心流泪。

珠儿待要据理力争，忽然拥入三名恶汉，凶神恶煞地逼到珠儿面前，齐声大吼道："尔胆敢赖账吗？那好，请跟我们一同到州衙公堂上去。"三个恶汉一边大声吼叫，一边撩衣挽袖地动手将珠儿从木几上抓了起来。

可怜珠儿一个良家小姑娘，哪见过这样的阵仗？她看见恶汉们毛茸茸的大手抓向自己，早已吓得花容失色，跌坐在地上，连哭都忘记哭了。

月儿见状，连忙挺身上前护住珠儿，大声叱责道："尔等何故如此凶残？赶紧放手，珠儿所欠银两，我自帮她还给你们！"言毕，转身进入内室，拿出自家的金银细软，一一给了众人。

珠儿泪流满面，默默地含羞而出。当天夜里，盗家母妆匣赠与月儿姐姐，资金数倍于债务。

两日后，东窗事发。常六爷大怒，以家法严加惩治。

珠儿无奈之下，只得据实相告，原原本本将尹家花园里发生的事情，一一告诉了父母双亲知晓。

总兵大人闻听后，越发地暴跳如雷。他立即领兵围缉，但寻遍尹家花园，始终不见月儿和众位姐妹的身影。

街坊邻居告诉常大人，前天夜里，尹家花园突然没有了彻夜通明的灯光，也没有了通宵达旦的丝竹管弦之声。

月儿及一干姐妹，终不知为何许人也。

玉箫

中秋佳节,月华如水。站在蓬州城的望鹤楼上远远望去,灯火朦胧中,蓬山书院宛如琼楼玉宇。

一地月色溶溶,满庭桂子飘香。

书院荷池的石栏杆旁,一人静立月下吹箫。箫音清越似幻,袅绕在幽远的夜空里,让人生出无限的遐想来。入二更天时,柳雪飞收箫入室,拥衾侧卧榻上,凝望窗外月色朗朗,一时难以入眠。

柳雪飞本是遂州城里的世家弟子,自幼饱读诗书,尤善音律,颇有雅士之风。然其恃才三赴潼川府乡试皆不举,愤而离家出走。前年春上来到蓬州,偶遇蓬山书院主讲杨顺章,二人相谈甚欢,遂留书院中做了见习讲师。

时值八月十五,书院例行放假五日,一院师生都兴高采烈地回家与亲人们团聚去了。偌大的书院里,只剩下柳雪飞独自一人,百般无聊地不知如何是好。晚饭时小酌了两杯桂花酒,一时惆怅满怀,便静静地立在荷池畔,望月吹箫聊以自慰。

当空月华如水,一庭桂香愈浓。柳雪飞抚箫沉思,不觉恻然,佳节思亲何人能免?思前想后,柳雪飞情不自禁地吹奏一曲《明月千里》,情出于心,箫音果然如幽幽月华,充满无限思念的情怀。

一曲奏毕，柳雪飞泪流满面地回到寝室里，半卧在木榻上，正悠悠地思去，忽闻庭中异香浓烈，房门咿呀自开。

　　柳雪飞惊起，惶惶拥衾坐榻上。

　　月色朦胧中，他看见一条巨型的白犬昂然进入室内，项上系着一副金铃，叮叮当当地绕室一周而去。

　　俄尔，又听见庭院里人声窃窃，有女郎携梅花宫灯循阶而上，分两行并进，计有十六人之众。

　　殿后一位美姬，年龄约有十八九岁，风华绝代，瑶冠凤履，身着蜀锦纱袍，袖广二尺许，极类图画中的宫妆。美姬肌肤玉莹皎洁，与月光交相辉映，望之如仙女下凡。

　　一行人缓缓地进入到室内，诸侍女将灯笼里的红烛取出，一一放在银盏上。刹那间，一室朗然如昼，四壁纤尘可见。

　　柳雪飞呆若木鸡，几疑自己身在梦中。

　　瑶冠凤履者款款走向柳雪飞，聚神凝视片刻，始终不发一言，沉默良久乃出。

　　诸侍女随之而去。

　　一室香烛俱灭，空余月光如梦。

　　柳雪飞大为惊愕，他简直不敢相信，自己所见到的异事真正发生过。然而一地烛泪尚存，怎么可能有假呢？

　　柳雪飞一夜恍恍惚惚，始终未能安然入睡。

　　翌日天明，柳雪飞早早起了床，急匆匆来到庭院中，里里外外仔细地找寻了一遍，却没有发现任何异常的地方。他越发不敢相信昨夜自己所见到的一切，整日里恍兮惚兮地不能集中精神，满脑子想的全是昨天夜里发生的怪事。

　　到了晚上，依然月明如昼。柳雪飞不待一更天就上了床，尖起两只耳朵凝神贯注地听着四周的动静，心中惶惶又若有所盼。然令他大失所望，绝代美人并没有如期而至。

越三夕，月色愈明。

柳雪飞持箫静立庭院中，尽展所能，一曲《春江花月夜》，渺渺地飘向四野。箫音旖旎妖娆，袅袅直入云霄，又随风化作遍地月色。

刹那间，异香又至，侍女复拥美姬入庭。

众彩女盈盈至荷池，沿池畔曲廊摆设条几木凳，罗列美酒佳肴于几上。

美人坐北朝南居首席，顾盼左右，嘱侍女呼唤柳雪飞过来叙话。

柳雪飞听到召唤，快步进入曲廊中。

美姬示意柳雪飞北向而坐，手执酒盏浅笑着对他说道："君不必惊惧，妾素闻汝妙音天籁，自当与君饮。"言毕，离座来到柳雪飞面前，亲自执壶酌酒相劝。

柳雪飞见美姬款款相邀，受宠若惊地将盏中之酒徐徐饮下，酒入口中醇冽异常。又食菜肴，味美精妙如饴，当真是世间少有之物。

几盏美酒下肚，柳雪飞渐渐地胆壮气豪起来。他酌酒回敬，美人并不拒绝，十分欣喜地将盏中之酒一饮而尽。饮毕，美姬笑曰："君人中俊杰，何苦贫困于此？从今而后，世间之物，君任取之。"

柳雪飞以为美人酒后戏言，便望着她摇头不语。

美人见柳雪飞不为所动，谓其品德高洁，心里甚是喜欢。复又言道："闻君之箫，兴致非浅。妾亦略晓丝竹，奏之愿君雅正！"

柳雪飞拊掌大笑，口里连连称妙，说到音律之事，他满脸神采飞扬，早已没有了先前唯唯诺诺之态。

美人嘱咐侍女取来一箫，月下观之，通体晶莹剔透，莹莹发着绿光。

柳雪飞知道此箫非凡物，乃回疆和田碧玉所制，是不可多得的西域贡品。想到此处，柳雪飞突然心底一动，如此珍稀之物，美姬如何拥有？

柳雪飞满脸迷茫，实不知美姬何许人也。

美人看见柳雪飞满脸诧异之色，并不理会他，自顾望月抚箫，徐徐吹奏。

柳雪飞侧耳凝神静听，箫音富丽堂皇，有如君临天下！他的心里又是訇然一动，如此雍容的气度，分明是皇家宫廷音乐，哪是民间管弦可比拟的?!

一曲终了，美人依旧浅浅地笑曰："妾家卖弄薄技，让柳郎见笑了。"款款言毕，复率众人径直离去。

如是者再三。

终一夕，美姬与柳雪飞重逢时，郑重其事地对他说道："君须遵守信诺，诚不让世间俗子知晓此事，否则祸必至矣！"她反复言及书院将复学，不宜在此久住，需另择一地相会。

蓬山书院北去二十里，一山高耸入云，内藏古刹富丽壮阔，村夫俗称为"高观"山。

高观始建于隋开皇三年，盛于开元间，是川中地区著名的佛教圣地。山中林木茂密，环境幽雅清净。二人私下商议，宜去此处相聚。

柳雪飞不待书院复学，匆匆草就一页辞书，塞进主讲杨顺章卧室的门缝里，随即独自一人，悄悄来到高观山，隐于山中白云观。

唐咸通年间，高观山方圆十里的乡民，每每于花好月圆之夜，听到山中仙乐袅袅，惊疑为神。村夫俗妇纷纷上山顶礼膜拜，高观山一时香火大盛。

乾符二年春，柳雪飞踏青来到遂州广德寺，欲找好友克幽禅师参禅论道。至观音殿，见殿周宫娥彩女无数，女官侍卫云集，心里大为惊异。

克幽禅师是当朝第一高僧，曾被僖宗皇帝奉为国师。他轻声告诉柳雪飞："遂宁公主出家广德寺，实乃本寺莫大幸焉!"

柳雪飞闻听此言，心里甚为疑惑。他偷偷隔窗而观，谁知一看之下，骇得面如土灰，遂宁公主竟是夜夜和他相会的美人!

柳雪飞不知轻重，酒后胡乱将此秘密遍告同袍好友，借以炫耀自己。

月圆之夜，有纨绔子弟数人潜往高观山，被侍女擒获。拷挟询责之下，诸子众口一词地说到，若非柳雪飞泄密，我等凡夫俗子怎知公主殿下仙踪在此?

唐文德元年正月，遂州刺史崔先成以妖道之名，将柳雪飞斩于东门外的犀牛堤码头。有京城为官返乡者，前往观看，私下言及柳雪飞的容貌身板，绝类遂宁公主旧好天机和尚。

遂州土著口口相传至今，不知以为然否?

余查《遂州志》，确有唐僖宗十一妹封遂宁公主一说。

小玉

遂州城里的镇江寺，很风光地矗立在涪水之滨。寺庙不知建于前朝什么年间，由于年代久远，州里把它当成了宝贝疙瘩一般地加以保护，连去州衙的威风大道，都绕它而行。

寺庙坐北朝南，巍峨壮丽。

正北的大雄宝殿，檐牙高翘，佛堂弘阔。殿的两侧廊腰曼回，纹栏列队成行，廊道的粉壁上，等距相间地开有木格花窗。正南一座大楼，高约三丈有奇，楼分为上下两层，上层为有名的遂州大戏台，可容纳五十个演员同台合演大戏；戏台下开有拱形巨门，两扇木门沉重如铁，内外包裹着厚厚一层铜皮，铜包钉粗大如碗。

寺庙正中一庭甚大，平时里胡乱摆着百十把竹椅茶几，供茶客们品茗聊天摆"玄龙门阵"。设若有成渝两地的川剧班子途经此地演出，经营茶园的主人就将竹椅茶具收了，腾出空坝来作戏迷们听戏之用。据说川剧名角水仙花从成都来演出时，小小的镇江寺里，一下子塞进了五百名臭戏篓子。锣鼓响处，两亩地的院坝上人山人海，挤得缝缝都没有，连东南角上那棵大黄葛树上都爬满了人。

镇江寺虽然名叫寺庙，但通观寺中却无神像香火，倒极像入川的陕人修建的会馆，实在不知道当初营造者是何用意。遂州人对此不感兴趣也没有人去研究，闲暇时只管去品茗赏戏冲些不着边际的"壳子"。

清明时节，风和日暖，遂州城郊杜鹃声声。

一大清早，凤山书院学子张涪山呼朋唤友来到镇江寺。今天是他二十五岁的生日，除了嘱咐茶博士泡一壶上好的龙井招呼众子围坐品茗聊天外，还特意置办了一桌丰盛的宴席，好酒好菜招待大家。

中午同袍相贺，说了许多吉利话，又是"金榜题名"，又是"洞房花烛"。

张涪山兴高采烈地一一持酒相谢，席间，数次把酒而歌。

临近席散，张涪山醉醺醺地向主人家索要笔墨，乘着酒兴，在回廊的左壁上挥毫题下了一阕念奴娇。词曰：

> 大江西来，月中天，更无一点风色。玉鉴琼田三万顷，着我扁舟一叶。素月分辉，明河共影，表里俱澄澈。悠然心会，由衷难与君说！　　应念此生经年，孤光自照，肝胆皆冰雪。黑发萧骚襟袖冷，放眼四海空阔。尽揽西川，细酌北斗，往来多豪客。扣舷独啸，不知今夕何夕？

张涪山笔走龙蛇，一气呵成。所书之词境界高阔，文采灿烂，怀才不遇之气喷薄而出。

书毕，掷笔复大笑，又连飞十数觞。一众同袍，无不为之倾倒。

时有老妪携二八女郎灵泉寺烧香过市中，见张涪山醉后狂草，惊为张旭再世、怀素重生。

女郎轻声赞曰："宋玉之才，东坡之骨！"声似黄鹂，婉转如歌。

张涪山闻言，心中酒意全无，放眼望去，果然绝色佳丽也。不由书生意气再发，击节歌曰："花为貌，鸟为声，月为神，柳为态，玉为骨；冰雪为肤，秋水为姿，诗词为心，翰墨为香！妙哉妙哉！"

女郎见他酒后轻狂，羞得满脸胭红，随老妪匆匆离去。

张涪山看见女郎袅娜而行，气韵如仙，心中忽然痴迷，返回家中迷迷糊糊卧倒在榻上……

四野清幽，林木葱郁，溪水宛然如画。女郎隔岸回眸，夭夭如桃花。忽劲风过林，落英缤纷，女郎翩跹坠入涧中。

张涪山大叫而醒，原来南柯一梦，回顾梦境，却历历在目。

翌日天明，张涪山早早起了床，像往日一样，站在家门口的阶沿上舒展筋骨，随着一口长气徐徐吐出，心中顿时空空荡荡，没有抓拿一般发慌。他匆匆收了功，到盥洗间洗漱完毕后，并没有去厨房里用膳，而是独自出了家门，沿着女郎昨日离去的路径，一路寻觅而去。

出州城西门二里许，有溪名芦水，夹岸十里柳荫。过板桥，道旁苇丛中遗绢扇一柄，张涪山捡起来打开扇面观看，扇额上题有小诗一首："烟中芍药朦胧睡，雨底梨花淡淡妆。小院黄昏人定后，隔帘遥辨麝兰香。"再往下一看，张涪山吃了一惊，扇面上所题念奴娇一词，居然是自己昨日在镇江寺酒后所书之句！字迹工整娟秀，墨迹犹新，仿佛若有胭脂香。

张涪山大为惊异，连忙将扇匿入怀中，视若珍宝收藏。又前行一里路，柳林甚密，间有桃花烂漫，见一女郎妖娆嬉戏花下，二侍女相随左右。

张涪山隐藏在柳林中窥视，三姝丽一路嬉闹，且停且行，怡然如桃花源中人。良久，三人择岔路结伴隐入林中。

张涪山呆呆地站在柳林旁，遥望三女绰约如仙，带袂飘举，环佩叮当作响，百步之外犹有异香袭鼻。他确信三人的住处离此不远，遂解下腰间所佩小剑，将一棵碗口粗的柳树削去一大片树皮，用小剑在削皮处刻上了七言绝句一首："隔溪遥望绿杨斜，联袂丽人歌落花。风定细声听不见，茜裙红人那人家？"

张涪山刻画完毕，兀自念了一回，依依不舍地沿溪续行。转过小山坡后，看见前面不远处有一鸡毛小店，三五个村民坐在条凳上喝茶聊天。

张涪山彬彬有礼地上前问话，村民们皆摇头表示不知详情。唯有店家答道："此去里许有王将军园林，恐其家眷亲属是也。"

张涪山谢过而返。

明日又行至芦水桃花林，风和日丽依旧，却整日里不遇所期，唯见柳林丛中落花伴溪水缓缓流出。

张涪山大失所望，复又书一绝句续于昨日所题之旁，诗曰："异鸟奇花不奈愁，湘帘初卷月沉钩。人间三月无红叶，却放桃花逐水流。"

如是者半年有余，张涪山数次来到芦水，都没有再见到女郎的踪影，心中惆怅万分，只把一柄遗扇随身藏在怀中，时时拿出来亲近把玩，珍爱如拱璧。

是年秋闱，张涪山进士及第，授翰林编修。越明年，官雅州名山知县。春三月，赴任途中过简州龙泉山，正值春风淡荡，桃花灼灼盛开。

张涪山爱此美景，嘱随行差人饮马山涧中，自己站在一幢民宅的茅屋前，赏景小憩。

院内有一红颜老翁，正笑呵呵地逗弄着一个三岁左右的孩童，一边玩耍一边晒太阳。老翁见张涪山一身官服立檐下，连忙将稚童交给门人，出来邀请其入宅内饮茶。

张涪山喜庄户雅洁，信步入内。初入宅门，仅茅屋数间，再经曲廊幽径，越过小院，步入后园竹林中。眼前豁然开阔，楼台重宇，金碧辉耀，缓步行走其间，恍如隔世。

张涪山随老翁来到一间雅室里坐定，少顷奉茶一盏，茶汤平常殊无特别，饮后却满口余香。

张涪山把茶盏端在手里细细地把玩，终不知这么平常的茶汤，为何口感绝佳。

稍憩，张涪山饮茶两盏，便欲辞行。

老翁挽留道："此去名山不远，可歇马用过午膳再行无妨。"

张涪山见老翁之意诚恳，复又坐在木椅上，从怀中拿出那柄珍藏的绢扇，轻轻摇动起来。

老翁立一旁，惊问道："此扇从何处得来？"

张涪山不知老翁为何如此诧异，忙据实告知："不瞒老丈，此扇诗书画俱佳，本令去年春上在遂州芦水拾得。"

老翁向张涪山借过绢扇仔细观看，突然匆匆走入侧门中。良久乃出，喜滋滋说道："适才见扇头小诗，疑吾甥女手笔，入示吾妹，果如是。"

张涪山初入宅门时，隐隐有些异样的感觉，当他听了老翁的诉说后，心中惊骇不已，继而大喜过望，旋即随老翁入别室。

室内锦帐妍丽，几案洁亮如镜，四壁的窗花镂空雕刻，花鸟鱼虫栩栩如生。临窗置一琴，甚古。

方坐定，有老妪出拜。张涪山一眼便认出此妪乃是去岁清明节镇江寺里，偕女郎的老妇也。

老妪见了张涪山却并没有认出他来，自言自语地说道："夫君王

286

忠义,官凉州武威总兵,三年前奉诏西征讨贼,不幸中流矢身亡。奴家遂携女返蜀中遂州,隐于芦水旁。小女玉儿,年十六,到溪畔游玩偶失此扇,不意为大人所获,莫非天意乎?"

张涪山不知老妪口中的"天意"何指?愿闻其详。

老妪述曰:"玉儿溪畔失扇,曾数返寻找,皆无所获,唯溪树上题二绝句,吟哦甚欢,至今犹诵之。"

张涪山请诵其词,乃自己芦水柳树所题之句也。

老妪端视良久,恍然大悟道:"大人莫非清明镇江寺题诗者乎?"

张涪山微微欠身,答曰:"酒后孟浪,恕小生无礼。"

老妪闻言,大喜,嘱咐侍女速到内室传唤小玉。

侍女人内,良久不至。

老妪高声唤道:"玉儿何无理至此?可知溪树题诗者乎?枉自没日没夜地念念不忘。"

环佩响如连珠,旋即有女郎严服靓妆而出。果然是溪畔所见的丽人,一年不见,越发的玉姿芳润。

张涪山心头狂喜,竟情不自禁地责诘道:"那日一去不复还,苦煞小生数往寻觅。"欢喜之情溢于言表,语气俨然如故交。

女郎低首轻声应曰:"去岁春上,妾随家慈到龙泉探望郎舅,至今未返芦水,奈何?"

二人相谈如故人,论及文学事,话语滔滔不绝。

午时用膳,美具精食,世所罕见。餐毕,张涪山珍重辞谢。老妪携小玉相送道旁。

女郎突含泪吟诵道:"闻郎夜上木兰舟,不数归期只数愁。半幅御罗题锦字,梦里相赠玉搔头。"

张涪山马上拱手相别,心中戚然:"碧窗无主月纤纤,桂影扶疏玉漏严。秋浦芙蓉偏头笑，半帘斜映红烛轩。"

春风淡荡，桃红乱坠，张涪山数度回首。小玉扶柳道旁，久久不愿离去。

是年五月，张涪山派人往聘。又三年，花好月令之期，二人喜结连理。

小玉妙解音律，通贯经史，张涪山心甚怜爱，时常不离左右。二人夫唱妇和，感情甚笃，至九十高龄，双双无疾而终。家人造一巨墓合葬遂州芦水，人称鸳鸯坟。其人其事，里人至今犹传。

青梅

王家的四合大院，坐落在玉河坝上，是遂州出了名的大宅子，方圆百里之内，无出其右者。主人王云，虽然只是一个秀才，却是玉河坝历史上唯一有过功名的人。

清道光十九年秋，王云远赴潼川府应试，大娘相送于宅前玉河廊桥上。她眼泪汪汪地对夫婿说："汝放心前往潼川应考，家中一应大小事情，妾定当竭力操持，当不会有半分闪失。"

王云颔首，二人挥泪而别。

大娘小名青梅，年十七，顺庆府大绅粮罗庆红家里的四千金，年前才嫁到王家。王云为独子，故乡党皆呼青梅为大娘。青梅从小知书达理，来到王家后，婆媳关系相处甚洽。

自从那日夫君远赴潼川后，家里就只剩下王云两眼失明的老母亲和大娘两个人。平时里，青梅慎遵夫嘱，日出而作，日落而息，每日里天未黑就早早关了大门，偌大一座四合院，黑沉沉地让外人不知虚实。

邻人张三宝，精技击，尤擅长凿墙挖洞，入室盗窃。他见青梅年轻貌美，又一人独处家中，时常借机以语言撩拨引诱。别看青梅表面纤弱如柳，实则性烈似火，每每将张三宝骂个狗血喷头。

张三宝屡遭青梅拒绝，遂怀恨在心，伺机报复。他有许多道上的狐朋狗友，经常到他的破屋子相聚，白天喝酒吃肉睡大觉，夜里外出偷鸡摸狗发横财。

死党刘七，突一日从资州城来到玉河坝，张三宝设家宴隆重款待他。酒至半酣，张三宝突然对刘七说道："兄弟，敢不敢到王云家搞一家伙？"

刘七闻言后吃了一惊，以为张三宝酒后胡言乱语，笑着说道："老兄时常说盗亦有道，今日何出此言，欲盗邻里乡亲乎？"

张三宝乘了酒性，把自己的真实想法告诉了刘七。

刘七听得垂涎欲滴，连连点头称是。

等到天黑，二人径直来到王云家的大宅子外潜伏。

二更初，四野皆寂。

张三宝巡东，刘七巡西，两个人绕着宅子环巡一周后，心里便纳闷儿起来。院内明明只有大娘和一个瞎眼老太婆，怎么他二人在东西厢房里都听到哗哗的声响，如人夜尿呢？更奇怪的是，他们还听到堂屋里数人私语不绝，好像大院内所有的房间里都住着人一样。

二人疑惑不敢动，未及天明就悄悄地撤了回去。

然二贼恶念不死，翌日又乔装潜往窥视。遍巡大院内外，确实只住着一个盲妪和一个俊媳。

张刘二人探得实情，胆益壮，当天夜里复往王家。二贼皆道中高手，找准青梅寝室墙根处，用洛阳铲凿土挖洞，片刻洞成。

张三宝知道室内并无他人，但仍心存疑虑。装作十分真诚地对刘七说："兄弟请先入，为兄给你把风。"

刘七大喜，以为张三宝礼让于他。赞一声"好哥哥"，便伏身进入洞内。

时值二更天，月光明亮皎洁。

刘七的头刚没入洞里，怪事就发生了。

张三宝猛听得刘七一声闷哼："救命！"慌忙之中，捉住他的双脚往外便拽，但不知何故，却始终无法将其拽出。张三宝大急，用力猛拽，仍不能出，复抱住刘七的两只脚，左右拉扯，终于将他拖了出来。

月光下，只见刘七的颈脖处，血肉模糊，早已不见了项上之头。

张三宝大骇，丢下尸体狼狈而逃。他气喘吁吁地跑回家里，又觉得不妥，遂收拾钱物，连夜逃往他乡。

天明，官府得报，有无头尸体弃于河滩。衙门捕快四下追查，杳无线索，遂成一桩疑案。

逾月，王云得中举人而返。

盲母喜极而泣，见儿媳忙里忙外张罗，悄悄拽住王云的手，压低声音对他说："自汝走后，王罗氏夜夜养汉偷奸。"

王云哪里肯信？笑道："母亲双目失明，如何看得真切？"

盲母复言道："老母虽然双目失明，但听力犹胜常人，夜里时常听到多人小解，又闻淫妇与他人窃窃私语。儿啦，非母谤她不是，汝找那妇人一问便知。"

王云听母亲言之凿凿，料想老母不会乱说。夜里，王云将母亲所言告诉青梅。

大娘百般辩解，双双不欢而散。

王云以青梅不守妇道为由，告于官。

大娘在公堂上，哭诉不已。

原来自从王云远走潼川后，青梅见邻人张三宝有不良之心，为防不测，便于大小房间内各置一木桶，夜里间隔一个时辰，就提着注满水的茶壶，逐房倾水于桶，闻之如人夜尿。大娘为给自己壮胆，还时时变换声调，自言自语地摆些"玄龙门阵"。谁知张贼胆大包天，终于上月十三日夜里，破墙洞入，被大娘用洗足木盆死死扣住其头，任由张贼挣扎也不得脱，以致身首两端。贼尸抛于河滩，贼首则埋在西厢房的衣橱下。

官府听了大娘一番申诉，派人到王家大院西厢房衣橱下挖掘，得一模糊头颅，细看之下，却不是张三宝的首级。

青梅大惊失色，慌乱中不能自圆其说。

官依王母之言，判定无名尸体必是青梅奸夫争风吃醋、互相残杀所至。遂以青梅伤风败俗为由，处以凌迟极刑，裸尸悬挂示众七日。

大清咸丰六年冬，遂州名捕陈豫川侦破梓州"汪雄大案"，捉得张三宝，才得知当年事实真相，可惜已是二十年后的事了。

时，王云宰华阳令，得知青梅冤案实情后，辞官归乡，筑衣冠冢于王家大院内，日夜守护贤妻亡灵。

王云死后，与青梅空冢合葬，人称梅子坟。时至今日，梅子坟依然矗立在玉河坝上。

麻姑

涪江一路蜿蜒东流，到了遂州地界的桂花古镇后，向南绕出一个大弯，形成了六十里的冲积平原，地名广阳坝。

大清光绪年间，这里出了一个很有名的举人，姓唐名天宇。唐家是桂花镇上第一大户人家，站在广阳驿高高的石台阶上顺江东望，二十里外就能见到唐家巍峨的庄园大门。

腊月初八夜，天雨雪，唐府内却温暖如春。

唐举人饮了几杯自家酿制的桂花酒，微微有了两分醉意后，独自进了内房，准备上床休息。

新来的丫鬟麻姑，端来一只大木脚盆放在榻前，利索地注入小半盆热水，又将老爷搀扶到太师椅上坐定，就要动手给唐举人洗脚。

灯光下，唐举人见麻姑妖媚动人，却不知道她叫什么姓名，遂问道："你是哪家的女儿？几时来到庄上的？"

麻姑见老爷相询，低着头轻声答道："小女子家住在附近的张家庄，昨天才随父亲到的府上。"

唐举人终于想起来了，原来是长工张春旺的幺女麻姑。嘴里一边"哦哦"应到，一边半认真半开玩笑地说："麻姑，你可要小心仔细了，老爷我左脚心有一颗黑痣，此乃咱唐家人的福气所在哈。"

麻姑以为老爷酒喝多了打胡乱说，并不理会他的话，默默地为唐举人褪去脚上的鞋袜，偷偷看他的左脚心，果然有一颗豌豆大小的黑痣。不由得呆了一呆，装作傻里傻气地问道："老爷有福，是天老爷的恩赐，与黑痣有何干系？"

唐举人见麻姑小小年纪，说话却礼数有加，极有分寸，心里有了几分喜欢。便愈发神秘地吹了起来："黑痣生左脚，福气从天落。丫头你可知晓这个道理？"

麻姑见老爷越吹越神乎，忍不住说道："老爷左脚心有一颗痣称福气，小女子两个脚的脚心各有一黑痣，可称贵人乎？"

唐举人闻言，大惊，差点踩翻了木脚盆。他手慌脚乱地抖掉溅在衣服上的洗脚水，急切地问道："此话当真？"

麻姑不知唐老爷为何如此失态，抿嘴笑曰："小女子怎敢在老爷面前说谎？"

唐举人见她说得认真，不像闹着玩，便要她脱掉鞋袜，查看其说的是否真实。

麻姑听到老爷要她脱掉鞋袜，立即羞得满脸通红。她一个待字闺中的小丫头，怎么可能让一个大男人随便观看脚板心呢？

唐举人哪里肯放过她，见麻姑不肯脱鞋，便拉下一张马脸，不高兴地看着她。

麻姑见唐老爷生气了，心里十分害怕，小脸儿更加的娇羞。她把头深深地埋在胸前，忸忸怩怩脱去布鞋和棉袜，露出一双白生生的脚来。

唐举人一把抓过麻姑两只纤纤小脚，果然看见两个脚板心上，各长着一颗黄豆般大小的黑痣，漆一般黑亮。

唐举人略知相术，一见之下大为惊异，以为真贵人也。继而满心欢喜，肚子里十二分地叫起好来。

翌日天明，唐举人独自一人乘马西行，急匆匆赶往潼川府的云台观，秘密拜会好友松鹤道长。

松鹤道长见故人不期而至，知必有事相商，连忙迎入内室，嘱徒儿煮茗以侍。

唐举人未待茶汤到手，就将麻姑双脚生有黑痣以及自己的想法尽情相告。

松鹤闻言，同样吃惊不小，认定麻姑非常人也。他告诫唐举人要顺应天机，切不可鲁莽行事，须明媒正娶麻姑并立为正室，唐氏一门方可富及三代，出经天纬地人物。

唐举人得到松鹤道长指点玄机后，快马加鞭返回家里，悄悄与大妇商议。

大妇初时不肯，又吵又闹地不依不饶。

唐举人拿出写好的休书相逼，大妇才无可奈何地默认从之。

腊月二十六，唐举人迎娶麻姑。

唐府内外，张灯结彩，鼓乐喧天。四方乡邻纷纷前来道喜，镇上的名宿耆老也接踵而至，贺声连连。

越明年，麻姑孕怀六甲，于秋九月十二日产下一子。男婴天庭饱满，两耳下垂，隐然有龙凤之姿。

术士卜仙视为神童。

唐举人大喜过望，广邀亲朋好友百十人，在自家的庄园里连贺七日，依"济世安民"之意，为其子取名"世民"。

唐世民从小异于常人，府上乳母虽众，却只食生母麻姑之乳，他人休想强行为之。

唐举人以为异兆，愈发地疼爱有加。

麻姑更是视其为心肝宝贝，轻易不动他一个指头。

唐子得此宠爱，七岁犹跪食母乳前。

岁至端午，唐举人携爱子赴朋友家宴。主人一时疏忽，让父子俩侧门而入。

唐世民心里不甚了然，遂站在门前不肯入内。口里念念有词地说道："客从正门入，主家万世福。"

主人家见唐世民小小年纪，竟然有这等见识，心里大为赞叹，此子果不同凡响。嘴上却故意戏言道："小犬无知嫌路窄。"

唐世民以为主人不敬，轻蔑自己，不屑地脱口对曰："大鹏展翅恨天低！"

一行人无不惊愕，纷纷称赞如此神童，前途不可限量。

唐举人见儿子出口成章，心里甚为欣喜。一眼瞥见主人家满脸干笑，遂假意叱责道："犬子不得无礼！"

唐世民正得意忘形之际，猛然听到父亲莫名其妙地呵斥，心里顿时不快。一个蜜罐里长大的娇气包包，几时受过这等责怪？遂不顾唐父阻拦，竟然当着众人之面，哼哼两声，旁若无人地拂袖而去。

唐举人见了，尴尬地笑着说："都怪老朽管教不严，莫见笑，莫见笑。"

众人又是一番感叹。

唐世民跑回家中，向麻姑哭诉，说父亲的无理呵斥伤了自己的面子，求母亲为他讨回公道。

麻姑见儿子哭得可怜，心痛得要命，百般哄劝方止。

申时，唐举人回到家中，立即遭到麻姑劈头盖脸一顿臭骂。

唐举人待要辩解，麻姑哪里肯听？一阵激烈争吵后，二人气鼓鼓地不欢而散。

唐举人负气出走，夜宿大妇处。

第二天中午，松鹤道长从云台观云游而来，在仔细观察了唐世民的相貌举止后，私下里对唐举人说："此子相貌不俗，将来定贵不可言。唉，只可惜左耳处少了一痣。"

当其时，麻姑正打从窗外走过。闻听此言，她的眼里莫名其妙地有了一丝异色。

晚里三更时分，唐举人正和大妇亲热，突然听到西厢房里号声悲切，急忙披衣奔了过来，强行撞门而入。

灯光下，唐举人见儿子被绑在花床的木架上，满脸血污地昏厥了过去。

麻姑正手持一把尖刀，专心致志地刺着唐世民的左耳垂。妇人一边仔细观察唐子左耳创口，一边用兔毫毛笔，蘸一蘸放在床头上砚台里的墨汁，小心翼翼地点在儿子受伤的左耳垂上。

唐举人勃然大怒，恨声叱曰："蠢妇意欲何为？"

麻姑神情自如，淡淡地说："松鹤老杂毛不是说小儿左耳处少了一颗痣么？老娘正在为他造痣耳。"

唐举人闻听此言，心痛欲绝。忽又心中一动，想起麻姑从未与自己共濯一个脚盆之事，难道她两脚脚心的黑痣也是人造的？

唐举人一念至此，立即喝令家仆将麻姑强行按住，掌灯细看她两个脚心，其痣已淡无痕迹，显然为人工点墨而成。

唐举人怒不可遏，扭住麻姑一顿痛殴，直打得鼻青脸肿。

麻姑吃痛不住，只得据实相告：原来长工张春旺久居庄上，无意中得知唐举人视自己左脚脚心的黑痣为福宝，便心生异想，从遂州城满园春赎得一妓，又诡言骗得全泰堂名医柳浪春信任，为妓两脚心各造黄豆大小一颗黑痣，再将妓伪装成亲生女儿麻姑，合谋来骗唐举人钱财。唐举人哪知就里？一个风尘女子竟成了唐老爷甚为宠幸的二夫人，张春旺也升为唐府的大管家。

听了"麻姑"一席话，唐举人直恼得地上无缝可钻！他唐某人也是一方名宿，此等事情一旦传扬出去，哪里还有脸面在地方上混？

不过呢，唐举人到底是有过功名的人，出了这等羞死先人的丑事情，居然一点不露声色，仍然装作无事一般，对张春旺及"麻姑"的好犹胜从前。

上元佳节闹元宵，唐举人携大妇到遂州城观灯。夜里子时，唐氏庄园忽起大火，烧毁房屋七间，张春旺及"麻姑"母子偕四个仆人一齐葬身火海。

翌日，唐举人和大妇得报，匆匆从遂州城返回家中。二人见此惨状，皆捶胸号啕。

二管家吴仁义遵老爷吩咐，专门从云台观请来松鹤道长，为遇难者办道场七七四十九天，后隆重葬于蓬山山麓的兔儿坪。

后人不知就里，俗称"七官坟"。

阿绣

涪江绕遂州东行十里，有地曰郪口。卢三爷的庄园，就坐落在郪口的平坝上。

郪口依山傍水，状如筲箕，旧时地名叫作筲箕湾。卢府的山墙紧挨着筲箕湾的后沿，整座宅子端端地坐在筲箕正中。术士说："府落筲箕背，大米比金贵。府居筲箕湾，金银堆如山。"

卢府拥有筲箕湾这个聚宝盆，十年间，成了遂州地界数一数二的大庄园。雄阔的大门前，耸立着一棵百年黄葛树和一对硕大无朋的石狮子。

阿绣是卢府上的丫鬟。

很多年前，阿绣被人拐卖到府上的时候，偌大的卢府里，没有人疼爱她，只有少爷喜欢和她一起玩耍。自从前年元宵节看龙灯，少爷偷偷香过她的嘴后，阿绣便有了忧愁。夜里，时常一个人望着天边凄美的月亮，汪汪地流眼泪。

流泪的阿绣很美，像画中的人儿，使人想到蒲先生笔下红玉之类的狐仙。老太太见到少爷偷偷和她在一起，骂她是狐狸精，常用纳鞋底的锥子刺她的小手，恶狠狠地告诫她，不准在少爷面前戴花卖俏。

299

十六岁的阿绣自然是要戴花的，卢府偌大的后花园里有的是桃李菊梅。阿绣每每于云鬟处斜插一朵时令花儿，窥见左右无人，袅袅行于曲廊上，惹得少爷笑声不绝。

1850年正月己未日，咸丰登坐龙廷，举国同庆。

一大清早，老爷太太各乘一轿，上遂州城看"国庆会"去了。

阿绣手摇绢织团扇，头插红梅花，妖妖冶冶地来到书房，准备约少爷去后花园捉迷藏。猛然看见老太太威严地立于书房的前厅里，惊恐之下，慌乱向外逃窜。谁想脚下绊一石，身子倒栽葱似的跌于堡坎下，顿时香消玉殒。

少爷大悲，抚尸恸哭一天一夜。数次跪求父母双亲，厚葬阿绣于后山。

邻村有泼皮胡二者，窥伺阿绣丰厚陪葬，借暮色掩护，偷偷潜往山里掘墓盗物。

月光下，阿绣面色如生。胡二忍不住淫心顿起，搂住一阵狂吻。

猛然间，听到阿绣喉咙处啊啊有声。胡二吓得魂不附体，丢下尸体兔奔狗突而去。

山风一吹，阿绣悠悠醒了过来。虽然头痛如裂，却依稀尚能忆起跌跤前的事情。看着一地纸钱，心里明白了几分，遂慌慌张张奔回卢家庄园，举手拍门呼唤。

卢府内灯火通明，人声鼎沸。突闻阿绣悲切的呼救声，一宅人皆惊恐。刹那间，偌大一座府第人声俱灭，寂如死宅。

阿绣嘤嘤而泣，望着黑沉沉的四野，心里充满无限恐惧。她凭着一丝模糊记忆，寻到后山荒寺栖宿。

翌日天明，少爷来到破庙中，二人抱头痛哭。

老爷太太闻讯赶到庙里，见阿绣披头散发，形如厉鬼。遂不顾少爷哀求，强行拽之回家。又令工匠用巨木封了庙门，将阿绣困在破庙中。

少爷无可奈何，只得隔三岔五送些粮食柴火上山，偷偷到荒寺里和阿绣相聚。

秋八月，少爷突染恶疾，遍寻名医不治，身体日渐消瘦，形如枯槁。

卢三爷请来"老窝"青道士观花，为少爷驱鬼祛邪。

青道士围着卢府转了三圈，又仗着松木宝剑胡乱地东挑西刺，信口胡诌道："少爷之魂已被女鬼摄去，此鬼不除，恐有性命之忧。"

老爷大急，问女鬼来自何方。

青道士双目炯炯有神，毫不犹豫地说："后山阿绣。"

老太太闻言，差点没昏过去。

青道士领府上众位家丁上山，将荒寺团团围住。

丫鬟荷花搀扶少爷来到破庙。

阿绣见少爷枯瘦如柴，顿时泪如泉涌。待要上前相认，谁知少爷竟然惊恐万状，避之如妖。

老太太戟指阿绣，满面冷霜地吩咐道："请道长速施神火焚之。"

青道士领命，口里念念有词道："天灵灵，地灵灵，雷公火闪快降临！"复又嘱小道往阿绣身上浇淋桐油，四下里举火炬待焚。

阿绣孤独无援，放声痛哭道："少爷，吾非妖怪，更非尸变，吾是阿绣啊。"

少爷闻言，呆了一呆，突然口吐白沫而哭："你是阿绣？阿绣早死了，汝是鬼、鬼、鬼……"

老太太大惊失色，唯恐儿子鬼迷心窍，待要亲自上前点火。突然见阿绣厉鬼般凄惨一声哭叫，奋力撞开木门，飞身跳下悬崖。

时，咸丰元年八月初七，日将午。

据奶奶说，阿绣跳崖后并没有死，她已怀上了少爷的骨肉。十八年后，有外乡卢姓秀才曾到郏口寻父。惜卢三爷一族经此劫难后，早已家道败落，人也不知了去向。

市井

残人

　　梓州的郪江古镇，相传为春秋时期郪国都城，城不是很大，计有二百七八十户人家。顺河一街是城中最为繁华的商贾大道，清一色的粉墙碧瓦，各色店铺林林总总不下百家，从梅子嘴一直铺排到凉水井的郪江大桥头。

　　大户朱群山占据着顺河街依山的半边街坊。

　　毗邻朱家大院的徐中元，是顺河街上唯一住着茅草屋的人。他的堂客很漂亮，前年却跟着一位做药材生意的陕客跑了，给他留下一个八岁的儿子和一顶"绿帽子"。

　　父子俩平时靠捡破烂维持生计，一年四季的饭桌上，都难得见到几滴油花花。好在徐中元的儿子天生异能，别看他小小年纪，却时常一个人到河汊塘池里，摸鱼捉鳖抓鳅拿鳝，每每手到擒来。所获之物甚丰，两爷子食用不完，就送到朱群山的府上，换些散碎银子以资家用。

　　顺河街的大黄葛树下，为涪江上游七十二码头之一，往来梓、遂二州的船只多如过江之鲫。那些川商陕客们，往往带了大把的银票来此淘金，购些自己中意的皮货药材抑或农资农具。

　　据老辈人说，郪江码头鼎盛时，连官府严禁的"黑白"二货（鸦片和走私盐）交易都十分猖獗。这么一方风水宝地，自然会引起各路贪婪者的明争暗斗，甚至血腥掠夺。

大清同治二年农历五月十八。

夜里亥时，一场大火横扫顺河一街，百姓死伤无数。唯朱群山府上人多势众，力保偌大一座府第安然无恙。

火灾之后，面对一街惨不忍睹的惨状，朱群山痛哭流涕，三天三夜躺在床上不吃不喝。到了第四日，他似乎把一切都看淡了，从钱柜里拿出十万两银票，请来掌墨师傅和上百人的工匠，在梅子嘴的山弯里大兴土木，一下子修建了上百间的新房子，悉数将受灾的街坊邻居迁到此处定居。

朱群山的善举得到了地方衙门的高度赞誉，邻人们更是把他当成了救苦救灾的活菩萨，连牙牙学语的孩童见了他，都奶声奶气地叫"大善人爷爷"。

梓州牧高仙海感其德，特表奏朝廷，在梅子嘴通往遂州的官道旁，专门为他修建了一座三层楼高的功德牌坊。

朱群山做了这件善事后，心里特别舒坦，唯一让他感到痛心不已的是，徐中元父子在火灾中双双毙命。唉，这么苦命的人，怎么会遭天谴呢？更让他难受的是，从今而后再没有口福了。邻里乡亲谁不知道，朱善人最爱吃鳝鱼煨猪蹄子，捉鳝鱼的人都没有了，哪来的鳝鱼可吃？

顺河街从此归了朱府。

七月，小暑。

朱群山请来梓州城里的掌墨师，重新规划顺河一街。他不顾家人反对，花重金打造郪江古码头这个黄金口岸。凭借雄厚的财力，翌年郪江解冻通航时，原本破败不堪的顺河街，摇身变成了郪江古镇上最繁华的商贸集散地，新码头繁荣景况尤甚往昔。

望着自己的杰作和南来北往的客商，日进斗金的朱善人心里乐开了花。他隔三岔五都要到码头上走一走，见人更加的和和气气，只是依旧改不了好食鳝的嗜好，见了肥大质优的上等鳝鱼，每每吩咐下人购回府上，用文火慢慢地煨好，供其夜里享用。

又三年，有外地残人来到郏江古镇的鱼市结庐而居。这个操着一口北方腔调的残疾人，面目狰狞恐怖，自言幼时生恶疮所至。其左腿自膝盖以下空荡无物，右手的五指也残缺了拇指和食指。

任谁也想不到，就是这么一个四肢残缺不全的人，居然有一手空前绝后的擒鳝术。夜里只需到水田边或河堰旁走一走，就能拎回十斤八斤的鳝鱼来。回到家里，放进一个盛满井水的巨型陶瓮中，养置在遮光庇荫的地方，瓮内常年有鳝一二百斤。

残人每日清晨天不见亮，就掌灯从瓮中选出最大的四条鳝鱼，用鱼篓装好搁在鱼市上出售。他给每条鳝鱼标价一两银子，从不和客人讨价还价，也从无二价。镇上的人见了，无不啧啧咂舌，谁吃得起这种天价的鳝鱼？

只有顺河街上的朱群山，喜爱残人的鳝鱼优质肥美，天天煨而食之。

端午节赛龙舟，万人争睹。

残人跟随大伙儿来到郏江畔看热闹，无意中擒得一鳝，粗壮如成人手腕。残人大喜过望，用白布褂子兜着拎回家里，放进巨瓮中精心饲养。

越明年，其鳝已长到五斤有奇。农历五月十八，残人给鳝鱼披上红绸，用竹篮盛了，标价十金，隆重兜售于市。

消息轰动全城，市人纷纷前来鱼市街争睹鳝王。

朱群山听到这个消息，连忙派人将此鳝购回府上，趁活宰杀剥剐后，置于砂罐内，佐以精盐、猪蹄及当归、虫草等数十味补药，文火慢慢煨至夜里子时。

一院异香扑鼻。

朱群山大喜，独自一人躲在寝室里大快朵颐。

下人们流着口水，远远听到老爷一声接一声的赞叹，啧啧声不绝。

翌日天明，长年侍候朱善人的老妈子来到他的寝室里，准备为老爷穿衣著帽。当她推开沉重的房门时，顿时骇得昏了过去。朱群山居然七窍黑血横溢，暴毙在花床的锦衾上！

朱家人火速报官，忤作验尸系中毒身亡。捕快立即赶到鱼市街捉拿卖鳝人，残人早已不知了去向。

据传，残人乃徐中元的儿子，那年的大火并未将其烧死，迫于生计流落川北十余年。数年前擒得一条千年巨鳝，悄悄潜回故里，用慢性毒药一直喂养在郪江的隐蔽处，端午节趁人不备假意擒得，借以掩人耳目，让人不疑有他。

朱群山不知底细，购回食之，自然必死无疑。至于残人为什么要置朱善人于死地，就不得而知了。

宣德壶

遂州有三宝,稚儿跳绳踢毽时最爱唱:"蓬莱盐巴蓬溪糕,遂州南街打菜刀。"

史载:蓬莱制盐历史十分悠久,可上溯到西汉文景之时。所产井盐洁白如雪,远销国内各大商埠口岸。蓬溪制作的姜糕甜而不腻,入口化渣,当年慈禧太后一品之下,赞不绝口,敕封为"玉糕"供宫廷专用。这遂州南街上的曾记菜刀,更是了得,刀锋寒光逼人,削铁如泥,声望直逼杭州张小泉剪刀。

南街是遂州城一等一的热闹去处,早些年,曾记铁匠铺的生意火红得不得了。每天清晨天不见亮,小伙计们就起床生火打铁了,叮叮当当地敲打声,比雄鸡的啼鸣还要早。

住在南街上的人们,听到铁匠铺的风箱声,就像贪杯的人闻到了美酒的香味一般,浑身上下通泰无比。设若哪天铁匠铺因为有事不营业,人们便一天都提不起精神来。

南街上闲散的人离不开铁匠铺,每日里不论寒暑阴晴,九点钟准会围过来,一边闲摆些天南海北的龙门阵,一边看曾文正打铁。

曾文正是曾记铁匠铺的第五代传人,技艺炉火纯青。邻人们说看他打铁,是一种难得的享受。

每日里，曾文正总是不慌不忙地先抽一袋旱烟，过足烟瘾后，炉里的火正好发出青光，他知道炉温已达到了最高点。于是，左手拿着一把铁钳，夹一块红红的毛铁，右手拿一小锤，一锤一锤地指点着两个徒弟，用大锤将那块毛铁打成刀形。

刀形铁变冷后，两个徒弟各自有序地一人拉风箱，一人将冷铁夹入炉间，埋进炭里加温。

曾文正乘隙小憩一会儿，喝一口瓷缸里的凉茶或温开水，顺便和围观的人开开玩笑，偶尔摆些野得不堪入耳的骚龙门阵，常常逗得人们哄堂大笑。

等到炉火红了，曾文正又将炭里的"刀"夹出来，放在铁砧上反复指挥徒儿锻打。

这样的过程往往需要反复五六次，有时甚至七八次。只有当曾文正右手里的小锤，极快地敲打那把"刀"时，徒弟就住了手，用黑乎乎的毛巾擦一擦额上的汗。

曾文正虚起眼睛看了看货，认为满意了，顺手将打好的菜刀，夹起来放进旁边的水桶里淬火。"哒"的一声响，水桶里立即冒出一股浓浓的水蒸气来。

菜刀就这样打成了，围观的人少不了送上啧啧称奇的赞许声和雷鸣般的掌声。

每当这个时候，曾文正就格外地精神，身上的腱子肉一团一团地抖动，惹得那些年轻的婆娘们，心痒痒地充满臆想。

这些都是许多年前的事了。

唉，现在的曾文正老了，变成了曾大爷，自然没有力气再从业打铁了。想想曾经有过的辉煌，他时常抿着嘴巴偷偷地乐和。

南街上的大人细娃却记得他，也记得铁匠铺曾经带给过他们的快乐。邻居们每每从铺前经过，都要和曾大爷打打招呼。不知从什么时候起，人们发现曾大爷总是躺在竹椅上晒太阳，手里把玩着一只紫砂壶，慢慢地品着茶，露出极满足的神色。

南街上最有学问的张秀才说，曾大爷已经从铁匠蜕变为雅玩的大家了，无欲以达禅境矣。

邻人不知道张秀才所云，都说他的话像六月里隔夜的稀饭，有一股馊臭味。

今年开春，州城外的涪江通了汽船。汽笛声里，很多颧骨高耸的粤人来到了遂州城。人们传言南方人很有钱，他们到遂州来，是专门来寻找和购买宝物的。

遂州土著人私下里笑粤人痴，遂州哪来的什么宝物？见到粤人就戏谑他们，要不要城外头河滩上遍地的石"元宝"。

粤人笑笑，并不生气。路过铁匠铺时，看见曾大爷手上的紫砂壶古朴雅致，眼里放出绿光来，恳求一观。

曾大爷抱壶在怀，听不懂粤人的"鸟语"，只顾低着头一口一口地啜着茶。

粤人连比带划，大冷的天，额上急出了汗。

曾大爷终于明白了，龟儿子原来口渴了讨茶吃。便"嘎嘎"地笑着，将紫砂壶颤巍巍地递了过去。

粤人接壶在手，并没有喝茶之意。他反反复复地把玩，壶嘴内显一图案，一鹤振翅欲飞，似明宣德年间制壶名家"松鹤叟"印章。续观壶底，果然有大明宣德款识，以壶内茶垢和手抚痕迹之润泽论，当属宣德老品无疑。

松鹤叟制壶，素有捏泥成金之誉，世传真品可遇而不可求。粤人心头狂喜，有一搭没一搭地和曾大爷拉着家常，言其欲用壶内老

311

茶垢治哮喘，愿出十金求购。

曾大爷两眼微微地闭着，好像不知道粤人所言何事，古井一般的心里，连一丝涟漪也没有泛起。这把壶是曾家祖上传下来的，一代一代的曾氏子孙喝着它长大，也喝着它制出一把又一把名扬天下的菜刀。

唉，壶虽无意，人却有情。

粤人见曾大爷闭目不语，只道老人家嫌价低不肯出售，又加十金购之。

曾大爷依旧不言不语，闭目躺在竹椅上，双手将壶抱在怀里轻轻地抚摸。看他心满意足的样子，活脱脱似一位禅定的老僧。

粤人不解，悻悻而去。

四邻耳闻此事，知道曾大爷手中的茶壶价值二十金。乖乖，一只破茶壶居然是个宝贝疙瘩！

街坊邻居们便接踵而至，铁匠铺又开始热闹起来了。

曾大爷不知缘由，心里自然高兴。他用紫砂壶沏了好茶，热情地招待众人。

街邻哪里是来喝茶的，人人眼里放出贼亮的光，直直地瞅住黑不溜秋的紫砂壶不放。

曾大爷奇怪了，往日街坊邻居到铁匠铺来，有说有笑，怎么一下子全变了呢？眼中已没有了往昔的淳朴而多了几分攫取之色。更让他烦恼不已的是，往日自己可以躺在竹椅上，自由自在地品茶，现在却要坐起来应酬，实在让他非常难受和十分地不舒服。

曾大爷开始烦躁不安，吃饭不香，喝茶也不香。他知道这一切不顺心，全都因为他有一把值钱的紫砂壶。

端午节，州城东门外，涪江赛龙舟，两岸观者如潮。

粤人风尘仆仆地再次来到铁匠铺，他不再遮遮藏藏，明确地告诉曾大爷，自己为了紫砂壶专程从广东而来，并加价到一千金求购。

观者轰然叫好。

曾大爷恨粤人扰乱了自己的清静生活，今见他又来胡言乱语地骚扰，心里越发恼怒，任由他巧舌如簧，就是不为所动。他把那只壶抱在怀中玩了又玩，放在嘴边亲了又亲，猛然掼于石阶上，碎声砰然。

一街邻里皆惊愕。

粤人见了，顿时捶胸跺脚。他捧起地上的碎片，如丧考妣，惨嚎之声不绝。

从此以后，邻人见曾大爷又面呈祥和，闭目躺在竹椅上。旁边置一陶壶，偶尔品上一口茶，那神情，连张秀才见了，也没有说出个子曰来。

据老辈人讲，曾大爷活了一百二十六岁，是遂州城有史以来最长寿者。

六指赌圣

遂州城的渠河边，有一条远近闻名的花街。

阳春三月，临水而建的吊脚楼绰约而有诗意。依依的垂柳，掩映着一河碧水，缓缓荡漾。设若天气晴好，青石板铺成的街道上，时常会见到穿红着绿的年轻女子，三三两两结伴而行，像花蝴蝶一样飘逸在渠河两岸的嫩绿里。那一双双春光波动的媚眼儿，似小蝌蚪般黑亮鲜活，如妖，让人见了心酥骨软。

花街充满无限的诱惑和让人不可名状的想象，外乡的男人们莫不以到过遂州花街而自豪。花街上的姑娘们个个花枝招展，每每有认识或不认识的男子打街上走过，她们就会主动迎上去嬉笑打闹，直到人家大声呵斥，才蜜蜂一样嗡嗡地散去。当然，也有个别风流神仙，怀里揣了大把的银子，专门到这里来寻花问柳，其结果往往是满面春风而来，又垂头丧气而去。

花街热闹倒是热闹，城里的居民却从来不光顾这里，以致好端端的一条顺河街，大白天里，愣是见不到几个行人。只有到了灯火朦胧的晚上，一街莺歌燕舞灯红酒绿，才有了醉生梦死的繁荣。

牛二是唯一住在玉堂街却爱来这里的人，他到这里来不是为了拈花惹草，而是为了打麻雀（将）牌。牛二玩牌的级别很高，不像其

314

他的赌徒，喜欢四个人围一桌，呼来喝去地熬更守夜整通宵，他说那样打牌莫得意思，没有赌的境界。他到花街的茶园里找人赌技，一般是三个人博弈，赌场上叫作"搬拗角"，或者二人较技，谓之"对抠"。

花蝴蝶是牛二的老婆，年轻的时候很有几分姿色，是玉堂街上公认的街花。平时里，花蝴蝶打扮得妖里妖气，三十多岁的人了，动不动还发嗲。常言说得好，跟好人学好人，跟着端公学跳神。花蝴蝶当姑娘的时候，人见人夸的乖巧，自从跟了牛二后，唉，就日怪了！原本不错的小姑娘竟然沾染上了不少的恶习，性格也变得粗俗不堪，凶悍得像只母老虎，邻人们都有些怕她。

花蝴蝶看见牛二三天两头往花街上跑，以为他去嫖女人，扬言要剁了他的六指头。吓得牛二疯跑了一条玉堂街，让邻居们很是好笑了一阵子。

牛二天生异相，左手歧指有六个指头。南街算命的王瞎子说："手生六指，不劳而食。"牛二从小信了这句箴言，却大半辈子找不到发家致富的门路，后经朋友指点，赌博乃是不劳而获的唯一途径。遂一头扎进赌场不能自拔，"掷骰子"、"推牌九"、"打双陆"一路滥赌，浑身输得精光，差一点把花蝴蝶作赌资抵押给了别人。

不知从什么时候开始，牛二的赌运好了起来，逐渐印证了王瞎子的话。他私下里告诉过别人，说自己有一本专门介绍麻雀牌赌技的秘笈，已习研半年有余。偶尔从他嘴巴里冒出一些莫名其妙的术语，诸如"天盖地"、"地包天"、"龙摆尾"、"虎遁形"，还有什么"浑水摸鱼"、"瞒天过海"等，一副高深莫测的模样。

在市井小混混眼里，牛二不再像以前那样啥赌都沾，现在只迷"麻雀戏"了，显然已得了"道法"。

花街上除了怡红院外，最热闹的地方就是富乐坊了。这是一家占地十亩的大赌坊，江湖传言后台为潼川府某政要，牛皮哄哄地谁也不"睬"。

牛二练了牌技，手爪爪痒得抽风，偷偷溜进富乐坊观摩，久而久之，就坐到牌桌前，要求赌一把。

庄家见他面生，以为是初入道的"雏儿"，便有意钓他，故意撒下大把的银子作诱饵，让他尝了不少甜头。

牛二天生胆大，暗笑庄家"哈包"娃儿一个，居然把自己当成了冤大头。他哪管别人在放长线钓大鱼，只顾放开胆量赌去，并时不时地掺和一两手书上介绍的技艺，几个回合下来，牛二还真的赢了不少的翘宝银子。

花蝴蝶眉开眼笑，更加的风情万种。

富乐坊的庄家看走了眼，心痛几百两白花花的纹银打了水漂，下决心要宰回来。

牛二胸有成竹地坐在赌桌前，不显山不露水，每每把富乐坊请来坐庄的高手，杀得片甲不留。庄家恨得牙帮痒痒，又不便跟这种人翻脸，暗地里派人给他送去一千两银子，捎带一柄精钢小刀。

牛二知趣，不再去富乐坊混赌了。每日坐在自家屋里，潜心修炼技艺，偶尔有人慕名前来挑战，牛二亦不拒绝，动辄以百金下注。

设若邻人再问麻雀赌技秘笈一事，牛二一定摇摇头不置可否，只给人一个诡谲的笑，让人摸不着头脑。人们越发相信，牛二真会"混元四象之法"（一种麻雀赌术），要不他怎么可能每战必胜呢?!

牛二的名气越来越大，前来遂州玉堂街找他较技的人，多如春日过江之鲫。

街坊邻居私下里笑侃曰："黄鳝成蛟龙，草鸡变凤凰。"

谁不知牛二的祖上靠做麻糖生意度日，传到他老爹手上，也顶多是一个拥有五六个铺面的小商贩，虽然生活得较一般人家滋润，但却称不上殷实富有。自从牛二迷上麻雀戏后，不知道是赌技好还是赌运好，抑或二者兼有，反正赢了不少的银子，拿花蝴蝶的话说，牛家要大发了。

　　牛二乘机给老婆鼓动吹嘘，让她把乡下的小姨子请到城里来，帮忙看管牛家的麻糖铺子，好让他夫妻俩专心致力于赌博，以利赢得更多的银钱。

　　花蝴蝶信了牛二的话，扬起一张还算妖冶的脸，要老公"啵"一个。

　　牛二高兴地说道："公不离婆，秤不离砣，夫妻联手，黄金万箩。"

　　也许生活原本就是这个样子，阴差阳错之间可以改变一个人的命运。牛二不是名人，也从来没有想过会成为名人，现在而今眼目下的他呢，却成了遂州城里不折不扣的大名人。连官差们见了他，也要搭上一张笑脸，恭敬地叫一声"牛爷"。

　　牛二人前人后抻起了腰杆，走路也多了一份趾高气扬的范儿。花蝴蝶整日里神仙一般地快活，连看麻糖铺子的小姨妹都跟着沾光，暗地里得了牛二不少的赏钱。

　　八月十五中秋节，富乐坊派小伙计过来传话，说有一位南粤人慕牛二之名前来拜会。

　　牛二正躺在麻糖铺子的马架子上，一边和小姨妹调笑，一边舒心地喝着茶。他听了富乐坊小厮的话，心里直觉得好笑，赌牌就是赌牌嘛，偏偏要说什么拜会，让人别扭。不过牛二心里十分明白，人家大老远从广东跑来，当然不是专门前来"拜会"，傻瓜才会千里迢迢到遂州找他牛二输银子。

牛二想把花蝴蝶留在家里，决定自己一人前往富乐坊，以便专心致志与粤人一战。

花蝴蝶哪里肯依？

像她这种"二百五"的女人，怎么可能放过任何表现自己的机会呢？富乐坊里少年俊男多的是，要是老公赢了，喝彩声哪少得了自己一份，花蝴蝶还不成了全场最骄傲的公主？就算老公输了又咋的？只要自己多抛几个媚眼，那些少年公子爷照样对她热情有加，你说有这样的热闹场合，花蝴蝶会不去吗？

牛二见老婆执意要去富乐坊，拿她没有一丁点的办法。但不知道为什么，牛二总有一种不对劲的感觉，仿佛要出什么事情一样，心里空捞捞地不踏实。

当牛二应邀来到富乐坊，端坐在那张熟悉的牌桌前时，一股让人生畏的寒气，如刀风一般掠过心头，让他异常地烦躁和不安。

牛二抬头看了一眼对面坐着的人，那人用黑纱巾蒙住了头，只露出一双明亮的眼睛，让人看不清他的真实面目，也不能确定他的真实年龄。

那双眼睛很美丽，温柔而祥和。

牛二突然有了自信，认为这样的目光很"嫩"，远没有达到赌场杀手"冷、狠、老"的境界。

主持人高声宣布竞赛规则：赛制为二人对抠的三局两胜制，每注保底十万，多下不限。出牌落地生花不许反悔，输赢各自负责。

牛二与南人隔桌而居，皆凝重无言。初入局时，牛二还略有一丝紧张，待到双手触牌，慌乱的心神立即静了下来。

二人都是一等一的高手，摸碰吃卡，丝丝入扣，毫厘不差。

第一局牌，双方耗时六个时辰，直到酉时时分，牛二才以单吊九筒大对子自摸险胜。

草草吃过晚饭，二人又挑灯夜战。

富乐坊楼上楼下都站满了围观的人，偶尔有小贩穿行人丛中，卖些麻糖酥饼一类的小吃，卖的人和买的人都悄无声息地进行交易，生怕影响到场上选手的发挥。

凌晨寅时，南人喜笑颜开地和了一副龙七对，让牛二十分地郁闷。

前两局双方各胜一场，南人以"牌大"翻数多暂时领先。主持人宣布休战，明日午时决战最终的胜负。

两人相视无语，疲惫不堪地各自退到后场。

花蝴蝶一直坐在观察室的雅间里，默默地注视着丈夫和南人的对局，二人紧张的搏杀看得她心惊肉跳。牛二取胜第一局时，她没有像以往那么大喊大叫，而是满头大汗地瘫坐在木圈椅上。当南人胜了第二局的时候，花蝴蝶感到了不妙甚至感到了恐惧，还没有等到主持人宣布结束，就急急忙忙上前搀扶牛二，悄声劝老公立即退出比赛，说以现在拥有的家资，足够两个人逍遥快活一生了，哪用得着和别人赌个鸡飞蛋打？

牛二并没有听见花蝴蝶说了些什么，此时此刻，他的脑子里想的全是刚才摸牌出牌的每一个细节。这是他长期养成的习惯，赌局结束后，他都要复牌，从中总结得失。然而这一次，牛二却想不明白，自己打牌的每一个环节都没有差错，怎么就让对手和了一副龙七对呢?!

牛二深感对手赌技高超，一点也不输于自己。不过让他感到纳闷儿和吃惊的是，他和南人出牌的招数，多如出一辙，好像同一个师傅教出来的一样。

当花蝴蝶再次劝说他放弃和南人赌博的时候，牛二心里真的萌生了不想再赌的念头。可谁叫他是牛二呢？堂堂的遂州赌王，如已开弓射出的箭，怎么回得了头？

牛二无可奈何地对花蝴蝶说道："赌完此局，便戒赌。"

花蝴蝶见牛二说这句话的时候，浑身上下颤抖不止，声音也软得来有气无力，心里有了一丝可怜。牛二一生嗜赌如命，实在没有想到他居然有了戒赌的念头，由此可以想象，对方给他心理上造成的压力有多大！如若不然，以牛二赌死不回头的德行，岂可轻言戒赌?!

翌日午时，富乐坊内早已人山人海，连大名鼎鼎的捕头陈豫川都混迹其间。当主持人宣布，双方的赌注下至百万两银子时，千百十人轰然叫起好来。

牛二的现银不足底数，便将临街的商铺折算成银子作为赌资。主持人征求南人的意见，对方并无异议。

主持人宣布，双方第三局比赛正式开局。

这一战委实非同小可，赌额之巨当是富乐坊的历史之最。

双方越发地谨慎小心，从摸第一张牌开始，各自招招设陷阱，着着藏杀机。战至申时时分，牛二愉快地抬起了头，这是他胜券在握的标志性动作。

花蝴蝶见到老公抬起了头，立即欢呼雀跃起来。她已经看清了牛二手上的一副好牌：三个幺筒三个九筒，其余二至八筒皆顺连，清一色，一至九筒通和。

南人并不在意牛二面部表情的变化，她摸到了一张红中，看了看桌面，轻轻地将牌打出。

轮到牛二摸牌了，只见他右手食指和中指在上，大拇指在下，轻轻一摁，牌是幺筒，脸上顿时喜形于色。

"和了！"花蝴蝶一声尖叫。

牛二正待要倒牌，听到花蝴蝶一声飞叉叉的尖叫，扶牌的左手突然一抖，那根六指头无意中将裙子里的一张幺筒碰翻倒在桌面上。

南人见了，将那张幺筒不慌不忙捡起来，说一声："和了，全带幺。"

牛二顿时目瞪口呆，汗如雨下。他本待要反悔，无奈主持人宣布比赛规则在先，倒牌即为出牌，幺筒虽然是无意之中碰倒的，但对方正好和此牌，怎可让你反悔呢?！

南粤人站起身来，十分优雅地步入大厅。

花蝴蝶见牛二瘫坐在牌桌前，像一只疯了的母虎，扑过去对他又踢又咬，声嘶力竭地哭骂道："老娘劝你不要赌了，你不听，这下如何是好啊?！"号啕之声，如杀猪一般惨叫。

牛二六神无主地走出富乐坊，茫然回到了玉堂街上。他左看右看不见小姨子的踪影，却在她每日守铺子的柜台上，赫然见到了自己藏匿在床底箱子里的那本《麻雀牌赌技秘笈》。

牛二心里一动，仿佛明白了什么，连忙和花蝴蝶匆匆返回富乐坊。

坊主乔雨禄正搂着小姨子嘴对嘴地饮着花酒，旁边放着一张黑纱巾，显然是刚才南粤人包头所用之物。

花蝴蝶看到这一切，心里也明白了是怎么一回事。她指着妹妹跳起双脚骂道："猪狗不如的下贱货，怎可做出如此丧尽天良的行径?！"

那妇人却笑了，抿一口酒，呷呷一张甜甜的小嘴说道："姊姊的话怎的这般难听？小妹爱他，他也爱我，你说我怎么会不帮助他呢?!"说完，团身滚入坊主的怀里撒起娇来。

乔雨禄看见牛二一副蔫茄子的样子，洗涮道："咳哟，我说牛大赌圣，你往日的威风到哪里去了呢?"

牛二心里悲愤万分，嘴里突然狂呼道："恨煞我也!"他看见护场手的腰间佩有利刀，右手猛然抽刀而出，挥起一刀将左手的六指头剁了下来。口中犹狂呼不止："赌博害死人，亲人变仇人!"

牛二昏死在富乐坊的大厅里，没有一个人理他。

夜里醒来后，牛二悄悄地出走了，没有人知道他的去向。

道光九年的中秋节，牛二重新出现在遂州的花街上，花费万金在富乐坊的对面，修建了一栋大楼，占地约有二十亩之阔，悬匾"玉堂春"。他请人誊写了告示，遍邀天下的赌界英杰，相聚遂州花街参加"麻雀大会"。

花蝴蝶已经改了嫁，性情居然温和了许多，仿佛变成了另外一个人。她听说牛二回来了，压根儿不会去见他。邻人们私下对她说，当初牛二剁掉六指头，并不是为了戒赌，而是为了更方便地赌博。她很欣慰自己离开了这种人，就时常对自己现在的男人说，赌博害人，轻则倾家荡产，重则家破人亡，牛二这种无药可治的滥人，早晚还会输。

男人听了，点点头，牵着小孩上街去了。

花蝴蝶站在街沿上，望着男人和儿子远去的身影，很舒畅地微笑着，一点也没有了先前的凶悍神色。

姜神仙

端午节赛龙舟，简州城外沱江中很是热闹了几天。过了端午，天气便有些怪异，气温陡然上升，犹如盛夏一般闷热。城里城外的人感觉到有些不对劲，仿佛要发生什么大事一般，空气里始终躁动着一丝惶恐和不安。

城南豆腐坊的刘幺婆，本来好端端一副身子，却莫名其妙大病一场，迷迷糊糊昏睡了五天五夜。

更日怪的是大字不识一斗的刘幺婆，醒来后居然妙语连珠，出口成章，不仅会吟诗作赋，而且还能绘画书帖。她自称到骊山学到了很多仙术，能降魔除妖，至于抽签卜卦一类小儿科，更是不在话下。

街坊邻居见她一个做豆腐的老婆子，居然能口诵四言八句，莫不信服其得了骊山老母的仙术。

其实谁也不知道真假，只把消息哄传开去。

豆腐坊慢慢变成了"药王殿"，前来问病抓药的人络绎不绝。偶尔还真让她治好了一个两个患伤风感冒的人。村夫俗妇奉若神明，捐资修建了一座小庙，取名"仙女庙"。

刘幺婆摇身变成刘仙姑，邻人私下里叫她刘妖婆。

刘幺婆的丈夫廖子贵，老实巴交，人称卖豆腐的"廖大郎"。廖大郎自从妇人成了"仙女"后，便不再每日挑着担子走街串巷叫卖豆腐了，独自承担起家里的诸多杂务。不承想劳累过度，加之贪食了患者馈赠的酒肉，大热天腹泻不止。

刘妖婆使尽浑身解数，又是甩师刀又是掷令牌，装神弄鬼了两三天，也没见到老廖的病情有丝毫的好转。夜里躺在床上，迷迷糊糊做了一个梦，梦见骊山老母对她说，廖子贵撞上了冤孽鬼，需通阴阳且法术高强之人才能治愈他的病。

翌日天明，一位自称姜神仙的人，径直来到廖子贵家里，大吹大擂其师出遂州高峰山静虚道长，法力无边。

刘妖婆见姜神仙枯瘦如柴，相貌奇丑无比，想起昨天夜里所做的梦，心里十分欢喜。她对廖子贵说："真人不露相，济癫比之如何？"

廖子贵已被刘妖婆折磨得不成人形了，要死不活地躺在凉椅上受罪，哪里还有精神理论什么济癫和尚？

姜神仙得到刘妖婆许可，每日里早晚给廖子贵施法一次，并时不时从山上采摘一些不知名的野草回来，熬成黄色的汤水给他喝，谓之神水。不出几日，廖子贵的病情果然有了好转。

刘妖婆想起梦里骊山老母说的话，把姜神仙当成了想象中的那个高人，便缠着他不放，非要拜他为师学习仙术不可。

姜神仙知道了刘妖婆的一番心思后，上上下下把她看了一遍又一遍，高深莫测地说道："学法最讲心诚。"

刘妖婆连忙答道："吾本道中人，自然晓得这个道理。"

姜神仙点头表示赞许。

刘妖婆喜出望外，自此把姜神仙当成了菩萨，巴心巴肝地侍候他。

芒种节，廖子贵带着十三岁的小女儿燕芬，远赴资州访友。

当天夜里，姜神仙住的房间里，突然传来一阵接一阵古里古怪的叫声。刘妖婆心下好奇，连忙前去敲门，想看个究竟。

姜神仙神秘兮兮地对她说："今天晚上，众位天仙要来给为师传授法术，我正在和他们对话呢。"

刘妖婆一听，眼里立即放出光来，也要求感受一下神仙的灵气。

姜神仙仄了仄身，刘妖婆便钻进了师父的被窝。

日月如梭，光阴似箭。转眼两年过去了，谁也不知道刘妖婆的法术学得怎样了，她的女儿燕芬倒是越长越水灵，鲜花一般娇艳欲滴。

姜神仙的眼里又多了一缕异常的"神"光。

腊月间，廖子贵家里饲养的鸡鸭，接连不断地死去，谁也找不到原因。

刘妖婆心中大急，不知道是她心不诚呢还是法力不够，反正其请遍了天上地下的各路神仙，鸡鸭照样一只接一只莫明其妙地死去。

姜神仙建议在密室里搭建神坛，欲请洪钧老祖帮忙查找原因，看看到底是何方瘟神在暗中作祟。

刘妖婆已无他法，只得允准。

神坛搭建完毕后，姜神仙坐在坛上，挥剑作法。初时，其面目祥和，口中念念有词。一日后，神情变得凝重，闭目不作一声。到了第四日，姜神仙突然痛苦万状地跌落坛下，口吐白沫抖索不已。

刘妖婆见状骇了一跳，连忙将师父扶起。

姜神仙似醒非醒地告诉刘妖婆，燕芬姑娘遇上了西方的瘟神，这次的瘟神可了不得，不是一个而是一大群。

刘妖婆闻言，大骇，忙问解救之法。

姜神仙越说越玄乎，解救的办法吗倒是有，尽快将她嫁出去，方可保家里平安无事。否则，不仅牲畜不保，连人也要遭殃！

"但是……"姜神仙一字一顿十分严肃地说道，"如果燕芬所嫁之人不会仙术，非但除不了瘟神，还会殃及亲人，凡是和她有血缘关系者，一个都跑不脱！"

刘幺婆听后，吓得六神无主。她一再哀求姜神仙，请他再想想办法，救一救她一家三口人的性命。

姜神仙反复声言瘟神凶险无比，自己斗法不过。撂下一句"保重"的话，灰溜溜地落荒而逃。

自从姜神仙走后，刘妖婆家里越发地不吉利。不仅死光了所有的鸡鸭，连猪羊牛马都死了个精光。

刘妖婆慌了神，私下与廖子贵商量，择吉日将燕芬嫁人算了，以求家人平安。

廖子贵平时里一点主意也没有，到了这步田地，更加的没有了抓拿，听到婆娘如此说，哪有不同意的道理？

腊月二十六。

距简州百里之遥的遂州城，沙罐街上的街坊邻居们突然发现，黄葛树旁的草药铺主人、打了一辈子光棍的姜草药，失踪两年后又回来了。他的药铺不仅重新开了张，而且还多了个十四五岁如花似玉的老板娘，整日里愁眉不展地坐在柜台内。

巴蜀第一店

　　川北凉粉的招牌挂在遂州镇江寺，那是乾隆年间的事了。老辈人说，早在卢二来这里之前，杨三姐已在镇江寺这块地盘上，做了五年的凉粉买卖，生意火红了很长一段时间。如今，卢二的凉粉店就开在杨三姐凉粉店的对面，为争谁是正宗的川北凉粉，各施绝技，一样的热情，一样的店面，一样的生意火红。

　　卢二名叫卢双全，遂州东禅镇人。据他本人吹嘘，做凉粉的手艺乃祖传，卢家规矩：传男不传女，传里不传外。不过卢二也不光靠嘴巴吹，他做的豌豆凉粉，色泽金黄，细嫩如脂，红油辣而不燥，香飘里许。

　　丁丑春，乾隆爷二下江南路过遂州。闻香寻来，吃了卢二拌的豌豆凉粉后，龙颜大悦，挥毫题下了"第一店"的匾额。

　　街坊邻居说题的是镇江寺第一店，遂州人说题的是武信军（遂州宋时旧称）第一店，卢二硬要说是巴蜀第一店。可惜，没有人敢说皇帝老倌题的是天下第一店。

　　冲着这块御赐金字招牌，全遂州城的人，有事没事总爱到镇江寺转转，饿了，吃碗卢二凉粉，一天都精神抖擞。难怪老辈人说："三天不闻红油香，脚炄手软心头慌。"

元宵节前后，到遂州灵泉寺进香的人，如雨后过江之鲫。

中有游方道士，著青布长衫者，慕卢二凉粉之名，往食三日，赞不绝口。

卢二是个精细人，他发现青衫道士并不像其他道士手执拂尘，而是手提一个铁匣，每每食毕赞叹之余，就向卢二要些红油，拌上碗里的剩料倒入匣中，不知喂食何物。

有好事者见之，刨根相询。

青衫道士总是神秘兮兮地说："宝贝饿矣！"终不知匣内喂养何物。

上元佳节燃花灯，遂州城内，人如蚁拥。

卢二喜气洋洋，近几日来店的客人多，又舍得花钱，让他赚了个钵满盆满。今日天不见亮，他就早早开了凉粉店的大门，嘱咐伙计们嘴甜手勤，千万不可怠慢了客人。

巳时，有乡绅一家九口，穿红着绿来到店里，吵吵嚷嚷要吃川北凉粉"打幺台"。

卢二笑逐颜开地将一行人迎入店内，叫跑堂的小厮多放些红油葱花，以期图个开门大吉。

食客皆近郊农人，讲不来斯文客套，低着头"吸吸呼呼"地大快朵颐，瞬息将各自面前的凉粉，吃了个干干净净。

卢二笑吟吟地正要上前收银，突见客人们一个个口吐黑血，相继倒地挣扎，惨号而亡。

刹那间，镇江寺大乱。

州牧曾世礼得报，带兵丁将卢二凉粉店团团围住。

卢二惊惧万分，泣不成声地跪在地上，抖瑟着说不出话来。唯疑此事，与青衫道士有关。

数十衙役将卢二的凉粉店翻了个底朝天，没有找到丝毫于案情有用的物证线索。

曾世礼别无他法，只得将卢二及店里一帮伙计，解往州衙大牢关押候审。私下里传捕头田麻子，速到衙内议事。

平头老百姓都知道，天子亲赐匾额悬挂其上，卢二凉粉店即为皇家禁地！谁吃了豹子胆，敢来此犯事？

曾世礼和田捕头一边喝着茶，一边讨论案情。然任由二人抠烂脑壳，始终找不到破案良策。

午时，田麻子懒洋洋地走出衙门，来到与镇江寺一墙之隔的天上宫，躺在戏园的马架子上，无趣地喝着闷茶。

手下的兄弟曾对田麻子说过，游方老道来自终南山纯阳观，自号蜈蚣真人，查无恶迹。坊间则广为传言，青衫道士半年前来到遂州城后，就和镇江寺杨三姐有染。此话是真是假，没有调查过，田捕头不敢断言。

未时，搜捕的兄弟陆续来到天上宫。言及青衫道士住所里，什么也没找到，唯有一个铁匣，里面养着数十条蜈蚣，腥臭难闻。

田麻子闻言，半晌不语。遵州牧大人所嘱，将青衫道士毕恭毕敬请到巡捕房，泡一壶遂州特产"香叶尖"，慢慢与之唠叨江湖事。

茶过二开，田捕头突然说起卢二凉粉店之中毒事，转弯抹角地把杨三姐牵涉其间，语气严厉而尖刻。

青衫道士神情自若，一副不知所云的模样。

曾世礼从内室窥察，青衫道士虽然从容，但其面色青灰，实乃阴鸷之人。然苦无凭证，怎敢胡乱定罪？只得暂时将其囚禁狱中，以期案破。

当天夜里，明月悬空，遂州城内焰火通明。

曾世礼因毒凉粉事件了无头绪，心里烦闷不快。饮酒数盏后，早早上床睡去。

田麻子突然来报，声称卢二凉粉店火起，系杨三姐放焰火不慎所致。所幸扑救及时，未酿成重大灾情。

曾世礼闻听此言，心里似有所动。立即翻身下床，偕田捕头一同潜往卢二凉粉店，察看实情。

店内了无杂物，唯一案一灶一缸。缸内盛满红油，异香扑鼻。

二人掌灯细查，依然没有发现任何蛛丝马迹。便静静地坐在案桌前，掏出旱烟袋点火吸烟。

猛然间，灶壁内沙沙作响。俄尔，一条蜈蚣自灶壁间爬出，其大如食指，黑质而红腹。蜈蚣所行之处，留下一道墨汁般黑线，隐隐若有腥臭。

毒虫径往红油大缸，伸出长长的头，触油而吸。红腹起伏间，顷刻壮如拇指。

曾世礼忙令田麻子将道士铁匣打开，悄悄置于瓦缸前。

蜈蚣饱饮红油后，舒服地昂起头来，做蛟龙状，骄傲地进入铁匣内。

一匣毒虫如临帝君，惶惶不敢动。

曾世礼心中了然，忙以缸内红油食犬。犬食之痛苦惨叫，口吐黑血而亡，与死者状无二样。

次日升堂，青衫道士不待用刑，便将恶行尽招。

盖因杨三姐与卢二有隙，眼见卢二凉粉店日渐火红，杨氏心生恶意，阴谋拔掉这颗眼中钉。年前蜈蚣真人从陕南来遂，见杨三姐美艳如花，私下里浪言撩拨，双双勾搭成奸。道士为讨妇人欢心，答应帮忙搞倒卢二，便暗将一条百年毒虫放于卢二店中，遂酿成此轰动两川的惊天惨案。

案发之初，曾世礼火速率兵包围了卢二凉粉店，致使青衫道士来不及将毒虫收回。其万分恐惧，忙言于杨氏。妇人会意，假元宵夜燃放烟花之际，故意引燃卢二凉粉店，以期毁灭证据。

然州牧大人精明过人，疑杨氏有意为之，判定卢二凉粉店里必有蹊跷。曾世礼果然从中获得铁证，一举侦破此案。

卢二得以清白，堂堂正正地将店名改为"巴蜀第一店"。

大清同治间，卢氏后人来到顺庆府，开办川北凉粉分店于顺庆金元街，成为名扬全国的百年老店。以至后人言及川北凉粉，只知顺庆而不知遂州，实为憾事也。

名医

　　蜀人生性诙谐，尤好戏谑，常赠他人不雅绰号为乐。故蜀地乡党友邻间，多以"外"号相称，真名反倒不显。

　　遂州曾宏元，乃前清康乾间蜀中岐黄圣手，救死扶伤，医风医德堪称楷模。然而，宏元先生未彰显之时，街坊邻居私下里皆称他"瘟得痛"。意其医术"整"到极致，病人到了他的手上，性命多半要出脱。

　　曾宏元早年师从一代名医王君堂，六年跟师学艺，尽得君堂先生真传。吃罢谢师酒后，自个儿在玉堂街的十字路口，开了一家回春堂的医馆，像模像样地正式坐堂行起医来。

　　街坊邻居不知道他是王君堂的高足，又见他嘴上没毛，便放心不下，看病抓药依旧大老远地跑到下半城的北辰街，找全泰堂的王先生切脉问诊。市井无赖刁民欺他面嫩，每每戏言于他："瘟得痛死瘟丧，吃你的药，打标枪！"（注：打标枪，方言，意为拉稀。）

　　里弄间的小丫稚童，爱其朗朗上口，跳绳打板箭时，也兴高采烈而歌，疯玩得手之舞之、足之蹈之。

　　偌大一座遂州城，大人细娃都知道了曾宏元是个"瘟得痛"，谁还敢来回春堂求医治病？

曾宏元苦闷月余，无计可施。遂提了重重的"礼信"，悄悄溜回全泰堂，跪求师傅指点迷津。

　　君堂先生眯着眼睛听了徒儿的诉说，脸上微微含笑，用手慢慢捋了一遍颌下浓密的长须，沉吟片刻后，招手把曾宏元叫到身边，对他如此这般耳语了一番。

　　曾宏元听得眉开眼笑，小脑袋点得像鸡啄米。他千恩万谢别过师傅后，喜滋滋地"拐"进了隔壁的威远武馆。

　　威远武馆的馆主姓张名鹏举，和曾宏元是一个院坝里长大的毛根儿朋友。此人武功极高，乃大清朝开国后，蜀中武举第一人。时年二十有五，正值年富力强，传闻其与人过招，从未有过败迹。

　　康熙十五年腊月初六，正好是曾宏元出师一百天的日子。

　　天刚麻麻亮，冷风中飘着几片雪花。待到城郊农人的雄鸡叫过头遍后，曾宏元便打开医馆的大门，噼里啪啦放了一挂鞭炮，想借"百日"图个百事百顺。然后依例站在街沿上，朝着日升的方向，徐徐地导气吐纳。一呼一吸间，仿佛要把胸中的晦气全部吐出来一般。

　　当他侧着身慢慢转过头来的时候，突然看见十字路口东面的铁匠铺，大门咣当一声打开了。只见张鹏举的二弟张二牛，疯了一般从里面跑出来，跌跌撞撞奔到他的面前，上气不接下气地说，张鹏举在雪河坝遭遇武林高手围攻，身受重创，恐性命难保。

　　曾宏元吃了一惊，他哪里肯信？昨天他二人还在威远武馆吃茶聊天，今儿个咋就出事了呢？

　　张二牛见他不信，跺一跺脚蹲在地上，抱着头"呜呜"地哭出声来。

　　曾宏元见张二牛一个大男人，没脸没皮地哭，料他所言不是诳语，心一下子紧得发疼。他来不及给家里人打招呼，急匆匆关了回春堂的大门，背上药箱就跟着张氏七兄弟，没命地往城外跑。

雪河坝位于涪江中游，距遂州城四十里地，沿途山高水险。众人行得匆忙，未备一车一马，只得顶风踏雪而行。

中午时分，一行人紧赶慢跑到了雪河坝。在镇西关帝庙大戏楼里，果然看见张鹏举躺在石阶上，满面乌青浮肿，七窍黑血横溢，早已气绝身亡了。

张氏昆仲见到自家兄弟如此惨状，顿时惊得手脚无措。七人抚尸大哭，声言要为鹏举报仇。

曾宏元含着泪劝慰一回，众人越发痛哭不止。他知道此时哪有好言语能让他兄弟欢心？便不再劝导，自个儿默不作声地转身来到镇南，先去棺材铺花七两银子寻了一副上等的柏木棺材，吩咐店里的小伙计将张鹏举的尸体殓好。又去马车行里雇了一挂大车，在车把式的帮助下，小心翼翼地将张鹏举的灵柩抬到马车上。

曾宏元做完这一切，又来到张家兄弟面前，小声地说道："回去吧。"一行人便不顾漫天风雪，哭哭啼啼地簇拥着马车，缓缓向遂州城驶去。

当日下午，天降豪雪，鹅毛般的雪花弥漫天地间，载灵的马车行走十分艰难。

酉时三刻，众人才疲惫不堪地来到涪江渡口。此时，天色已更加昏暗。张氏兄弟焦虑地站在码头上四下张望，他们哪里还见得到船家的踪影？宽阔的涪水上，空余一江白茫茫雪浪。

曾宏元把张家兄弟叫到一起，商议拿个主张。

"码头封渡，还有个球主张。赶紧寻一避风处，就地过夜！"张二牛定是气昏了头，张口一句粗话，倒也说得在理。

曾宏元想想也是，还能有啥更好的法子呢？众人只好在码头旁边破败的龙王庙里安顿下来，眼巴巴地等待天明。

九人又冷又饿，瑟瑟地挤在一起。

一更天后，雪下得更猛。庙外的江风呜呜地声同鬼嚎，一阵紧一阵地吹。屋内昏黄如豆的油灯，发出忽明忽暗的光，幽幽地照在黑亮亮的土漆棺材上。

整个破庙里，隐隐透出一股骇人的阴冷之气。

突然，一阵雪风吹过，上了闩的庙门竟然"咣当"一声打开了，桌上的油灯一闪而灭。

众人骇了一跳，借着窗外幽暗的雪光，紧张地向庙外望去。涪江上风雪正紧，哗哗一片滔天黑浪。

坐在最里边的车把式怪曾宏元没关好门，说他魂都遭吓掉了。

张氏兄弟也七嘴八舌地说，曾先生莫要开玩笑，刚才硬是把大家骇安逸了。

曾宏元赌咒发誓说门闩肯定是插上了的，而且自己还一直用背死死顶着庙门，但硬是日怪得很，就是顶不住，要怪只能怪雪风太大了。

油灯重新被车把式点燃，庙里多少有了一点阳气。九个人开始没话找话说，借以互相壮胆。

曾宏元背靠着庙门，想想刚才的怪事，背心一阵阵发麻。他本想说句笑话让大家放松一下，谁知道嘴巴不听使唤，小声而恐怖地冒出一句："莫不是鹏举兄阴魂不散，要我等为他报仇？"

众人听他一说，脑子里立即浮现出张鹏举满面乌青浑身血污的模样，陡然觉得屋子里寒冷了许多，嘴角控制不住地抖动起来。

曾宏元看着众人古里古怪的神色，背心处如遭电击，身子不由自主地往庙门上靠了一靠。

刹那间，九个人同时听见庙门被人吱嘎一声推开……

黑暗中，曾宏元吓得大叫一声："有鬼！"

众人齐声惊呼，慌不择路地拼命而逃。曾宏元一介医生，怎敌得过张氏兄弟和车把式八条莽汉？

宏元先生被众人东推西搡地撂倒在地，哪里有一丝力气爬起来？他嘴里"呼呼"地喘着粗气，身子不停地瑟瑟发抖。

庙外雪风依旧呜呜地吹，破败的庙门更是咣当咣当地响个不停。

空荡荡的破庙里，突然听得一人大声叫道："曾宏元，好计谋！"原本好端端的柏木棺材瞬间爆裂成片，张鹏举满身血污地从黑暗中走了出来。

第二天，遂州城的大街小巷里，便盛传曾宏元是华佗再世，扁鹊重生。张鹏举也逢人便讲："宏元医术高超，我身中沙舵爷九阴断魂掌，气绝多时，他竟然能够妙手回春。"

曾宏元遂成一代名医。

不信么？遂州天上官的大门上有联为证：医风耀遂州，武功盖斗城（斗城，遂州的别称）。曾宏元为什么要把张鹏举的武功与自己的医术相提并论？老辈人都知道其中的秘密。

神眼先生

有遂州人李洋者，早年留学美利坚，归国后任职京师总理衙门。然其深感时局动荡不安，遂弃官避乱蜀中，埋名隐姓匿于遂州玉堂街尹家花园，从此不问时事。

邻人不知李洋姓甚名谁，见他时常戴一副金丝边眼镜，皆呼之眼镜先生。

先生喜读古书，尤好古玩，坊间盛传"眼镜"有神眼之功。每每鉴赏古物，年代出处尽知，邻人莫不景仰。

平时闲来无事，李洋贼一般睁着双眼，终日游走于城里的大街小巷，但凡见到心仪之物，不惜重金求购。久之，遂州城内那点宝贝疙瘩，差不多被他淘了个十之六七。

去城十里，一山巍峨。山号明月，传为前朝贤相席书墓葬处。唐贾岛宰长江县时，常登此山，留有"长江频雨后，明月众星中"之佳句，赞其美。山中古木掩映，庙宇森森，白日里亦少有人至。

李洋则喜其幽静，常独自一人去林间。见到无主古墓，辄挥钎掘之，收获颇丰。

端午节，李洋携断铁钎数十，至南街铁匠铺。出银五两与"张打铁"，求其锻打成新钎。

"张打铁"正饮酒，见"眼镜"送活儿上门，招之同饮。

"眼镜"不善饮，一杯即醉。

乘了酒性，李洋便胡说自己月前曾夜盗一墓，碑文阴刻"皇恩浩荡"。墓坑深达丈余，墓壁之石坚硬似铁，镶缝皆瓦灰糯米浆搅拌浇筑而成。其耗时五更，撬断钢钎无数，天亮之际得以攻破墓壁，慌乱中撬启棺盖，伸手入内，触之如人昏睡，仿佛若有体温。时狂风暴雨骤至，天空电闪雷鸣，墓壁四周彩绘形如魑魅。

"眼镜"言及此，犹惊骇战栗："那日逃回尹家花园，莫名其妙得了一场大病，卧床月余才恢复元气。"

"张打铁"呷了一口酒，白眼道："掘人祖坟，断子绝孙！"

李洋尴尬地笑笑，直言再不敢盗挖古墓了："新钎打好后，烦请张师傅散与邻人，以作修房造屋之用。"

"张打铁"又抿了一口酒，点头称是。

李洋从此不再上明月山，然其好古之心终无法改变，遂收荒于城乡间。

秋九月，李洋游于遂州蓬莱古镇，见南街屠户周二家一巨型屠案古朴凝重，黑沉沉案面暗泛红光。不由心里头大喜，欲以百两银子求购。

周二不识李洋，见其肩挑收荒箩筐，却又戴一副金丝边眼镜，笑其"土碟子涂红汞冒充洋盘"！窃以为一张破案能值几个铜钱？遂欢喜得手舞足蹈，连连点头同意将案桌卖给他。

李洋搜遍全身衣袋，也没找出十两银子来，直急得额上冒汗。突做痛苦状，对周屠户大声嚷道："吾内急！"

周二用手指了指后院，答道："过菜园即是。"

李洋快步从屠宰行后院冲出，一路小跑至家，取了银子又匆匆返回周二肉铺。

时，肉铺外观者十余人。一木匠模样之人，正用刨子卖力地刨那张横案。

李洋大急，忙喝令其住手。然案面已刨去十之八九，新案面上干干净净，油迹全无。

李洋捶胸顿脚，大骂周二不止。

周屠户见买家莫名其妙骂自己，知其必与木匠刨案有关。忙释之曰："吾见屠案污秽不堪，故请隔壁李四木匠刨之。"

李洋叹息道："此案乃百年古物，内有一硕大蜈蚣虫，其终日饱食血气，已成神物，能治百病。然此虫岂能片刻离开血气滋养？虫必死矣！"

围观者听李洋说得活灵活现，终是不信。周二举斧劈案，内果然横卧一条蜈蚣，壮如拇指，貌类蛟龙。

惜其已死去多时矣。

周屠户大愤，以斧削指，滴血喂之，终不能活。

李洋悻悻而去。

围观者始信李洋确有"神眼"之功。

雅僧

历代文人论及蜀中风情，不外乎成都妖娆遂宁画邑。民间小老百姓则有顺口溜说，清风雅雨建昌月，重庆妹儿川南客。

单说这雅州之雨，四季朦胧如烟，把一座川边小城浇灌得水嫩鲜活。去城二十里地有一座蒙山，山不甚高，却因为题有"扬子江中水，蒙山顶上茶"之句而名扬全国。蒙山中有个皇茶园，一园茶树皆古木，所产茶叶不论明前还是雨前，无不醇正清冽，去风十里犹闻其香。

大宋神宗三年春，京师开封府的广利寺中，来了一位挂单的南方和尚，满口蜀音，自言年龄已逾一百二十岁，但人们看到他却健步如飞，疾如英男。一城军民争相哄传，纷纷前往广利寺探望，莫不惊讶老和尚的容颜宛如孩童一般嫩滑。

流言传入宫中，神宗皇帝听说后，以为异人，着近侍太监宣蜀僧入宫面圣。

蜀僧跟随太监阔步进入宫中，帝见和尚容颜圆润如婴，一时惊为天人。忙降阶以迎，询问所服何种仙草神药而得此效果？

蜀僧对答道："贫僧幼时家境贫寒，常常食不果腹，唯有山间茶树遍野，沸水泡之聊以充饥，以致成癖。百十年来，贫僧日饮茶水十余盏，从未间断过。"

帝又问和尚所言神茶产地之所在，蜀僧从容答曰："此去千里之遥，西南蜀郡有蒙山，神木即产此山中。"言毕，和尚请辞退。

圣上初时不许，细想蜀僧乃世外之人，强留又有何益？遂钦赐锦缎袈裟一袭，金杖一根，放和尚归去。

自从蜀僧离开京城后，神宗皇帝莫名其妙多了一层牵挂，他常常想起和尚说的话，臆想着蜀中蒙山必是蓬莱瀛洲一类的仙境，心中便无限地向往。

一日早朝后，神宗皇帝急宣大学士苏轼进殿面君。

苏轼乃蜀中眉州人氏，学究天人，琴棋书画无所不精，尤其对饮食茶道有着极深的研究，堪称养生学的大家。

神宗皇帝开门见山地说起自己近日的所思所想，他料定苏轼必然知晓蒙山茶的秘密。

谁知道苏大学士听了圣上所思后，竟然满头雾水，他捋着长长的美髯沉思良久，才遗憾地回答道："诚蒙陛下垂询，请恕臣直言，蜀人但知有蒙茶天下第一之说，实不知该茶尚有这等神妙的功效。"

神宗皇帝并不满意苏大学士的回答，便以蜀僧年逾一百二十龄尚能健步如飞相诘，定要讨个说法。

苏轼见皇上脑袋长了"包"，只好搪塞道："臣的故乡相距蒙山两百余里，轼孤陋寡闻，或许蒙茶真有返老还童的功效也尚未可知。"

圣上听了苏轼的解答，心中越发不快，遂口谕苏大学士，令其择日启程，回蜀中探个究竟。

苏轼领了圣旨，一路上忐忑不安地回到家中。他知道这是一桩很恼火的苦差，设若蒙茶确有老和尚所言的功效，自然一好百好。倘有一丝一毫不合皇上心意的地方，不论如何禀报，都少不了要吃

"夹心板子"!

苏学士一夜无眠。

翌日天明，苏轼带着一帮"钦差"从开封出发，日夜兼程地赶到了成都。眉州虽然近在咫尺，但苏大人并没有借机回乡省亲。皇差大过天，谅谁也不敢冒这个风险。在成都稍事休息后，一行人径直往雅州的蒙山而去。

西出成都九十里路，远远地望见一座山峰，兀立在迷蒙的烟雨之中。时而阳光破雾而出，隐约可见此山五峰环列，状如莲花，主峰蒙顶甚伟，高达千仞。时而又薄雾缭绕，五峰缥缈如晨塘芙蓉。时而再细雨霏霏，群峰碧澄如洗。

苏轼乃当朝第一大学士，见了如此美景，心中甚是喜欢。他不顾众人的反对，坚持辞了轿夫，换了一身便装后，就沿着山间小径，一步一步艰难地向山顶爬去。

初入山门二里许，有一寺甚陋，寺名天盖寺。苏轼一行人入寺小憩，顺便讨要些茶水润喉。众人见寺名起得古怪，便找来寺中的住持相询。

住持是一位三十岁左右的年轻僧人，错把苏大学士一行人当成了一般的香客，并未把他这个大胡子放在眼里，也没有回答大伙儿的问话。倒是旁边一位年过六旬的老僧，一边用扫帚清理地上的落叶，一边缓缓地说着寺名的来历。他自言听师傅的师傅说起过，很久很久以前，女娲炼石补天，不知何故在蒙山的上空留下了一道缝隙，以至于雅州一年四季阴雨绵绵，难得见到几天太阳，庄稼人不堪其苦，纷纷到山神庙里烧香许愿。鲁班大师听说这件事后，怜悯百姓疾苦，便作法修建此寺以遮天漏，意在用寺庙高大敞阔的屋顶将天遮住，故名天盖寺。

苏轼见杂役老僧说得十分有趣，嘱咐随从捐了十两银子，以旺寺中香火。

一行人别了天盖寺，依旧沿着石梯小径拾级而上，过蒙泉井，穿灵泉院，径直来到半山腰的甘露寺。

寺庙的大门前，早有一位青衣童子相候，见了苏轼一行人，连忙摆出童子拜观音的手势，双手合十地放在胸前，低头说道："苏大学士否？师尊在上禅院已相待多时矣。"

苏轼吃了一惊，甘露寺的小沙弥怎么会知道自己的行踪？

青衣童子见苏大学士满脸疑惑，便自言自语地说道："师尊自京城开封归来后，不止一次地说苏大学士必来蒙山，告诫我们务必多加留意，峨冠而多髯者就是苏大人。今日见大人美髯拂胸气质高绝，加之几位官爷又说的京师官腔，由此判定必是大人无疑也。"

苏轼闻听童子所言，心中暗自叹服，圣僧真是料事如神。

一行人随青衣童子来到上禅院，老僧果然煮茗以待。禅院是一座木质结构的小楼，会客的雅室约有三十平方米，木地板上纤尘不染。窗明几净，望之如画中之景。

临窗处，放置着一座三足青铜风炉，甚是古雅，每只铜足上分别铸造若干铭文，从左至右分别为"坎上巽下离广中"、"体均五行去百疾"、"圣唐灭胡明年铸"。三足之上，风炉腹部鼓突处又各置三个小窗，共铸六字，曰"伊公"曰"羹陆"曰"氏茶"。苏学士看了一会儿，知道正确的读法是"伊公羹"和"陆氏茶"，顿觉这座风炉不简单，仔细鉴赏之下，居然是大唐贞观年间的传世之物，十分地珍稀。

苏轼心中肃然起敬，整整衣冠端立门外。

炉中炭火微红，上面置一铜壶，壶大如鼎，里面盛满山泉。

老僧立一旁闭目聆听水声。

初沸如鱼目，微微有声，老僧放出少许川盐入壶内，用柳枝轻轻调和均匀。二沸则壶沿四周如涌泉连珠，老僧急忙用木瓢从壶中舀出满满一瓢水，弃倒在阳沟中，速用竹筷环荡壶心。三沸水势如奔涛溅沫，老僧即下嫩芽，一壶茶汤乃成。顷刻间，袅袅茶香，飘于山寺之间。

老僧奉茶邀苏轼入室内，其余诸人别室吃茶相候。

苏学士再整衣冠，随老僧进入雅室内。室内一炉一壶一茶几，二椅三门四窗数条字画，古朴雅洁，浑如画屏中。

老僧将茶汤用木碗盛了，置几上。

苏轼细观茶汤色如琥珀，气如幽兰。双手捧碗徐徐饮入，含在嘴中再三品读，味比晨露略甜，花蕊玉味稍淡，当真妙不可言。

"大师煮茶未见特别之处，茶具也只是寻常之物，何故所烹之茶妙绝天下？"苏轼乃当朝名士，又是茶道中一等一的高手，却也是第一次饮到如此佳品，不禁发问相询。

老僧笑而答曰："无他，唯山水佳而已。"

苏轼当然不信老僧的话，正色道："圣上遣轼返乡，皆因当日大师所言蒙茶而起，如不明就里，苏某岂不有负圣恩？！"

老僧见苏学士出言相责，并不恼怒，依旧微笑如故："贫僧所言不假，大人岂不闻名山多佳泉之说乎？既有佳泉必然有佳饮，大人您说是也不是？"

苏轼见老僧顾左右而言他，心中甚是着急，推说烹茶之法没有可取之处，想去看一看茶的制作工艺，真正领略蒙茶的神妙。

老僧笑了笑，他当然知道苏轼心里所想，便满口答应他，愿做向导相陪左右。

苏学士随老僧来到甘露寺的后院茶场里，看见数十位茶工在流水作业。采、蒸、捣、拍、焙、穿、封七道制茶工序，环环相扣，严谨有序，殊无差错。

苏轼一一仔细地观察，仍然没有发现什么特别的地方，而且所用的嫩芽还稍逊于西湖的龙芽，品相也赶不上洞庭君山的碧螺春。他实在想不明白，这蒙山茶怎么就有那么美妙的口感呢？

老僧一步不离地跟着苏大学士，始终不发一言。

苏轼在老僧的陪同下，来到了赫赫有名的皇茶园。园中十几株千年的老茶树，早已光光秃秃地没有了一片嫩芽。苏轼这才想起，谷雨节已经过去了七八天了。茶语说得好，"宁吃明前一片霜，不吃雨后一片桑。"说的就是清明前的嫩芽儿犹如春雪一般喜人，谷雨后的老茶叶味同桑叶一般无趣。

想到这里，苏轼自个儿都觉得有些好笑。现在立夏将至，茶园里能看见什么呢？

老僧见苏大人默默不语地想着心事，知道他不想再看了。便叫来青衣童子，吩咐他早早侍候苏大人去上禅院的客房中休息。

苏轼瞎忙活了一天，什么收获也没有得到，心里郁闷得发慌。他静静地躺在禅床上，耳朵里全是窗外的风声，清清爽爽，幽幽地让人睡不着。便披衣起床，用井水和着茶叶随便将其煮沸，茶的汤色和味道居然和老僧所烹制的一样绝妙。

苏轼摇了摇头，看来这蒙山茶的神妙，绝不是老僧所言的山水好的缘故，一定另有蹊跷。

苏轼一夜无眠，坐在茶室里将壶中的茶汤品了又品，依旧想不出个所以然来。唉，他知道就算在山上再待十天半个月，也不会有任何结果，老僧也绝不会将制茶的秘密告诉他。

翌日天明，苏轼启程下山。老僧相送到蒙泉井，双手合十地与苏大人等一一告别。

已时时分，苏轼一行人到了雅州城，远远地看见百十个人将州府的衙门口围得水泄不通，吵吵嚷嚷地好像发生了什么事情。

苏轼不明就里，便不敢贸然前往。只得派人前去州府衙门里通报情况。

州牧代振学闻听苏大人来到了雅州城，慌慌忙忙跑过来，但他并没有将苏大人从正大门迎入衙内，而是从侧门将其引入。他一边躬身在前边带路，一边忙不迭声地说道："大人来了就好了，大人来了就好了。"

苏轼不知道代振学莫名其妙地在嘀咕啥，就问他到底发生了什么事情。

代振学屏退众人，神秘兮兮地告诉苏大人，蒙山甘露寺的老和尚曾经招募了一批女童上山，三年多的时间里，从来没有让其中任何一个女童下过山。大人刚才看到衙门口的那些人，就是女童的父母和亲人，他们声称老僧乃淫恶之徒，吸女童元阳以延其寿，却假说是蒙茶的功效，借以掩人耳目。

苏轼素闻江湖上有此"采阴补阳"的妖术，但令他万万没有想到的是，天下太平的大宋国，恶僧居然敢以此术胡作非为，欺骗当今圣上！

代振学见苏大人气得脸色发白，正要好言相劝，突然听到衙门外人声鼎沸，民众高呼着要见苏大人的口号，气势汹汹地往里闯。

苏轼有感于百姓们的义愤，痛心疾首地从衙内走了出来，他要和家乡的父老们面对面地做交流。

民众见苏大人愿意接见他们，感动得热泪盈眶，齐刷刷地跪在地上哭诉道："……自从孩儿们上山后，隔一段时间就会有僧人送来

346

不菲的酬金，当问及自家的孩子时，总是说一切皆好，若想上山见见她们，却又不让去。我们思前想后，认为其中必有古怪……人心都是肉长的啊，万望大人给小民们做主，严惩恶僧！"

苏轼听了乡亲们的哭诉，凛然答应绝不辜负父老乡亲的信任，誓擒恶僧依法严办！

当天夜里，代振学发兵将甘露寺团团围住，然而任由官兵挖地三尺一般搜索，始终不见老僧的踪迹。

恶僧畏罪潜逃了？！

苏轼来到上禅院，看见茶几上留有一笺，笺上寥寥数语："苏大人：贫僧料定大人必听信妖言，可惜，可惜呀！茶艺秘技从此失传矣。"

苏轼大惊，恶僧果然畏罪逃跑了！他命令官兵再仔仔细细地搜索一遍，看有没有地窖之类的藏身之所或外逃的秘密通道！

官兵们搜索到西厢房时，数十位女童们嬉笑室中，个个天真烂漫。

苏轼连忙问老和尚到哪里去了。

众位女童齐声说道："神仙爷爷给我们采仙果去了！"

苏大人见女童们个个活泼天真，不像受过折磨的样子，便又问神仙爷爷没有欺负过你们吗？

女童们全都嘟起了小嘴，不满地看着面前的大胡子说："老神仙亲如爷爷，怎么可能打骂我们呢？"

苏轼终未得到蒙山制茶的秘技，郁郁返京。据传，此次蒙山之行惹得神宗皇帝龙颜大怒，为苏轼后来的政治生涯埋下了祸根。

越明年，宋神宗启用王安石变法，旧党领袖苏轼果然遭到朝廷弃用，外任地方官达十年之久。蒙山茶的秘密不再有人过问，老僧亦不知所终。

苏轼最终知道当年的事情真相，已是十五年后的事了。原来老僧募女童上山，并非淫乐，而是秘制蒙茶。每当皇茶园里的茶树吐芽之初，老僧便叫女童们口含山泉水，于子夜时分喷洒在芽粒上，一直要等到新芽长成方止。此法乃佛门制茶秘术，芽乃童女的津液育成，加上子时万籁俱寂，天地精华尽蕴涵其中，茶品上佳自是不在话下，饮之也必然延年益寿。

苏轼一生旷达疏朗，唯有此事一直让他耿耿于怀。当年由于自己的过失，老神仙被迫"畏罪潜逃"！